# リワールド・フロンティア

Reworld Frontier

国広仙戯
Sengi Kunihiro



TOブックス

Reworld Frontier

# Contents

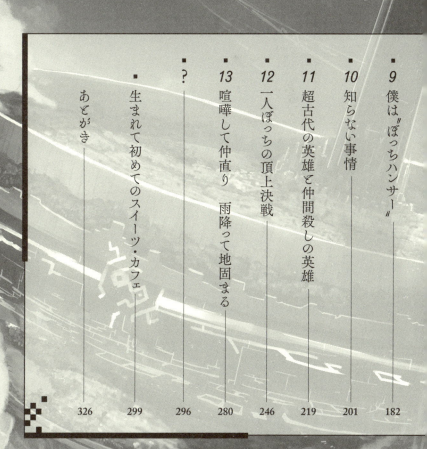




illust.東西
design.AFTERGLOW

一人ぼっちは冷たい。

一人ぼっちは寂《さび》しい
一人ぼっちは虚《むな》しい。

一人ぼっちは孤独《こどく》だ。

一人ぼっちは思い出にならない。

もちろん、それがいい、と言う人もいるだろうけれど、僕はそうは思わない。

一人ぼっちは辛い。

だから、友達が欲しい。

友達には体温がある。友達がいれば寂しくないし、虚しくないし、孤独でもない。思い出だって作れる。

辛いどころか、幸せにだってなれる。

だから、僕は友達が欲しい。


これは、僕が初めての友達を作る物語。

ちっぽけで、他愛もなくて、取るにも足りなくて、しがない僕の——新境地《フロンティア》。


……なんちゃって。

# ●1　出会い

それはまぁ、いつものことで。


「ヒーラー募集中でーす！　全体ヒールが使える人ー！　一緒に行きませんかー？」

「あ、あのっ、ぼ、僕、ヒールが使えま――」

「えっ？　君ヒーラーなの？　マジで？……全体ヒール使えるの？」

「あ、あの、こっ、個別ヒールしか使えないんですけど、で、でもっ、ちゃんと――」

「あーごめん、ごめんねー。今俺ら、全体ヒール使える人しか求めてないからさー」

「は、はい……すみません……」

ほら、ワン・アウト。


「剣士はおらぬか？　我々は剣一つを恃《たの》みとするツワモノのパーティーである」

「あ、は、はいっ！　ぼ、僕、剣、使えます！」

「ほう？　確かに見たところ、背中に吊《つ》った大段平《おおだんびら》と腰の脇差《わきざし》は相当な業物《わざもの》のようだが……おぬし、剣術スキルのランクは？」

「びっ、B+、ですっ」

「B+か……残念だが、我らの一員となるには剣術ランクAからでなければ話にならぬ」

「そ、そうですか……」

残念。これでツー・アウト。

「ところで、その大段平と脇差、見れば見るほど素晴らしい業物だな。いや、抜かなくとも分かるぞ。凄まじい剣気《けんき》を感じる」

「え？　あ、はぁ……」

「どうだろう、言い値を払う。それらを譲ってはもらえぬか？」

「ええっ⁉　い、いえっ、すみませんっ！　こ、これ、祖父の形見《かたみ》ですのでっ！」

「むぅ、そうか……それならば無理は言えぬな。しかし、気が変わったらいつでも言ってくれ。しばらくはこの辺りにいるのでな」

「は、はい……すみません、失礼します……」


「あと一人空きがありまーす、誰か一緒に行きませんかー？」

「あ、あのっ、僕っ、だ、ダメですか？」

「……はぁ？」

「えっ？」

「……あのね、ボク？　見て分からないの？」

「あたし達のメンバー、みんな女の子ばっかりでしょ？　つまり女の子だけのパーティーなの。どうしてそこに、男の子のキミが入れるって思うわけ？」

「えっ……？」

「ハーレムとか妄想《もうそう》してたの？　でも、もーちょっと空気読むこと覚えた方がいいわよ。悪いこと言わないから」

「あっ……す、すみません……」

「す、すみません……」

これにてスリー・アウト。


いつもならこの辺りで心がポッキリと折れてしまうのだけど、今日はもうちょっとだけ頑張《がんば》ってみようと思う。何故なら、

「あと一人ー、どなたか一緒に行きませんかー？　初心者の方でもオッケーですよー、年齢制限も無しですー」

という素晴らしい声が聞こえてきたからだ。

「あ、あのっ、僕っ、僕でもいいでしょうか!?」

「ああ、どうぞどうぞ、歓迎するよ！　うちは新しく結成したばかりのクラスタだから、誰でもウエルカムなんだ」

「あ、ありがとうございます！」

「君は……見たところ、剣士かな？　初心者かい？　特技とかある？」

「は、はい、一応剣士で、初心者じゃないですけど、ここに来たのは最近で……あ、特技は支援《サポート》術式《アプリ》です！」

「えっ……支援術式……？」

「……」

流れ出す微妙《びみょう》な空気。なんだか嫌な予感。

「うーん……支援術式かー……えっと、ごめんね、ちょっと待っててくれるかな？」

「あ、は、はい……」

待たされること約二分。なにやらリーダーらしき人物と相談していて、やがて二人してこちらへ戻ってくると、

「あー、君が入団志望者？　なに、支援術式が得意なんだって？」

「あ、は、はいっ」

やはりこの人がリーダーらしい。

「残念だけど、ウチは始まったばかりのクラスタとはいえ、これでもトップ集団入りを目指してるんだ。だから、一応は初心者でも歓迎はしているんだが、それだって将来性を見込んだ上での話なわけで……つまり、本当に誰でもオッケーってわけでもないんだよ」

「は、はい……」

「で、正直に言わせてもらうと、君みたいなエンハンサーは将来性がかなり厳しい。君自身どう思

ってるかは知らないが、少なくとも俺達はそう考えている。だから申し訳ないんだが、この話はなかったということで」

ダメ押しのフォー・アウト。

「す、すみませんでした……」

すごすごと退散する背中に聞こえる、ひそひそ話。

「あのな、初心者でもなんでもいいから勧誘しろとは言ったが、エンハンサーみたいな微妙なタイプを抱え込んでどうするんだ。ちゃんと将来設計を考えてくれよ」

「す、すまない……しかし、そんなに微妙なのか？　運用次第でなんとか――」

「そうやって使い方を考えなきゃいけない時点で普通の戦術パーツじゃないだろ？　前は前、後ろは後ろ。攻撃は攻撃、回復は回復。シンプル・イズ・ベスト。それがウチのモットーだよ」

「……なるほど」

耳が痛過ぎてもげてしまいそうなモットーだった。


ということで、本日も一人でエクスプロール《探検》することが決定してしまったわけで。

もはや日課レベルのソロ活動である。

深紫《ふかむらさき》の戦闘ジャケットに、汚れても構わない黒の上下。足元はごついコンバットブーツ。背中には柄《つか》も鞘《さや》も――刀身さえも――漆黒《しっこく》の長巻《ながまき》を担《かつ》ぎ、腰には逆に純白の脇差しをベルトに吊している僕は、一人ぼっちで立ち尽くす。

ラグディスハルト、十六歳。この界隈《かいわい》に来てからというもの、誰かと連れ立ってエクスプロールした記憶がとんとない。

その理由はまぁ、お察しの通りだけど。

今日も結局、集会所とカフェとバーを兼ねているこのお店――『カモシカの美脚亭《びきゃくてい》』から活気が消えてがらんとしてしまうまで、僕はエクスプロールの相方を見つけることが出来なかった。もはや溜息《ためいき》すら出ない。

遺跡《レリクス》でエクスプロールするエクスプローラーは、極めて危険な職業の一つだ。凶暴なセキュリティ・ボットひしめく遺跡へと潜《もぐ》り、情報具現化コンポーネントを回収するのが主な生業《なりわい》なのである。

当然、一人よりも二人、二人よりも三人――大勢で行った方が安全かつ効率的に決まっている。

なのに、僕はどこのパーティーからもミソッカスにされてしまった。

――あーなんだかなぁー、いっそのこと今日はもう休んじゃおっかなぁー……

そんなだらけたことを考えた時だった。

ふと、目に映る光景がいつもと違うことに気付いた。

いつもならエクスプロール前の人々が集まり、各々のクラスタやパーティーを編成して出発していった後、テーブルと椅子《いす》の間に取り残されているのは僕一人だけなのに。

なんと、今日はお仲間がいた。

隅《すみ》っこのテーブル席にポツンと座っている小さな影。やけにブカブカな灰色の外套《がいとう》で全身をすっぽり覆《おお》っていて、その正体は杳《よう》として知れない。

初めて見る顔だ。いや、顔はフードに隠れていて分からないから、これは言葉の綾《あや》なのだけど。

誰だろう？　あの人も僕と同じエクスプローラーなのだろうか？

もしかしたら、あの人も僕みたいに他のパーティーに入れてもらえなかった〝はぐれ者〟なのかもしれない。あるいは、既にどこかのクラスタの一員だけど、一緒に行くはずのパーティーメンバーが遅刻しているのかもしれない。

まぁ多分、後者の可能性が高いと思う。だって、僕はあの人がパーティーメンバーを探して動いている姿を見ていないのだから。今だって、まるで誰かを待っているかのように椅子へ腰掛けているし、テーブルには紅茶のカップが乗っている。どう見ても待ち合わせの姿勢だ。

本日五度目の挑戦を、してみるべきだろうか？

もしかしたらメンバーに空きがあるかもしれない。ダメだったら、予定通りソロで行くだけの話だし、やってみて損はないだろう。ここまで来たら当たって砕《くだ》けろの精神で。

どうせ駄目で元々なんだから。

「あ、あのっ！」

僕は謎の人物に近寄ると、破れかぶれになってほとんど自棄《やけ》っぱちな笑顔と一緒にこう言った。

「支援術式が得意なんですけど、やっぱりパーティーには入れてもらえないでしょうか⁉」

我ながらひどい売り込み文句だった。

僕の声が壁や床に吸い込まれ、しん、と静まる店内。まるで一秒が永遠にも感じられるような静《せい》寂《じゃく》。主観的には十分ぐらい。客観的には多分一秒ぐらいの間を置いて、外套の人は振り向いた。チリン、とどこかで鈴のような音が小さく鳴る。

振り返ったフードの中は、未だによく見えない。

お断りされる予感しかなかった。

「……うむ、よいぞ」

やっぱり駄目だったか。仕方ない、頭を下げて帰ろう。

「す、すみません、失礼しました……」

溜息を吐きたいところを我慢しつつ、背中を向けると、

「おいおぬし、何処へ行く？」

「えっ？」

呼び止められて、振り返る。

「妾《わらわ》はよいと申したのじゃ。なのに何故、おぬしは帰ろうとする？」

言われた言葉をすぐに理解できなくて、僕は少しの間、唖然《あぜん》としてしまった。その間、声の調子から察するとこの人は女の子で、しかもかなり幼い雰囲気だなぁ――なんてことを考えていた。

はっ、と我に返る。

「――あっ、はい！　すみま……ええっ!?　いいんですかっ!?」

予想外の展開に驚く僕に、こくん、と頷《うなず》く外套の人。

「よい。そのパーティーとやらに入れてやろう」

「……へ？」

あれ？　パーティーとやら？……おかしいな、何か変だぞ？

「あ、あの……」

「なんじゃ？」

聞き返す声にはこれっぽっちも悪意を感じない。本気の素で聞き返しているみたいだけれど――

「ちょっとお聞きしたいんですが……他のメンバーは、今どこにいらっしゃるんですか……？」

「おらぬ」

「はい？」

「おらぬ、と言った。妾は一人じゃ」

「…………」

おかしい。歯車がずれている気がする。

「あの、えっと……変なこと聞きますけど、ルーターはお持ち……ですか？」

本当は念押しのように『ですよね？』と聞こうと思ったけど、何かを踏み抜いてしまいそうな気がしたのでやめておいた。

小柄な外套の人は、なんだか妙に可愛らしい仕種《しぐさ》で小首を傾《かし》げる。

「？　るーたー？」

あ、駄目だ。ルーター知らないやこの人。僕分かっちゃった。この人ぶっちぎりの初心者だ。

この瞬間《しゅんかん》、僕は大きな勘違いに気付いた。後者だったのではない。前者だったのだ、と。

つまり、この人は僕と同じ〝はぐれ者〟だったのだ。

「――ごめんなさい……何でもないです……」

道理で会話が噛《か》み合わないはずである。僕はさっきまでの恥ずかしい会話に蓋《ふた》をして、改めて話題を変えることにした。

「ええと……ここに来たのは最近ですか？」

こくり、と外套の人が頷く。チリン、とまた鈴の音が鳴った。どうやらフードの下に、何か金属質のものを身につけているらしい。

「うむ。今朝この街に来たばかりじゃ。ここへ来れば、エクスプローラーになれると聞いたのでな」

「あー……すると、やっぱり初心者さんですか？」

「ふむ。そうなるの」

なのにどうしてそんなに自信満々なんですか。僕はそれがとても不思議です。

僕が微妙にモニョっていると、今度は外套の人が、訊いてきた。

「して、ルーターとは何じゃ？　その、パーティーとやらに必要なものなのか？」

うわぁ、これは完全に一から教えないといけない感じだなぁ――なんて思っていたら、不意にフードの奥に隠れていた瞳とバッチリ目が合ってしまった。

その両目の美しさに、僕はしばし言葉を失う。

まるで猫みたいな金銀妖瞳《ヘテロクロミア》。右目が海のような蒼《あお》で、左が金塊《きんかい》みたいな黄。オッドアイの人を初めて見たわけでもないけど、その左右非対称の色にはやっぱり吃驚《びっくり》するし、綺麗《きれい》だなって思う。

「……？　どうしたのじゃ？」

大きな金目銀目がキョトンとする。それで僕は正気を取り戻し、慌てて、

「あ、いえ、その……」

誤魔化すように、ごほん、と咳《せき》払いを一つ。

「――そのですね、僕はこう見えても初心者ではありません。なので、それなりのことを教えて差し上げられると思います」

「ふむ」

「ですので、さっきのパーティーに入れてくださいっていうのは、とりあえず忘れてください。僕達二人だけの時は、その状態をコンビと言います。コンビの場合はルーターを使いません。ルーターを使う時はパーティーを組む時です」

「ふむふむ。なるほどのう」

感心したように外套の人は頷きを繰《く》り返す。

僕は緊張している自分を自覚しつつも、必死に顔に出ないよう努力していた。

何故なら、エクスプローラーについて説明するとなると、僕みたいなエンハンサータイプについても言及しなくてはいけなくなるからだ。

「えっと……なので、改めてお願いしますが、説明が全部終った後でも、出来れば今日一日だけで

もいいので、その……僕とコンビを組んでいただけませんかよろしくお願いします！」

ばっ、と腰を九十度に曲げて、勢いよく頭を下げながら右手を差し出す。

すると、

「……なんじゃおぬし。やけに律儀《りちぎ》な性格をしておるのう」

からかうような調子の声と、右手に触れる柔《やわ》らかな感触。顔を上げたら、フードの奥のヘテロクロミアが弓なりに反《そ》っていて、外套の中から伸びた小さな手が、僕の右手を握っていた。

そこだけはフードにも外套にも隠されていない口元が、くふ、と笑う。

「よかろう。妾は今より、おぬしとコンビじゃ」

その手は思っていた以上に小さくて、柔らかくて、儚《はな》くて。

もしかしたらこの子は僕より年下かもしれない、と思った。

「ありがとうございます！　えっと……あ、自己紹介がまだでしたね」

「こりゃおぬし、その言葉遣いはなんじゃ。妾達はもうコンビであろう。他人行儀はやめぬか」

という、ありがたいやら情けないやら、微妙な感じのお言葉をいただく。僕はその厚意をありがたく受け取ることにした。

「――うん、分かった。じゃあ改めまして……僕の名前はラグディスハルト。二週間前まではキアティック・キャバンにいたんだけど、ちょっと思うところがあって、最近この〝浮遊島〟にやって来たばかりなんだ。だから初心者ではないけど、ここではまだ新参者だよ。よろしくね」

ぎゅっ、と繋《つな》いだままの右手に少しだけ力を込める。

「ラグ……？」

「ラグディスハルト」

「ラグディスハルト、か。ふむ。長い名前じゃな。姓はないのか？」

「ああ、僕、ルーツが東の方だからね。名前だけなんだ」

「東の方というと、あれか。確か、英雄セイジェクシエルの出身地じゃったな」

「そうだね。一応、遠い親戚ってことになっているけど」

「ほう？　英雄の末裔《まつえい》か。頼もしいのう」

「あはは、重荷《おもに》になることもしばしば、だけどね。君は？」

今度はそっちの自己紹介をして欲しい、という意味で問うと、彼女は笑うのをピタリと止め、少しだけ沈黙した。やがて、

「妾の名は……ハム、という。姓は……すまぬが、故《ゆえ》あって言えぬ。……のう、おぬしよ。逆に聞きたいのじゃが、おぬしはこんな妾でもいいのじゃろうか？　それとも信用できぬ、か……？」

不安そうにこちらを窺ってくる金目銀目に、僕は軽く笑い、首を横に振って見せた。

「大丈夫、気にしないよ。誰にだって言いたくないことの一つや二つ、あるものだと思うから」

僕がそう言うと、小柄な外套を被ったハムは、くふ、と再び口元に笑みを浮かべた。

「――うむ。おぬしが気のよい奴で妾は嬉しいぞ」

きゅっ、とハムの白魚《しらうお》のような手が僕の右手を握る。

「よろしく頼むぞ、おぬし」

……毎度のことだけど、僕の名前はちょっと長いので、大体の人がそのまま呼んでくれなかったりする。どうやら今回もそういう流れらしい。ちょっと苦笑い。

僕はハムとの握手を終えると、その手でウェイトレスさんを呼んだ。

「はいはーい、ご注文は何ですかにゃ?」

赤毛の猫っぽいウェイトレスさん――ここの看板娘のアキーナさんというらしい――にコーヒーを注文すると、僕はハムの向かいの席に腰を下ろした。

さて、僭越《せんえつ》ながら、僕はこれからエクスプローラーの何たるかを語らなければいけない。

どうやらハムは、本当に何も知らないままこの〝浮遊島〟へ来たらしい。となると、やっぱり初歩中の初歩から教えた方がいいだろう。

「じゃあ、説明を始めるね。そもそもエクスプローラーというのは――」

「うむうむ」

エクスプロールの基本のキから話し始めた僕に、ハムは頷きながら熱心に耳を傾けてくれる。

彼女は未だその外套を脱いで顔を見せてはくれないけれど、それはやっぱり、名前を隠していることと関係しているのだろうか? 出来れば、そのうち顔を見せてくれると嬉しいな、と思う。

それで、もっと仲良くなれたらいいな、とも思う。

そして、友達になってくれたらもっと嬉しいな――とも。

なにしろ僕は、前にいた場所では、最後の最後まで友達が出来なかったのだから。

――などと考えつつ、僕はかつて自分の師匠から教わったことをハムに教授していく。

それから、小一時間ほどの講義を終えると、僕とハムは連れ立ってエクスプロールに向かったのだった。

## 2　ルナティック・バベル

浮遊島フロートライズ。

そのど真ん中から空に向かって伸びる巨大な塔、それがここの遺跡《レリクス》——〝ルナティック・バベル〟だ。

古代文明の遺産であるこの塔は、その名の通り、月に向かってその身を伸ばしている。

聞いた話によると、この塔は空に浮かぶ巨大な天体である月、その地表にまで届いているという。

もちろん、嘘《うそ》か本当かは分からないけれど。

他にも、実際は月にまで届いてなくて軌道エレベーター兼宇宙港だったのだ——とか。実は月は関係なく、頂上まで行くと別の世界に繋がっていて、そこは永遠の幸せが約束された極楽浄土なのだ——とか。諸説諸々ある。けれど結局、本当のところは誰にも分からない。

遠い昔、僕らのご先祖様達がこの塔のセキュリティシステムを起動させ、その後の『終末戦争』で全ての情報を文明ごと喪失《そうしつ》してしまって以来、真実を知る人はどこにもいないのだ。

別段、珍しいことでもない。こういう遺跡は、世界中の至るところに点在している。

僕がこの間までいたキアティック・キャバンだってその一つだ。他にも、クリスタル・ホール、チョコレート・マウンテン、ドラゴン・フォレストなどなど——この遺産世界には、数多《あまた》の謎が満ち満ちている。

だから、僕達エクスプローラーは探検《エクスプロール》するのだ。

まだ見ぬ、誰も知らない、世界の真実を手にするために。

この世界の秘密を曝《あば》くために。

……なんちゃって。


「というわけで、ここがルナティック・バベルだよ」

ハムと一緒に浮遊都市フロートライズの中心部へとやって来た僕は、右手で天高くそびえる塔を指差した。

「ふむ、やはりコレじゃったか。一番目立っておるからすぐに分かったぞ」

灰色の外套で頭から爪先まですっぽり隠しているハムは、フードの作る陰の中から顎《あご》を上げて、ルナティック・バベルを仰《あお》ぎ見る。

『カモシカの美脚亭』を出る際に並んで立ってみて分かったけど、ハムはかなり小柄だ。一六十セントルの僕よりも、多分三十セントルぐらい小さい。やはりというか何というか、今年で十六歳になる僕よりも大分若いのではなかろうか。

多分、十歳前後かな？　その年齢でエクスプローラーを目指すのは少し早いような気もするけど……さっきも言った通り、事情は人それぞれだ。余計な詮索《せんさく》はやめておこうと思う。

雲一つ無い――まぁ基本的にフロートライズは雲よりも高い位置を飛んでいるからなのだけど

——蒼穹《そうきゅう》に、巨大な建造物であるルナティック・バベルが吸い込まれるようにして伸びている。

一体何キロトル先にあるのか分からない先端など見えるもわけもなく、全ては青空の消失点の彼方だ。

「でかいのう……」

「だねぇ……」

空を見上げながらぼそっと呟《つぶや》くハムに、僕も同じ体勢で同意する。

近くまで来て、その圧倒的な威容《いよう》を見る度に思う。

この浮遊島から、ルナティック・バベルが月まで伸びているのか。はたまた逆に、この浮遊島の方こそが、月から伸びたルナティック・バベルに吊られているのか——と。

それぐらい途方もない塔なのだ、これは。

なにせルナティック・バベルの直径は約一キロトル。なので、一フロアの面積は約〇・七五平方キロトル。構成物質は現代では再現不可能な『柔らかくて強い金属』で、これはいかなる歪《ゆが》みも衝撃も吸収してしまうトンデモ鉱物なのだ。その性質や構成などの調査は現在も進んでいるのだけど、どうやったら同じ物が精製できるのかが未だに分からないらしい。

古代人の叡智《えいち》の結晶とも言える、長大過ぎる塔。これがもし本当に、空に浮かぶ月へ繋がっているのだとしたら、どうして昔の人はこんな物を作ったのだろうか？　現代を生きる僕からすれば、月へ行くためだけにこんな巨大な物を作るというのは、全くもって理解の範疇《はんちゅう》外だ。

と、塔を見上げつつ考え事をしていたら、

「のう、おぬしよ。アレは一体何じゃ？」

ハムに質問されたので、彼女の指先が示す方角へと目を向ける。

「アレ？」

そこには、ルナティック・バベルに向かって跪《ひざまず》き、頭を垂《た》れる集団がいた。百人位の老若男女《ろうにゃくなんにょ》が揃《そろ》って、口々に何やら呪文のようなものを唱えている。

「ああ、アレはね」

僕は得心する。確かに僕も、初めて見た時は何事かと思ったものだ。

「アレは、この土地特有の宗教団体の人達だよ。詳しいことはよく分からないけど、とにかくこのルナティック・バベルを神様として崇拝《すうはい》しているみたい」

「神……？　この建物が、か？」

その発想はなかった、と少し驚いているようなハムの声。フードの中の蒼と金がぱちくりする。

「別に珍しいことじゃないよ？　大抵の遺跡には付き物なんだ。古代人の文明、もしくは古代人そのものを神聖視していたりする団体もあるし。そういう場合、遺跡を神様の偶像として拝むことが多いみたいだから」

「ふむ……」

「あと、地域によっては『現人神《あらひとがみ》』って言って、生きている人間を神様として崇《あが》めるところもあるんだよ」

僕がそんな雑学を披露《ひろう》したところ、ハムはぼそり、

「……人は、神になどなれぬ……」

と、本当に小さな声でそう言った。多分、聞き間違いでなければ。

「……？」

僕が小首を傾げると、ハムはさっきの呟きを吹き飛ばすかのように声音を変えて、

「――して、おぬしよ。この塔へ入る前に、妾とおぬしはスイッチとやらでコンビになるのであろう？」

いきなりの話題転換に、僕は慌《あわ》てて頷く。

「え？　あ、うん、そ、そうだね」

僕は身体に刻まれた〝SEAL《シール》〟を励起《れいき》させると、ギンヌンガガップ《虚無》・プロトコルによって質量をゼロ、つまり情報量だけにしていたスイッチを具現化させ、ストレージから取り出した。

ギンヌンガガップ・プロトコルは、僕達エクスプローラーのような種々多様な道具を持ち歩かなければならない人種にとって、必須の手法《プロトコル》だ。

ちなみに『カモシカの美脚亭』では身につけていた武器防具も、今はギンヌンガガップ・プロトコルで圧縮して、ストレージに収納してある。あそこのように仲間を募集する場所では、みんな自分の身分なり特徴なりを分かりやすくするため、エクスプロール時の装備をきちんと身につけるというのが暗黙の了解なのだ。

「ふむ……これがスイッチか」

「そうだよ。これで、僕と君との共通プロトコルを自動作成するんだ」

さて、取り出したるは、僕のような貧乏人《びんぼうにん》でも何とか購入できるコンビ用のスイッチ。大きさはコインぐらいで、とっても軽い。白い楕円形《だえんけい》に、青く光るラインが走っている。そんな形のスイッチを右掌《みぎて》に載せたままハムに見せて、

「じゃあ、これに触れてみて」

と、見本として僕から先にスイッチに人差し指を触れさせる。

「うむ。こうじゃな」

ハムは頷くと、外套の中から小さな手を出して、細い指先でちょこんとスイッチに触れた。

途端、僕の視界に『結線開始《リンク・スタート》』というARメッセージが表示される。これで僕とハムの間でのみ使用できる共通プロトコルが作成され、二人の〝SEAL《シール》〟が相互接続されることとなる。共通プロトコルは互いの遺伝子情報をもとに作成し、不可逆暗号化しているから、何人《なんぴと》たりともこれを偽装することは出来ない。万全のセキュリティなのだ。

——のだけれど。

メッセージが『結線開始』のまま、次の段階の『結線中《リンケージ》』にならない。

「……あれ？　ハム、ポートが開いてないよ？」

「ぽぉと？」

吃驚する僕に対して、不可思議そうに小首を傾げる外套の少女。

「えっと……回復術式や支援術式、それ以外にも様々な情報のやりとりをする為には、互いに共用できるプロトコルが必要だって話はしたよね？」

「うむ。覚えておるぞ。そのプロトコルを自動作成するのが、そのスイッチなのじゃろう？　で、大人数のパーティーの場合は、それがルーターとなる。どうじゃ？」

「うん、正解。で、ここからが重要なんだけど……じゃあ、どうしてスイッチとかルーターとかが必要なのかっていうと――僕達の〝SEAL《シール》〟はセキュリティ上、基本的に全てのポートが閉じられているんだ。だから、スイッチで共通プロトコルを作ったら、今度はそれ専用のポートを開かなくちゃいけないいんだよ」

「？？？　し――……？」

「ああ、そういえば君の住んでいたところだと、〝刻印《タトウー》〟って言うんだっけ。とすると……ポートは〝チャクラ〟ってことになるのかな？」

「ほう、チャクラか。なるほどのう……先程も思ったが、おぬし、やけに他国の文化について詳しいのじゃな？」

「ああ、僕、親の都合で小さい頃からあっちこっち転々としていたみたいだから」

「ふむ……納得した。では、チャクラを開くぞ。さあ、やり方を教えるのじゃ」

「あはは……」

当たり前のように言うハムに、僕は乾《かわ》いた苦笑い。

――もしかして、この娘はどこかの王族だったりするのだろうか？

そんな馬鹿《ばか》なことを考えてしまうほど、ハムは世間知らずで、態度が尊大《そんだい》で、けれど不思議と嫌味のない雰囲気を纏《まと》っていた。顔を隠しているし、名前も一部を伏《ふ》せているし、まるで何かから逃げているようにも……いや、まさかね？

不意に嫌な予感が去来《きょらい》し、背筋がぞっとした。僕は慌てて頭を振り、その考えを追っ払うと、ハムに向かって説明を始める。

一分もかからず無事に相互接続が完了して、僕の視界に――ハムの視界にも――『結線中《リンケージ》』というARメッセージが表示された。

これで、僕たちは晴れてコンビとなった。

「じゃ、行こうか」

「うむ」

僕たちは互いに顔を見合わせて頷き合うと、揃ってルナティック・バベルへ向けて歩き出した。

金属製の巨大な門を潜《くぐ》り、塔の中へ。

出入り口を塞《ふさ》いでいた隔壁《かくへき》は、もうずっと昔にロックが解除されていて、以来ここは開放されたままらしい。

おかげで僕とハムは何の苦労も無く、塔の一階層へ足を踏み入れることが出来た。

「広いのぉ」

「だよねぇ。僕も初めて入ったときは吃驚したよ」

ルナティック・バベルの一階層は広い。おそらく、かつてはロビーだったであろう空間だ。この浮遊島フロートライズへ来るときに立ち寄った空港と、雰囲気がよく似ている。天井が高く、どこから採光しているのか分からないけど、中は自然と明るい。

この塔の一階層は吹き抜け構造になっていて、そこらにある階段で二階層へ昇ることが出来る。

純白の円形フロアの中央には、巨大なエレベーターシャフト。計三十台の大型エレベーターを内包したそれは、二十メルトル頭上にある天井に開いた大穴へと吸い込まれている。おそらくこれこそが、月まで届くという軌道エレベーターなのだ。

現在、このルナティック・バベルは一九六階層までが解放されている。そこまでならセキュリティ・ロックが解除されているので、中央のエレベーターで直行することが可能だ。

けれど、言うなればそこは最前線だ。間違ってもハムみたいな初心者を連れて行く場所ではない。

なので、

「とりあえず、三階層から行ってみる?」

とハムに提案する。下層であれば出てくるＳＢ《セキュリティ・ボット》も弱いし、なにより実践《じっせん》を通じてハムに色々と教えることが出来る。それに、彼女の実力のほど——というか、どういう適性があるのかも分かるだろう。

まぁ、スイッチで繋がっているのだから、ハムの〝ＳＥＡＬ《シール》〟にステータス確認リクエストを送るのが一番手っ取り早いのかもしれない。そうすれば〝ＳＥＡＬ《シール》〟が自動的に、彼女のプロフィール情報を返してくれるはずだ。けれど——今の関係でそれをするのは、流石《さすが》にマナー違反だと思うのだ。

——でも、きっと！　今日たくさん色んなことを教えてあげて、今よりももっと仲良くなれれば！

と、友達に……！

ハムはキョロキョロと周囲を見回しながら、

「ふむ……のう、おぬしよ。ここのような遺跡には凶暴な怪物共がウジャウジャおると聞いたのじゃが、ここにはおらぬのか？」

「ああ、ここはね、一階層と二階層にはそういうのが降りて来られないように処置してあるんだよ。だから、三階層に行ったらウジャウジャ出てくるよ」

ハムは口元で、くふ、と笑う。

「ふむ、そうか。ではおぬしの提案どおり、手始めに三階層へと赴《おもむ》くとするかの」

どことなく嬉しそうな調子で言って、ハムは手近にある階段を目指して歩き出した。カラン、コロン、と彼女が一歩進むたび、足下から軽やかな音が鳴る。店を出てからずっとだ。外套に隠れて見えないけれど、少なくともブーツやスニーカーを履《は》いていないことだけは確かだった。

だだっ広い空間の中、二人ぼっちの僕らは、ハムの足下から鳴るカラン、コロンという音と、僕のコンバットブーツの足音だけを道連れに、のんびり三階層を目指して歩くのだった。

どうやら初心者というか、駆け出しの人がハム以外にもいたらしい。

階段を登り登り、三階層の扉を開くと、なんと先客がいたのである。しかもＳＢと戦闘中だ。

「――〈フレイムジャベリン〉！」

可愛らしい女の子の声が術式《アプリ》を音声起動《コール》。

見ると、五人パーティーの中の一人が、この三階層に出没するSB『レッサーウルフ』の群れに両手を向けていた。

その女の子の顔や腕などの体表には、〝SEAL《シール》〟が励起している証である幾何学的《きかがく》な模様――〝フォトン・ブラッド〟が真っ赤に輝いている。

刹那《せつな》、その両手のすぐ先に、術式のアイコンが現れた。

赤く光るラインで描かれた、穂先に炎を灯《とも》した投槍《なげやり》のマーク。

「あ、大きい……」

思わず感想が口に出た。女の子の掌《てのひら》の先に表示されたアイコンは、少し離れた僕からでもマークが視認出来るほど大きかったのだ。直径一メルトル以上はある。

真紅のアイコンが本物の燃える投槍に変化するのは、ほんの一瞬だ。彼女はそれを連発する。

「〈フレイムジャベリン〉！〈フレイムジャベリン〉！〈フレイムジャベリン〉！」

合計四つのアイコンが重なり合って現れ、炎の槍《やり》と化し、放たれた矢のごとくレッサーウルフの群れに襲い掛かる。全長約二メルトルの炎で形作られた四本の投槍が、狙い過《あやま》たず見事に四体のレッサーウルフを貫《つらぬ》いた。

『PYRRYYYYY！』

この塔に出没するSBは、見た目通りの鳴き声など発しない。代わりに意味不明の電子音を撒《ま》き散らすのが常だ。

女の子の撃ち出した〈フレイムジャベリン〉はレッサーウルフの耐久力を一気に奪い去り、

活動停止《シャットダウン》へと追い込んだ。情報具現化プロトコルで実体化していた四体のSBは、現実に顕在化《けんざいか》する力を失い、消滅する。

後に残るのは、SBを現界させていた核であるコンポーネント――青白く光る、情報具現化プロトコルが内蔵された小さな球体である。

レッサーウルフの魂そのものであるかのようなコンポーネントは、束の間宙に浮いていたかと思うと、不意に己を倒した女の子の方へ吸い込まれるように飛んでいく。

そのまま彼女の胸の辺りに当たって、ぱっ、と弾けて消えた。

女の子の〝SEAL《シール》〟に吸収されたのだ。喪失技術《ロストテクノ》である情報具現化コンポーネントは、色々と使い道があるため、ああやって回収するのがエクスプローラーの生業の一つだった。

「よし、残りは俺達で蹴散《けち》らすぞ！」

『おおっ！』

パーティーのリーダーらしき男性が号令をかけると、メンバーが応じて残存するレッサーウルフへと一斉に躍《おど》りかかった。

戦いぶりを見ていると、なかなかに連携が取れていて危なげが無い。

推察するに、他所の地域で経験を積んだパーティーが最近このルナティック・バベルへやってきて、腕試しがてら三階層で様子見をしている――という感じだろうか。

「のう、大きいとは何のことじゃ？」

隣で一緒に見ていたハムの質問。僕の先程の発言に対してのものだろう。

「ほら、あの子がさっき出していたアイコン。軽く一メルトル以上はあったでしょ？　アイコンの大きさって術力《アルターフォース》の強さに比例するから、すごいなぁって思って」

「ふむ……アイコンとは、先程の紋章《もんしょう》のことか？」

「そうそう、そう呼ぶ人もいるよね。術式の発動時には必ず、大なり小なり出るものなんだよ」

はて？　ハムがアイコンのことを知らないってことは、術式を使ったことがないのかな？

「そうか……妾はてっきり胸の話かと思ったぞ」

「――うえっ⁉」

いきなり想定外のことを言われたので思わず声がひっくり返ってしまった。

言われて見直してみれば、確かにさっきの女の子、結構な豊乳だった。

「――あ、ち、違うよ！　本当に違うから！　僕はそんなムッツリスケベじゃないから！　――ち、ちっちゃいのも好きだよ⁉」

慌ててボディランゲージも混ぜて否定する。

すると、灰色のフードの奥から蒼と金の瞳が、じとり、と胡乱《うろん》げに僕を見つめ返してきた。

――うう……色々と失言だったかもしれない……

「さ、さあ、あっちの戦闘も終わったみたいだし、ぼ、僕達もＳＢを探しに行こうか！」

僕は誤魔化すために大きな声でそう言って、先に立って歩き出した。

「ど、どこかなー？　さっきのレッサーウルフとか、い、いたりしないかなー？」

チラチラと背後のハムがちゃんと付いてきてくれているかどうかを確認しながら、僕は幅五メルトルぐらいの白い廊下《ろうか》を進む。

僕が前にいたキアティック・キャバンのような天然のダンジョンとは違い、ルナティック・バベルは人工の建造物だ。それ故、広大ではあるけれど、構造は至ってシンプルである。

しかも、ほとんどの階層が同じ構造なので、一度マップを覚えてしまえば迷う心配もない。

果たして、入ってきた南側から西側のエリアへ移動した僕とハムは、めでたく（？）最初のSBと遭遇した。

レッドハウンド。赤い体毛を持つ猟犬《りょうけん》だ。

こいつもレッサーウルフと同じく、群れで現れる。

何もない空間から忽然《こつぜん》と僕達の前に出現したのは、総勢十六体の赤き魔犬だった。

『PYYYRRRRYYYY！』

ガウッ、とか、バウバウッ、とかではなく、甲高い電子音で一斉に鳴くレッドハウンド。ルナティック・バベルのSBはこれだからやりづらい。何というか、微妙に緊迫感が薄い気がするのだ。

「出たね……えっと、じゃあ僕が見本を見せるから、ハムはそこで見ていてくれるかな？」

僕は左腰に帯刀していた祖父の形見の脇差〝白帝銀虎《びゃくていぎんこ》〟を抜いた。略して〝白虎《びゃっこ》〟は、僕の接近戦用サブウェポンだ。もちろん、メインウェポンは背中の長巻〝黒帝鋼玄《こくていこうげん》〟、略して〝黒玄《こくげん》〟なのだけど、レッドハウンド相手なら白虎だけでこと足りる。

白虎は刃渡り四十セントルほどの純白の刀身を持つ、ちょっと珍しい脇差だ。僕と同じエクスプローラーだった祖父が愛用していた逸品《いっぴん》で、それ故に秘めたポテンシャルはものすごい――らしいのだけれど、残念ながら今の僕の腕では、その性能を十分に引き出すことはまだ出来ていない。

出来ていないのだけど――

「――はっ！」

レッドハウンドの群れに向かって一歩目から跳躍《ちょうやく》。五メルトルほどあった彼我《ひが》の距離を三歩で潰して、接敵。

最短距離にいたレッドハウンド一匹の右を通り抜けざま、白虎を真横に一閃《いっせん》させる。

『PUUYYYYY！』

布を断つような軽い手応えと同時に、断末魔《だんまつま》の電子音。

左肩から後ろ足までを切り裂《さ》かれたレッドハウンドが大気に溶けるように消えて、青白いコンポーネントだけが残る。ふわふわと漂《ただよ》う小さな光球は自動的に僕の〝SEAL《シール》〟へと回収されるので、今は放っておこう。

「よっ！　はっ！　ほっ！　とっ！」

僕は止まらず、手近の獲物に向かって距離を詰《つ》め、連続で白虎を振るう。純白の刃はさしたる抵抗も受けず、SBをばっさばっさと斬《き》り捨てていく。

『PRUUYY！』『PYYYY！』『PRYYYYYYY！』『PYYYRRRRYYYY！』

踊るようにレッドハウンド共の合間を縫《ぬ》って、僕は三十秒もかからず四体のSBをコンポーネントへと回帰させた。

これこの通り。僕は白虎の性能を完全に引き出すことはまだ出来ないが、それでも、この純白の脇差の切れ味は十分過ぎるものなのだ。

ありがとうお祖父ちゃん。とっても助かってます。

『PRRRRY！』

僕の初動から免《まぬが》れたレッドハウンド達が、今更のように臨戦態勢に入る。本物の犬なら唸《うな》り声でも上げただろうか。一斉に鼻っ面に獰猛《どうもう》な皺《しわ》を寄せ、身を低く伏せて僕を睨《にら》み付ける。

いきなり左右の二体が同時に跳躍した。息を合わせたかのようにピッタリな動き。このままでは僕は両サイドから二体同時に噛み付かれてしまう。

けど慌てない。僕は万年ソロのエクスプローラーなのだ。こんな局面には慣《な》れっこである。

右手の白虎を、左側へ。人差し指をピンと伸ばした左手を、右側へ。胸の前で両腕を交差させた状態で、僕は攻撃術式《アタックアプリ》を音声起動。

「〈フレイボム〉！」

体内の〝SEAL《シール》〟が励起。ディープパープルに輝くフォトン・ブラッドが、僕の皮膚《ひふ》に幾何学模様を描いて走る。

左人差し指の先端に、小さなアイコンがロウソクの炎よろしく灯された。深紫のフォトン・ブラッドで描かれた、爆発《ばくはつ》する炎の意匠《いしょう》。

左側へ突き出した右手の白虎が、襲い掛かってきたレッドハウンドの口内――喉奥《のどおく》にブスリと突き刺さる。

瞬間、左人差し指のアイコンから攻撃座標を決める細い光線が伸びて、右側から飛びかかってきたレッドハウンドを照準。

ドン！　とその頭部が爆裂した。

「――――ッ！」

〈フレイボム〉の命中を目ではなく肌に伝わる振動だけで確認。僕は左腕を引き戻しつつ、その反動を利用して体を捻り、右腕に勢いを乗せる。

左足を強く踏み込み、白虎に喉を貫かれているレッドハウンドにダメ押しの突きを捻《ねじ》り込んだ。

『P――――!?』

螺旋《らせん》を描く力が白虎を通じてレッドハウンドの身体を一気に貫通《かんつう》。核であるコンポーネントごと貫いた手応えがあった。しまった、と頭の片隅で思いながら、薄まって消失していくレッドハウンドの残影から右腕を引き抜き、僕は一度ハムの元へと後退する。

ＳＢへのオーバーキル攻撃、または存在の中核であり最大の弱点でもあるコンポーネントへの直接攻撃は、エクスプローラーにとって御法度《ごはっと》の一つだ。何故なら、僕達の基本目的はコンポーネントの回収にあるからである。もっと言えば、情報具現化コンポーネントこそが、エクスプローラーの収入源――日々の糧《かて》なのだ。

故に、それを傷付け破壊してしまう行為は、骨折り損のくたびれ儲けでしかない。せっかく命懸けで戦ったというのに、実入りが無いのでは危険を冒《おか》した甲斐《かい》がないというものだ。とはいえ、遺跡に潜っていればしばしば起こる事態でもある。長く悔やむほどのことではなかった。

僕は油断せず、レッドハウンドに白虎の切っ先を向けたままハムの傍に戻り、

「えーと……こんな感じかな？　どう？　大丈夫そう？」

「うむ」

まるっきり普通の返事だった。何でもないことのように頷くハムに、僕は思わずＳＢへの警戒も忘れて目を向けてしまう。

「要はあやつらを退治すればよいのじゃろう？」

外套の女の子は、およそ初心者が口にするものではない台詞《せりふ》を平然と言い放った。

「へ……？」

それは、確かに、そうなのだけれど。

しかし、それが簡単に出来ないからこそ、エクスプロールは危険なのであって。

だからこそ、みんなでパーティーを組んだり、クラスタを結成したりするのであって。

いくらレッドハウンドが低級ＳＢとは言え、初心者がいきなり残り九体を相手にするのは――

「おぬしは少し下がっておれ」

難しいはず、なのだけど。

僕の内心などこれっぽっちも知らないハムは、いっそ傲然《ごうぜん》とも思える動きで前に出てしまった。

唖然と背中を見つめることしか出来ない僕の眼前で、彼女は外套の隙間から右手を差し出し、掌をレッドハウンドの群れへ向ける。

「え、ちょ、ちょっと……ハ、ハム？」

意味が分からない。何をする気なんだろう？　もしレッドハウンド達が一斉に襲い掛かってきたら、流石《さすが》にその全てをフォローするのは難し――

「あまねく大気に宿りし精霊よ　我が呼び声にこたえよ　」

朗々と詠《うた》うように、ハムが言葉を――いや、言霊を放った。

「……!?」

反射的に僕は慌てて口を噤《つぐ》んだ。

久しぶりに聞いた。言霊《ことだま》の籠《こ》められた声。複雑で大掛かりな術式を発動させるために行う、事前準備としての詠唱。キャッシュメモリを用いない、古いやり方。

詠唱の邪魔をしてはいけない。小さい頃、祖母に何度もそう教え込まれた。その条件反射で、僕はハムに声をかけることが出来なくなってしまった。

「森羅万象《しんらばんしょう》を貫く破魔《はま》の槍と化し　我が敵へ過《あやま》たず降り注げ　」

ハムの唇《くちびる》から濃密な言霊が紡がれているのが分かる。小さな体から迸《ほとばし》る、手に触れて感じられそうなほどの術力。外套の隙間から、淡いフォトン・ブラッドの輝きが漏《も》れ出ているのが見て取れた。

最初はピンク色かと思った。でもよく見たら、限りなくピンクに近い紫――スミレ色。フォトン・ブラッドの色は血統を示すから、もしかすると彼女と僕は遠い親戚なのかもしれない。

――ところで僕は先程、術式のアイコンの大きさは術力の強さに比例すると言った。これはもう言葉通りの意味で、術式に籠められている術力の分だけ、アイコンはその直径を増していく。

術力の強さというのは、筋力や知力と同じで、ある程度なら努力で増強することもできるが、究極的にはやっぱり才能が物を言う。

例えば僕は先程、左の人差し指に小さなアイコンを出した。実を言うと、あれでほぼ全力だったりする。こと術力の強さに関して言えば、僕は呆《あき》れるほど才能が無い。だからこそ、術力の強さがあまり関係ない支援術式を主に修得したのである。さっきの〈フレイボム〉だって、この三階層に来たときに見かけた女の子が使っていたのなら、もっと威力があったはずなのだ。

ちなみに、記録に残っている最大のアイコンサイズは、三百メルトル以上だという。もう百年以上近く前の世界記録なのだけど。

さらに話は変わるが、このルナティック・バベルは一層ごとの高さが平均十メルトル前後。もちろん例外の層もあるにはあるが、基本的には一層はそれぐらいの高さを持っていると考えてもらっていい。

現在、セキュリティが開放されている最高の層は一九六階層。

単純計算で地上から千九百六十メルトル――つまり約二キロトル上空に、その階層は位置していることになる。

前置きが長くなってしまって申し訳ない。

要するに、僕が何を言いたいのかというと――

ハムのアイコンが放つスミレ色の輝きは、信じがたいことに、その一九六階層でも目撃されたらしい。

「〈天剣槍牙《てんけんそうが》〉」

風が吹いた——のだと思う。

目の前で起こったことがとんでもなさ過ぎて、僕の頭は即座の理解を拒んでいた。

外が見えていた。

ルナティック・バベルの中にいるというのに、外の景色が見えていた。

浮遊都市フロートライズを、えらく高い場所から見下ろす光景が。

つまり、要するに——ルナティック・バベルの壁が、ぶち抜かれていたのだ。

そう。『柔らかくて強い金属』で出来ている、どんな衝撃をも分散して受け止めてしまうため破壊不能と言われていた、あの外壁が。

もちろん、その前にあった廊下や壁、レッドハウンドの群れなんかもまとめて消滅していた。

「————」

今もまた、風が吹いている。

しかし、流れは逆風だ。どでかい風穴から流れ込んでくる大気が、ハムと僕に向けて吹き付けてくる。かなり風力が強い。

ハムの身に纏われていた外套が、ガバッ、とめくれ上がり、風に巻き上げられた。

吹き飛ばされた外套がそのまま僕の顔に当たって、視界が真っ黒に染まる。

「——わぷっ!?」

呆然《ぼうぜん》としていた意識が急にシャキっとして、僕は慌てて外套を取り払い、
とても綺麗な生き物を見た。

小柄な女の子が、こちらを振り返っていた。

右目が海みたいな蒼で、左目が黄玉のような金色のヘテロクロミアはそのままに。

肩の辺りで切り揃えられた銀髪は、陽光を受けて虹色の煌《きら》めきを反射するほどの光沢があって。

小さな頭の周囲を、細い棒状の飾りがついた金鎖のサークレットが包んでいて。

陶器のような白皙《はくせき》の肌には、スミレ色のフォトン・ブラッドが幾何学模様を描いて走っていて。

外套の下に身に付けていたのは、ちょっと珍しい民族衣装——『着物』と呼ばれる衣服で。薄紫を基調として豪華絢爛《ごうかけんらん》な装飾が散りばめられたそれが、ミニスカート風に改造されていて。足元は布製の足首飾り《アンクレット》と漆塗《うるしぬ》りのぽっこり下駄《げた》で。

服の袖《そで》や裾《すそ》から伸びる手足は細っこくて、小っちゃくて——

つまり一言で言うなら、とっても可愛らしかったのだ。

猫みたいにちんまい口元が、くふ、と笑う。

「どうじゃ、おぬし。妾もなかなかのものであろう？」

そう言って、ふふん、と不敵に笑う女の子の声は、どう聞いてもハムのそれだった。

「——ハ、ハム……？」

思わず出た僕の呼び掛けは、思いっきり声が裏返っていた。

この時、僕は一体何が起こったのかを正確に把握できていなかった。

ハムの術力が世界記録を遥かに超越していたことも。発動させた術式がどういう種類のものであったのかも。そして、彼女の正体が何なのかということも。

さっぱり分かっちゃいなかった。

ただ、僕は見た。

再び強い風が吹いた時、ハムの着ているミニスカート風の着物の裾が勢いよくめくれ上がり、内部に隠している物を露《あらわ》にした。

それは、クラシックパンツという代物だった。僕の記憶が確かならば、それは男性用だけでなく、女性用のものもあったはずだ。非常に珍しいものではあるけれど。

しかし、彼女のフォトン・ブラッドと同じスミレ色のそれは、一部の地域でしか普及していない。

そう、『極東』と呼ばれる、辺境の地域でしか。

故に、僕はそれを見ただけで、彼女の出身地がどのあたりなのかを悟ってしまった。

クラシックパンツ——またの名を、『ふんどし』という。

# ●3　風の神様とトモダチ

盛大に吹き飛ばされたルナティック・バベルの外壁が、ウネウネと生物のごとく自己修復を始めるのと同時――この情報だけでもグローバルニュースのナンバーワントピックスは間違いない――僕はハムの手を引いて走り出した。

「うなっ!? な、何じゃおぬし!?」

色違いの宝石を二つ並べたような目を見開いて、ハムが素っ頓狂《すっとんきょう》な声を上げる。

「と、とりあえず逃げよう！　このままここにいちゃまずいよ！」

「な、何故じゃっ？　何事なんじゃっ？」

僕に引き摺《ず》られるようにして走りながら、ハムが本気で訳が分からないという風に何度も質問してきた。けど、僕はそれら全てを黙殺する。

「いいから！　とにかく走って！」

僕にだって何が何だかよく分からない。けれど、あのルナティック・バベルの外壁が壊され――否、壊してしまった。

絶対、下の街に迷惑が掛かっているはずだ。

後日、幸いなことにどこの誰にも迷惑が掛かっていないことが判明するのだけど、この時の僕にそれを知る由《よし》もない。

僕は階層中央のエレベーターホールまでハムを連れて走ると、適当に上層行きのボタンを押し、真っ先に開いた箱へ勢いよく飛び込んだ。

何も見ず、でたらめな手付きでパネルを叩いて、扉を閉める。

すぐに上昇が始まり、緩やかな荷重《かじゅう》が全身に掛かり出す。

そうなってからようやく、僕は一息をついた。

「……して、おぬしよ。無論、説明はしてもらえるんじゃろうな？」

背後からハムの冷たい声。振り向くと、声と同じく冷然とした色違いの視線が僕を見上げていた。

怒っているであろうことは、流石の僕も見ただけで分かった。けれど、こちらにだって言い分はあるのだ。

僕はハムと向き合って彼女の両手を掴み、床に膝を突いて視線の高さを合わせると、真っ正面からはっきり言った。

「ダメだよ、あんなことしちゃ！」

「――む？」

ハムの眉根に皺が刻まれ、口がへの字になった。ジト目が僕を非難するように見つめてくる。

「あんなこととは、どういうことじゃ」

その質問に、僕は深呼吸をして心を落ち着かせてから、出来る限り噛み砕いた説明をした。

「……まず、術式の威力が強すぎるよ。ここの外壁まで壊れてたでしょ？　破片が飛び散って、外の誰かに迷惑をかけているかもしれないよ？　もしかしたら、それで怪我をした人がいるかもしれない。一応、この辺りまで来るのはエクスプローラーがほとんどのはずだから、大した被害はないとは思うけど……でも、さっき見た宗教団体の人達とかもいるし、絶対とは言えないでしょ？」

「…………」

僕は不満そうなヘテロクロミアをまっすぐ見つめながら、声に険《けん》が籠もらないよう気をつける。

「それに、ここに来る前に話したじゃないか。エクスプロールの基本は、ＳＢのコンポーネントの回収だって。あれじゃコンポーネントも全部吹き飛んじゃってるよ」

「……むぅ……」

ハムが難しそうな顔をして唸った。心なしか、唇が少し尖《とが》ってきているように見える。

僕はそんなハムの両手を掴んだまま、軽く上下に振ってこう言った。

「めっ、だよ」

すると、

「――――――」

ぽかん、とハムが夢から覚めたような顔をした。いきなりの表情の変化に、僕の方も少し驚いてしまう。

「……のう、おぬし」

「う、うん？」

「もしや、妾は今、おぬしに説教されておるのか？」

「えっ？　えっと……」

もしやも何も、多分というか間違いなく、

「そ、そうなると思うけど……」

と応えると、〝ハトが豆鉄砲を食ったような表情〟をしていたハムが、くふっ、と破顔《はがん》した。

「――あっはっはっはっはっ！　そうか、妾は説教されておったのか！　こりゃまいった！　はっはっはっはっはっ！」

背を反らして、腹の底から呵呵大笑《かかたいしょう》する。体の揺れに連動して、頭のサークレットがチリンチリンと微かな音を立てた。

「。」

今度は僕が、〝雷が鳴っている時のアヒルみたいな顔〟をしてしまう番だった。

ど、どうしたんだろう？　あれ？　僕そんなに変なこと言ったっけ？

そんな風に内心で慌てていたら、ふとハムが笑うのを止めた。かと思うと、急に真顔になって小首を傾げる。

「――ん？　待つのじゃ。ということは……妾は悪いことをした故、おぬしに叱責《しっせき》されておる……ということか？」

「ええっ？」

何を今更な。何だか話の流れがおかしいぞ。

「う、うん、まぁ、そうなるんじゃない、かな……？」

僕が適当な感じで頷いてみた、その途端だった。

ハムの顔から表情が抜け落ちた。と思った次の瞬間、じわり、という感じでハムの両目に涙が滲《にじ》み出す。

「――えうっ⁉　ど、どうしたのハム⁉」

吃驚したってもんじゃなかった。正真正銘、僕は度肝《どぎも》を抜かれてしまった。

――なんで泣くの⁉　さっきまで笑ってたのに⁉　何がどうなってるの⁉

終いには僕の手の中にあるハムの両掌まで、生まれたての動物みたいに小刻みに震え出した。

ぐじゅ、と鼻を啜《すす》ったハムは、か細い声で、

「わ、妾は……侍女《じじょ》から苦言をもらう以外で、そ、そのように叱られたのは、は、初めてなのじゃ……ど、どうすればよいのか、よう分からぬ……」

ぐすっ、ぐすっ、と泣きべそをかくその姿は、完全に幼い女の子そのもので。

僕の胸の中に、何だか途方も無い罪悪感《ざいあくかん》が、ずどん、と圧し掛かってきたわけで。

「わ、妾は、そんなに悪いことをしてしまったのか……？　お、おぬしはもう、妾を嫌いになってしまったのか……？」

しょぼんとした空気を漂わせた彼女に、潤《うる》んだ色違いの瞳で見つめられながらこんなことを言われてしまったら、それはもう色々とたまらないわけで。僕は、あわわあわわと口を何度も開閉して、

「ち、違うよ！　そんなことないよ！　嫌いになんかならないし、ハムは悪くないよ⁉　っていうか、ご、ごめんね！　ごめん！　僕の言い方がキツかったよね⁉　ち、違うんだ、僕は、えっと……そ

の、えーと……！」

焦っているせいで上手く言葉が出てこない。

「ぼ、僕はその、ハムに立派なエクスプローラーになって欲しくて！　なんていうか、その……あ、そ、そうだ！　すごかったよね！　ハムの術式！」

「……？」

無言でまたも小首を傾げるハムに、僕は思いついた言葉をどんどんまくし立てていく。

「ほら、さっきのレッドハウンドを吹き飛ばしたやつ！　アレすごいよ！　すごすぎるよ！　ものすごい才能だよ！」

「そ……そうか、の……？」

照れくさそうに口元を綻ばせ始めたハムに、僕は確かな手応えを感じた。僕はぶんぶんと何度も首を縦に振って、

「すごい術力だよ！　ほら、ハムって『極東』の出身だよね？　もしかして、現人神だったりしてなんちゃって、あははははは」

調子に乗ってそんなことを言った瞬間、ピキン、とハムの顔が凍《こお》りついた。

「ははは……は？」

あ、あれ……？　褒《ほ》めたつもりだったのに、なんで？

まだ端っこに涙の雫《しずく》を残したままのヘテロクロミアを、まんまるく見開かせて、まるで世界の終わりでも見るような口調で、

「……何故、分かったのじゃ？」

「え？」

ずい、とハムの顔が僕の眼前まで迫ってきた。ここまで来ると、大きく開かれた瞳が人形か何かのようでかなり怖い。ハムの両手を握っているのは僕の方なのに、逆にこちらが拘束されているような気分。僕は思わず上擦《うわず》った声で、

「え、えっと……ごめん……さっき、風で君のスカートがめくれた時、下着が見えちゃって……ク、クラシックパンツって『極東』特有の文化だから――」

「何故、妾が現人神だと思ったのじゃ？」

ひんやりした声が僕の言い訳を遮《さえぎ》った。ハムの言葉が氷柱のように耳に突き刺さって、僕の背筋に悪寒が走る。

地雷を踏んでしまった――そう思った。

「そ、その……『極東』の現人神は、神様って呼ばれるぐらいものすごい力を持ってるって聞いて……ルナティック・バベルの壁を壊すぐらいの術力だったから、もしかしたらって……は、半分は冗談のつもりだったんだけど……」

「……なるほどのぅ」

不意にハムの声に体温が戻った。僕は一気に緊張がほどけて、こっそりと安堵《あんど》の息を吐く。

何なんだろうか。笑ったかと思ったらいきなり泣くし、泣いたと思ったら物凄く怖くなるし。情緒不安定なんてレベルではない気がする。

「少し、見誤っておったようじゃな」

呟いたハムの小さな手が、僕の両手の中からするりと抜け出した。そのまま、今度は僕の手を捕まえるように左右から挟《はさ》み込んでくる。

「そこまで知られた以上、このままおぬしを逃すわけにはいかぬな」

「え……えっ？」

意味が分からなくて呆気《あっけ》にとられた瞬間、ポーン、と音が鳴ってエレベーターが停止した。

僕の背後で扉が開いて、空気が動く気配。

首だけで振り返り、床に描かれている階層表示が目に入った時、僕は自分の適当さを呪った。

一九六階層。

このルナティック・バベルの、最前線だった。

「ゆくぞ、ついてくるのじゃ」

「えっ？　ちょ、ちょっと……!?」

いきなりハムが僕の手を引いて歩き出した。僕はろくな抵抗も出来ず、入った時とは立場が逆になった状態でエレベーターから転《まろ》び出る。

僕の手を引くハムは、カランコロンチリンチリンカランコロンと迷い無くエレベーターホールを突っ切って一九六階層を進んでいく。

「あ、あの、ハム？　どこに行くの？　ねぇ」

「いいからついてくるのじゃ。ほれ、こっちじゃ」

くん、という感じで曲がり角を左折する。それから何度も曲がり角の右折と左折を繰り返し――うん、これは気のせいなんかじゃないよね？　間違いなく人気の無い方向に向かってるよね？

「ふむ、ここらでよかろう」

やがてハムが立ち止まり、こちらへ振り返った。

「――まずはそれを返してもらうのじゃ」

そう言ってハムは、僕の手に握られっぱなしだった外套を素早い手つきで掠《かす》め取ると、淀《よど》みない所作で再び身に纏った。

「よし、先程と同じように跪《ひざまず》け。妾と目線を合わせるのじゃ」

「え、あ、はい」

何故か言う通りにしてしまう僕。ハムとの身長差は、僕が地面に膝《ひざ》を突くことでちょうどゼロになるのだ。気の強そうな色違いの双眸《そうぼう》と、真正面から視線がかち合う。

「おぬし、名はなんと言った」

「えっ……？」

「名前じゃ、名前。妙に長い名前だったじゃろう。もう一度教えるのじゃ」

「あー、うん……」

やっぱり覚えていてもらえなかったかぁ、という残念な思いと、どこか諦めの境地にも達したような気持ちが一緒くたになりつつ、僕は改めて名乗った。

「ラグディスハルトです……」

「ラグ、ディス、ハルト――ラグ、ディスハルト……ラグディス、ハルト……」

ハムは俯《うつむ》いて、僕の長くて覚えにくい名前を、区切る節を変えながら何度も呟く。やがて、

「……よし、覚えたぞ。ラグディスハルトよ、おぬしは知ってはならぬことを知ってしまった」

びしっ、と僕のことを指差す。

「ええと……」

色々と超展開すぎて、僕は片手で後頭部を掻《か》きながら曖昧《あいまい》な笑いを浮かべるしかない。

ハムはそんな僕の態度を気にせず――というか一顧《いっこ》だにせず、こう続けた。

「妾の正体を知られた以上、妾はおぬしをタダで帰すわけにはいかぬ。妾のことは絶対に秘密なのじゃ。故に、おぬしには口封じの為に消えてもらうか――」

ギラリ、とハムの両目に剣呑《けんのん》な輝きが宿った。

「ええっ⁉」

こ、殺される⁉　僕こんなよく分からないことで殺されちゃうの⁉

「――もしくは、それが嫌ならば〝ある要求〟を呑んでもらう他ないのじゃ。分かるか？」

「よ、要求って……？」

我知らず生唾《なまつば》を嚥下《えんげ》して、僕は聞き返す。

ハムはニヤリと壮絶《そうぜつ》な笑みを見せ、そして、

「口封じの為に消えたくなくば――」

恐怖に慄《おのの》く僕に向かって、こう言い放った。

「おぬしは、妾の〝トモダチ〟となるのじゃ！」

「――――」

ちょっと意味が分からなかった。

たとえるなら、犬が目の前でニャーって鳴いたような気分だった。

「……えっ？」

その一言以外に何も思い浮かばなかった。いや本当に。

え？　今、何て言ったんだろうかこの子は？

小首を傾げた僕に、ハムは、ふふん、とドヤ顔を見せ、

「トモダチじゃ、トモダチ。ユウジョウという固い絆で結ばれる、主従を超えた最高の関係じゃ。同性同士の方が芽生えやすいらしいが、異性間でも十分に結ばれると聞く。おぬしは妾の、一番のシンユウとなるのじゃ」

「…………」

彼女の言葉をよく聴き、耳から頭へ入れて、じっくりと慎重に咀嚼《そしゃく》する。

ええと……大袈裟《おおげさ》に言ってはいるけれど、要は『友達になって欲しい』――ってことでいいのだろうか？　というか、そういう風にしか受けとれないのだけれど――まさか、深い意味とか意外な裏とかあったりしないよね？　ね？

だとしたら、僕の答えは決まっている。むしろ、これは僕にとっても千載一遇《せんざいいちぐう》のチャンスではないか！

僕は再びハムの両手をガシッと掴んだ。

「喜んで！」

「ぬあっ⁉」

僕の突飛な行動にハムが面食らう。だけど僕は遠慮なく思いの丈をぶち撒けた。

「大歓迎だよ！　むしろこっちからお願いしたいぐらいだよ！　僕とお友達になってください！　僕の一番の親友になってください！　というかならせてください！　僕とこれからずっと一生一緒にいてくださいッッ‼」

「お、おおおおお落ち着くのじゃあーっ！」

興奮のあまりプロポーズみたいな言葉を吐き出した僕――後で冷静になってものすごく恥ずかしくなった――を、顔を真っ赤にしたハムが大声でたしなめる。

「なんじゃなんじゃなんなんじゃ⁉　乗り気なのはよいが、おぬし張り切り過ぎじゃぞ⁉」

「だって友達だよ⁉」

僕はハムの文句を力強く叩き返した。

「僕もずっと友達が欲しかったんだ！　今日会った時からずっとずっと、いつ『友達になってください』って言おうか考えてたんだ！　なのに君の方から友達になって欲しいって言われたんだよ⁉　だったら僕が喜ばないわけないじゃないか！」

「ええい落ち着けというにぃぃぃぃぃっ！」

ハムが天井に向かって絶叫して、廊下にわんわんと声が響き渡った。それで僕は正気に戻る。

「――あっ、ご、ごめん、つい……」

ぱっ、とハムの両手を離して、おろおろと謝る。ハムの呆れたような視線が、冷たく突き刺さるようだ。彼女は、はー、と大きく溜息を吐いて、

「……まぁ、よい。否やはないというのであれば、妾としても重畳《ちょうじょう》じゃ」

そう言ってハムは表情を改め、微笑《びしょう》と共に手を差し出した。

「ラグディスハルトよ、おぬしは今よりこの妾の第一のシンユウじゃ。よろしく頼むぞ？」

この手を握れば、僕と彼女は晴れて友達となるらしい。僕はその手をしばし見つめ、

「……うん、こちらこそよろしくね、ハム」

ちっちゃなその手を、優しく、だけどしっかりと握った。

「――おっと、そうじゃった。一つ詫《わ》びねばならぬことがある」

「え？」

「妾の名前じゃ。すまぬが、ハムというのは嘘の名前だったのじゃ」

「え、嘘？」

彼女は、こくん、と頷き、しれっと告白する。

「偽名じゃ。妾の真名は〝ハヌムーン〟という。覚えなおすがよい」

「ハヌ、ムーン……？」

ああ、なるほど——言われてみれば確かに、『ハム』というのはうっかり本名を言いかけて咄嗟《とっさ》に偽名にしたような感じではある。

「そう、妾こそは、ハヌムーン・ヴァイキリル。おぬしのことじゃ、聞き覚えはあるであろう？少し前まで片田舎で神をしておった」

僕は視線を宙に泳がせ、記憶の抽斗《ひきだし》をひっくり返した。

「ヴァイキリル？　えっと……」

確かに聞いたことがある。極東の現人神で、風を司《つかさど》っているのがそんな名前だったような——

「——え？」

ちょっと待って。神を、していた？

視線を下ろすと、現人神の名前を持つ女の子は、まるで僕の思考を読み解いたかのように頷き、

「流石、察しがよいの。左様、そのヴァイキリルじゃ」

悪戯《いたずら》を成功させた子供みたく、蒼と金のヘテロクロミアを弓形に反らせて、くふ、と笑ったのだった。

# ●4　友達の証と危ない戦い

そりゃもう散々に驚いた。

神様はもちろん、現人神なんて存在と直に会って話すなんて、初めてのことだったのだ。

というか普通に考えて、これは有り得ない事態だ。

現人神はその名の通り、人の形をした神だ。神に等しい力を持った人間だ。それほどの存在故に、現人神はその土地の人々に崇め奉《たてまつ》られ、同時に束縛《そくばく》もされている。

だからそんな存在が、こんな場所に、しかも一人でいるなんて、絶対に有り得ない――あってはいけないのだ。

「な、なんで君みたいな人がこんなところに、し、しかもエクスプロールなんて――⁉」

あわあわする僕の唇に、ぴとり、と細くて柔らかな指が触れた。

ハヌムーンの人差し指だった。指先一つで黙らされてしまった僕に、彼女は左の金目を閉じて、茶目っ気たっぷりの笑みでこう言った。

「それは秘密じゃ」

「…………」

とってもにこやかに断言されてしまったため、呆気にとられた僕は何も言い返せなくなった。

え｜と……？　いや、まぁ、親友にも言えないことって、あるよね。多分……？

「それよりもじゃ、互いのあだ名を決めるのが先決じゃろうて」

「へ？」

僕の唇から指を離したハヌムーンが唐突にそんなことを言い出したので、思わず変な声が出た。

「あだ名……？　ええと、つまり愛称ってこと？」

握手していた手を離して、現人神の少女は腕を組む。大仰《おおぎょう》に頷いて、

「うむ。ユウジン、特にシンユウともなると互いに特別な呼び方をし合うというではないか。妾とおぬしもそうするのじゃ。そも、おぬしの名は呼ぶにはちと長すぎるしの」

「うん……それは否定できないけど……」

いやまぁ、僕の出身地方では大概の人がこういう感じの名前なのだけど。実際、僕も外の世界に出るまでは当たり前だと感じていたし。でも文化圏の違う人達からすれば、

『なにそれ？　名前と姓が一緒になってるの？』

なんて思ったりするらしい。ちなみに、これは一言一句間違いなく実際に言われた台詞である。

ぴっ、と先程僕の唇を塞いだ人差し指の先端が、こちらに突きつけられた。

「ではまず妾の名前からじゃ。おぬし、妾にぴったりのあだ名を考えよ」

「あ、僕から？　え、え｜と……」

「うむうむ」

咄嗟《とっさ》に思い浮かばずに考え込むと、わくわく、という音が聞こえてきそうな勢いでハヌムーンが

僕の顔を覗《のぞ》き込んできた。ただでさえ宝石みたいな金目銀目が、キラキラと期待に輝いている。うわあ、これは迂闊《うかつ》なことは言えないぞ……

「じゃ、じゃあ、ハヌムーンだから……ハーン？　ムーン？　それとも、ハヌ？」

無難なところから挙げていったのだけど、最後のは意外としっくりきた。多分、ハムと語感が似ているからだろうけど。

「うむうむ」

どれにする？　どれにするのじゃ？　とハヌムーンの目が僕に問いかけてくるようだ。どうやら今挙げた三つに文句をつける気はないらしい。ならば、

「――ハヌ、でどうかな？　さっきまで呼んでたハムに近いし、呼びやすいから」

「おお！」

何やら感動的な声が上がった。

「ハヌ……！　ハヌか！　妾はハヌなのか！」

まるで誕生日プレゼントをもらった子供のようにはしゃぎだす。

「えっと、ちょっと落ち着いて欲しいんだけど……」

「ばかもの！　これが落ち着いていられるか！　妾のあだ名なのじゃぞ！」

どうやらと言うかやっぱりと言うか。彼女の中では『愛称《あだな》をつけてもらう』というのはかなりの一大事らしい。とはいえ、だ。

「あの……言っておいてなんなんだけど……本当にいいの？　その、僕が信者じゃないにしても、

現人神である君を、呼び捨てどころか愛称で呼ぶなんて……」

実際、熱心な信者の方々に見つかったらリンチにされても文句が言えない所業である。

「かまわぬ」

僕の心配はしかし、すっぱり斬り捨てられた。

「ここにおる妾はもはや現人神ではない。今やただの人、ただの〝ハヌ〟じゃ。ましてや、これからおぬしと共にエクスプローラーとして生きていくのじゃぞ？　そのおぬしから堅苦しい言葉で話しかけられては、たまったものではないわ」

「でも、ハヌムーンは」

「ハヌじゃ」

ぴしゃりと言葉を遮り、力強く訂正された。その上で、

「余計な心配なぞいらぬ。気にするな、それが答えじゃ。さあ、そんなことより、次はおぬしのあだ名じゃぞ」

強引に話題を変えられてしまった。ハヌムーン――じゃない、ハヌはそのまま僕を置いてけぼりにして話を進めていく。

「ラグディスハルトじゃからのう……どう呼ぶべきか、それが問題じゃ……」

完全に自分の世界に入って、ひどく真剣な顔で考え込み始めた。彼女にとっては、これまた一世一代の大勝負らしい。

僕が黙って待っていると、腕を組んだまま俯いていたハヌは不意に顔を上げ、

「――そうじゃおぬし、他の者からは何と呼ばれておったのじゃ？」

「他の人？　家族とか？」

「うむ」

「そうだねぇ。ラグとか、ハルトとかかな？　名前の一部を抜いて呼ばれることが多かったかも」

家族からはラグ。故郷の幼馴染《おさななじみ》からはハルトと呼ばれていた。偶発的に出来る知り合いなどからは、ラグディスと呼ばれていたこともある。

「ならば、それらは全て没じゃな」

「えっ？」

「妾の初めての、それもシンユウの呼び名なのじゃぞ。平凡であってはならぬ！　決してな！」

「へ、へー……あ、ありがとう……」

そんなことを言われると、語感だけで彼女の愛称を決めてしまった自分に罪悪感が湧いてくる。

「うーむ……うーむ……」

眉間《みけん》に深い皺を刻んで深刻に悩むハヌ。やがて、はっ、と顔を上げると、

「――ラト、というのはどうじゃ!?」

世界に一つだけの宝物を見つけたような顔で、眩《まぶ》しいほど輝く瞳を僕に向けてきた。

「ラト？」

「そうじゃ。ラグディスハルトの頭と尻をくっつけて〝ラト〟じゃ！」

どうじゃ？　どうなんじゃ？　と感想を求められているような気がしたので、僕は笑って、心に

浮かんだ言葉を素直に言う。

「ラトかぁ……その呼ばれ方は初めてだなぁ」

「そうか！　そうじゃろう！　そうじゃろうて！　なにせ妾が考えたのじゃからな！」

得意満面のハヌは胸を張って、わっはっはっ、と笑う。

「決まりじゃ！　おぬしはラトじゃ！　これで名実共に、妾とおぬしはシンユウじゃな！　改めてよろしく頼むぞ、ラ――」

威勢よく喋《しゃべ》っていたハヌが、突如不自然に固まった。『ラ』の形に唇を開いたまま数秒が経過して、不意に彼女は俯く。綺麗な銀髪の隙間からはみ出た耳が、見る見るうちに赤く染まっていき、やがて、

「……ラ、ラト……」

自分で決めたその名前を、何故か舌の上でそっと転がすように呟いた。

今更ながら、照れてしまったみたいだ。そんな姿を見せられては、なんだかこっちまで照れ臭くなってくる。

「う、うん……えっと、こっちもよろしくね、ハ、ハヌ……」

「う、うむ……な、なかなか気恥ずかしいものじゃのう、これは……」

もじもじしつつも、どこか嬉しそうにハヌが言う。

「は、はは……」

顔が熱い。よく考えれば、僕だって友達と愛称で呼んだり呼ばれたりするのは、初めての経験なのだ。じんわりと胸の奥に、温かい水が注がれていくような、けれどどこかむずがゆいような、複

雑な気分が広がっていく。

さて。なんにせよ、これで彼女にとっての一大事は落着というわけだ。

僕にとってはほぼ成り行きで決まったようなものだけど、ハヌとラト、どちらも簡潔《かんけつ》で呼びやすい愛称に落ち着いたと思う。それはいい。

しかし、まさか彼女が極東の現人神だったとは。俄かには信じがたい話だけど、あの化け物じみた術力を見てしまっているので、納得しないわけにはいかなかった。そんな有り得ない立場の彼女が、何故こんなところにいて、よりにもよってエクスプローラーなんぞになろうとしているのか。秘密じゃ、なんて言われたけど、やっぱり気になるものは気になってしまう。

これからずっと友達でいたら、いつかは教えてもらえたりするのだろうか——？

などと考えていた僕は、完全に、完璧に、すっかり油断していた。

初めてエクスプローラーの友達が出来たという嬉しさのあまり、つい、ここがルナティック・バベルの最前線であることを失念していたのだ。

ハヌの背後から伸びてきた大きな影が、ぬっ、と僕の視界を暗くした。

「⁉」

この時、僕はハヌと視線の高さを合わせる為、床に膝を突いたままだった。肝心のハヌは、すぐ後ろまで迫ってきた危機にまだ気付いていない様子だった。

自分の顔が恐怖に凍りつくのが分かった。突然すぎて声も出せなかった。

マンティコア。

その名を持つSBが、ハヌの真後ろに現れていた。

二メルトル近い全長、青黒い体毛と皮膜型の翼、そして先端に無数の毒針を生やした尾を持つ凶悪な猛獣。

ハヌの小さい頭など四つ同時に飲み込んでしまいそうな大口。その顎門《あぎと》が今、まさに彼女を食い殺さんと牙を剥《む》いていた。

動いて間に合うタイミングではなかった。だから僕は、唯一出来ることを最大限に実行した。

――支援術式〈プロテクション〉×10。

〝SEAL《シール》〟のキャッシュメモリに常駐させていた防御支援術式を無音声で実行、スイッチの共通プロトコルに則ってハヌへと送信する。

間に合え――――!

フォトン・ブラッドの幾何学模様が輝く僕の両手の五指、それぞれの指先に〈プロテクション〉のアイコンが合計十個現れ、ぱっと弾け飛び、

『PRRRRRROOOOO!』

マンティコアの甲高い咆哮《ほうこう》。

「――――ッ!?」

ようやく背後の危険に気付くハヌ、咄嗟に振り返るけれど間に合うはずもない。防具らしい防具

も身に付けていないその細い肩に、マンティコアの鋭く大きな牙が猛然と突き刺さ――

らなかった。

ガギン！　という鋼鉄の塊にツルハシを落としたような音を立て、マンティコアの牙がハヌの肩に食い込まずに止まる。

『P――⁉』

当然だ。支援術式の効果は一度で二倍、二度目で四倍と、重複すればするほど乗算で増していく。ハヌには計十回もの〈プロテクション〉を畳《たた》み掛けたのだから、その防御力はざっと千二十四倍にもなる。布だって石よりも硬くなる防御力強化だ。

「――ハヌッ！」

ハヌの無事を確保したのならもう障害は無い。僕は膝立ちの状態から一気に飛び出すのと同時、背中の長巻〝黒帝鋼玄〟の柄を両手で握り、瞬時に抜刀。

ハヌの肩に噛み付いているマンティコアの剥き出しの頭に大上段からの一撃をぶち込んだ。

『PRYYY⁉』

耳障りな電子音と青白いフォトン・ブラッドを撒き散らしながら、マンティコアがハヌの肩から口を離し、身を仰《の》け反《ぞ》らせる。今ので向かって右の目と耳を切り裂いてやった。だけど浅い。

マンティコアが面食らっているその隙に、僕は黒玄の柄から左手を離し、五本の指先に一斉にアイコンを表示。全身の〝SEAL《シール》〟にフォトン・ブラッドが流れて活性化。

親指に支援術式〈ストレングス〉。

人差し指に支援術式〈プロテクション〉。

中指に支援術式〈ラピッド〉。

薬指に支援術式〈フォースブースト〉。

小指に支援術式〈ミラージュシェイド〉。

深紫のアイコンが五つ同時に輝き、すぐに弾けて消える。

僕の攻撃力、防御力、敏捷性《びんしょうせい》、術力がそれぞれ強化され、〈ミラージュシェイド〉による幻影が左隣に発生した。

体の感覚が激変する。

支援術式によって身体能力が強化されたが故だ。エンジンのパワーが倍増されたからには、肉体の操縦だって加減を変えなければならない。このギャップを埋めるためにはひたすら慣れるしかないのだけど、それまでは一瞬とはいえ落差に戸惑うことになる。このあたりが支援術式の敬遠される理由の一つだ。

「ハヌはそのまま動かないで！」

早口で叫び、僕とその幻影が揃《そろ》ってハヌの前へと飛び出す。

幻影の動きは僕のそれを左右反転してトレースする仕組みだ。もちろん質量はないし、触れることも出来ない光学系幻術。匂いも温もりもないただの目くらましだけど、今はこれで充分。

「――――はあああっ！」

無駄に搭載された痛覚エンジンによって悶《もだ》えているマンティコアの、バタバタと動いている尾を

狙って床を蹴る。先端に何本もの毒針を備えたそれが奴の最凶の武器なのだ。しかし、

『――PRRRRRRWOOOOOO！』

咆哮一声。ビリビリと空気が震える。狼狽《うろた》えていたマンティコアがそれだけで自己を鼓舞し、冷静さを取り戻した。残った左目がカッと見開かれ、憤怒《ふんぬ》の視線が僕を貫く。

「ッ⁉」

予想以上に早い立ち直りに目論見《もくろみ》が水の泡となった。幻影を左に置いて、僕自身は視力を奪った右側から回り込む気でいたけど、これじゃ意味がない。

マンティコアがその筋肉質で青黒い体を、四肢を広げて深く沈み込ませる。奴の戦闘態勢だ。真っ正面から突っ込む形になった僕は、しかし構うことなくマンティコアに斬りかかった。僕の後ろにはハヌがいる。退路なんて最初からない。

「づぁあぁっ！」

間合いに入るやいなや黒玄を振り回し、奴の死角を突くため右側から袈裟《けさ》斬りを放つ。左の幻影も左右を反転させた全く同じ攻撃を繰り出した。

全長二メルトルもある黒玄は、非力な僕でも強力な一撃を打ち込める長柄武器だ。〈ストレングス〉で攻撃力を強化している今、いくら最前線のSBにだって力負けはしな――

ヒュン、と風を切る音を聞いた。

「――⁉」

嫌な予感が電流みたいに背筋を走った。僕は咄嗟に黒玄を引き戻し、半ば無理矢理に体の前面に

立てた。瞬間、
ギィン！　と漆黒の刀身に走る擦過音《さっかおん》。

空恐《そらおそ》ろしい速度で飛来したソレが、左頬を掠めて背後へ通り抜けていった。その正体を判別するため慌てて目で追いかける。

「あれは――――！」

雷撃のごとく僕を襲ったのは、マンティコアの尾だった。鋭い毒針を幾本も生やしたそれが、奴の体で出来た死角から弾丸よろしく撃ち出されたのだ。

見れば、左にいたはずの幻影が消え始めていた。いつの間にか攻撃を受けてしまったらしい。〈ミラージュシェイド〉の効果が強制終了されていく。

マンティコアは僕が二人いるのを確認した上で、その双方をほぼ同時に攻撃したのだ。

風切り音を鳴らして、マンティコアの尾が生きた蛇のようにうねりながら尻付近まで戻った。その尾の毒針が、とろりとした液体に濡れている。それを見た瞬間、僕は己が不覚に気付いた。掠り傷とはいえ頬に傷を受けてしまった。早く解毒術式を使わないと危険だ。

しかし、マンティコアは解毒術式を使う余裕を与えてはくれなかった。

『PRRRWOOOO！』

尾による連続突きが、雨霰《あめあられ》と僕に降り懸《か》かったのだ。

「～ッ！」

凄まじい速度で襲いかかってくる毒針の連撃を必死に黒玄で弾き返していく。〈ラピッド〉で敏捷性を強化していなかったら今頃蜂《はち》の巣になっていたかもしれない。

――まずい。このままじゃ押し切られてしまう。距離を取って支援術式を上乗せしたいところだけど、ハヌを守るためには下がるわけにはいかない。武器の選択をミスった。白虎なら片手で毒針を払いながらもう片方の手で術式が使えたのに。これじゃジリ貧だ。それに――

どちらにせよ、三分後には支援術式の効果が切れてしまう。

支援術式は一律、三分しか効果が持続しないのだ。

――こうなったら、毒を食らわば皿までだ！

「――だッ！」

歯を食いしばり、黒玄をさっきみたいに体の中心線に沿わせて構え、一気に跳《と》び上がる。

当然、ここぞとばかりにマンティコアの毒針が僕に襲いかかった。けど、それはもはや織り込み済みだ。左肩、右脇腹、左腰、右太股が次々と穿《うが》たれ、フォトン・ブラッドが飛び散るが、〈プロテクション〉で防御を強化した僕の跳躍を止めることは出来ない。

マンティコアの頭上を飛び越えた僕は、黒玄を横に構え、空中で体を捻った。そのまま漆黒の長巻を思いっきり振るい、体を竜巻のように回転させる。

「でやぁあああああっ！」

一個の回転刃と化した僕は、なおも押し寄せる毒針の連射を打ち払いながら宙を滑空し――

尾の根元近くをざくりと切り裂く、確かな手応え。

『ＰＰＲＲＲＹＹＹＹＹＹＹ――⁉』

自慢の尻尾を切り飛ばされたマンティコアが無様な悲鳴をあげる。

着地した僕は床にコンバットブーツの底を滑らせてドリフトするように慣性を殺しながら、体をマンティコアに向ける。左手を黒玄の柄から離し、意識を集中。術式を起動。指先に五つのディープパープルのアイコンが灯る。

小指の回復術式〈ヒール〉で傷を回復、薬指の同じく回復術式〈アンチドーテ〉で解毒し、二本飛んで親指の支援術式〈ラピッド〉でさらに一段階ギアを上げ、戻って人差し指に、

「〈フレイボム〉と！」続けて中指にも「――〈フレイボム〉！」

こちらへ尻を向けて身悶えしているマンティコアに左手刀を向けた瞬間、アイコンが一気に弾け飛んだ。

『PRRW――!?』

ダメ押しとばかりにマンティコアの尾の付け根が二度連続で爆発する。

〈フレイボム〉は単体ではさほど威力のない攻撃術式だけど、支援術式と同じ特性があって、一定のタイミングで爆発を連鎖させると威力が乗算で増していくのだ。その上〈フォースブースト〉で術力を強化しているので、連鎖爆発と相まって効果は通常の八倍にまで跳《は》ね上がっているはずだ。

〈ラピッド〉の重複効果でさらに体の感覚が変化。目に映る全ての光景がよりスローモーションになる。僕は黒玄を大きく後ろに引いて構えると、息を止め、身体のほとんどを爆炎に包まれて喘《あえ》ぐマンティコアに向かって猛然と走り出した。

通常の四倍の速度で風のように接敵する。

「はぁああああああああッッ!!」

必殺の間合いに入った瞬間に跳躍、無防備なマンティコアの背中を照準、身体ごと全力の一撃を叩き込んだ。

『PURRRRRROOOO――――!』

〈ラピッド〉によって強化された速度で打ち込んだ斬撃《ざんげき》は、黒玄が持つ鋭い斬れ味もあってか、さしたる抵抗も受けずマンティコアを斜めに切り裂いた。

奴の耐久力の全てを奪い取った、その手応えがあった。

マンティコアの全身が、氷の彫像のように硬直する。

「――あだっ！」

あまりにも全力過ぎたため僕は空中で体勢を崩し、肩から床に落ちてしまった。それと同時、動きを止めたマンティコアの体が徐々に薄まって活動停止《シャットダウン》していくのが目に映る。

やがて、その場に青白いコンポーネントだけが残った。それもふよふよと宙を漂いながら僕の体に触れ、〝SEAL《シール》〟に吸収されて消え失せる。

――終わった……?

マンティコアを倒したことを確認した僕は、体を起こして安堵の息を吐く。

「……ふぅ……あたたっ……」

安心した途端、体のあちこちから痛みが押し寄せてきた。

支援術式解除コマンドをキック。僕の身体能力を押し上げていた〝SEAL《シール》〟が、そのプロセスを一斉に解放した。

床に座ったままハヌがいた方向に顔を向けると、ぽかんとしたヘテロクロミアと目が合った。

唖然。一言で言うならそんな顔で、ハヌが僕を見つめていた。

僕は傷が塞がったのを確認すると、立ち上がってハヌに歩み寄る。

「ハヌ、大丈夫だった？　怪我してない？」

未だ丸く見開かれたままの金目銀目が、いきなりこんなことを言った。

「おぬし……ラトよ。今、一体何をしたのじゃ？」

「へっ？」

質問の意図を図りかねて、僕は首を傾げた。すると、

「とぼけるでないっ！　妾に一体何をしたのじゃ！　しかも何じゃ今の動きは！　おぬし、妾に嘘をついておっ――たのはお互い様じゃが……くぅぅ……！」

がーっ、と怒鳴り始めたかと思うと途中でいきなり失速するハヌ。拳を握り締めて葛藤《かっとう》する姿をしばし見つめていたけど、僕は不意に思い出した。

「――って、こんな呑気に話してる場合じゃないよ！　早く戻ろ！　僕達に最上層はまだ早いよ！」

フロア中央のエレベーターシャフト周辺ならＳＢがポップしない安全地帯だけど、逆に言えば、そこ以外はみんな危険区域だ。さっきみたいに一体ならともかく、群れで現れたらかなりまずい。

「む？　誤魔化す気か、ラト」

「ち、違うよ、本当に危ないんだよ！」

正直、僕一人だけなら何とかなる。ソロでの経験なら豊富にあるし、支援術式を重ねがけすれば、この階層のＳＢとも互角以上に戦える。だけど。

ハヌを守りながらだと、一気に厳しくなる。そもそも、二人一緒にどうエクスプロールしていくのか、それを見定めるために低階層から始めたはずなのに。

——どうしてこんなことになってるの……!?

「と、とにかく、他のＳＢに見つかる前に安全地帯に——」

むすっとした顔で膨《ふく》れているハヌの手をとり、引っ張って行こうとした時だった。

僕はハヌと目を合わせるために下げていた顔を上げ、来た道を戻るためその方角に視線を向け——見てしまった。

通路を埋め尽くす、種々様々なＳＢの集団を。

フォトン・ブラッドまで蒼くなるんじゃないかってぐらい、顔から血の気が引いて行くのが自分でもよく分かった。

慌てて振り返ると、通路の逆側にもＳＢの群れが壁を成していた。

「なっ……!?」

完全に囲まれている。

多分、さっきのマンティコアがトリガーだったのだ。

おかしいとは思っていたのだ。基本的に群れで現れるＳＢが、一体だけしかいないなんて。

おそらく奴が活動停止《シャットダウン》された瞬間、通路両側に本命の群れがポップするトラップだったのだ。

——どうする⁉　どうする⁉

狂乱寸前の頭で目まぐるしく頭を回転させる。二人一緒にこの窮状《きゅうじょう》を脱するにはどうしたらいいか、やはり難しいか、それとも無理か、いいや最悪、僕一人が犠牲になってでもハヌだけは

「そこの二人！　悪いけど邪魔するわよ！」

突如、雷鳴のように耳を劈《つんざ》いたのは、凛《りん》とした美声。

「へっ⁉　えっ⁉　誰……ええっ⁉」

予想外のことに僕の高速思考は途切れ、目が自然と声の発生源を探した。

キョロキョロと周囲を見回しても壁とSBしか見えなかったので、咄嗟に術式〈イーグルアイ〉を起動。左人差し指に鷹の目を模したアイコンが浮かび、それが小さな鳥の形に変化して上空へ飛翔する。途端、〈イーグルアイ〉が取得した俯瞰《ふかん》視覚情報が僕の〝SEAL《シール》〟に送られてきた。

僕達を挟み撃ちにしようとしているSBの群れ、そのさらに向こう側に、二つのクラスタらしきエクスプローラーの集団がいた。ちょうど僕たちを挟んでいるSB達を、さらに挟む形だ。

その中の一人、長い金髪をポニーテールに結った女性——多分、この人がさっきの声の主——が、手に持った抜き身の剣を高く掲げ、清冽《せいれつ》なる鬨《とき》の声を放った。

「かかれぇぇぇぇ————っ！」

『おおおおおおおおおおおおおおっ！』

間髪入れず応じる大勢の力強い声。二つのクラスタを合わせて三十人以上はいるだろうか。かなりの規模だ。

集団戦闘が始まった。

「〈フレアブラスト〉ォ！」「〈彗烈斬破《すいれつざんぱ》〉ッ！」「〈ライトニングクルセイド〉！」「〈ダブルスラッシュ〉！」「〈光牙《こうが》〉ァ！」「〈カラドボルグブリット〉！」

攻撃術式、剣術式、槍術式、斧術式、格闘術式、拳銃術式、他にも色々。僕達の前と後ろで、これぞエクスプロールの最前線と言わんばかりのハイレベルな戦いが繰り広げられた。

戦っているクラスタの人達の方が、ＳＢにとっては優先排除対象なのだろう。

僕とハヌは台風の目にいるかのように、戦場のど真ん中でぽつねんと取り残されてしまう。

「……のう、ラトよ」

くい、と握ったままの手を引かれて、

「……え？　なに、ハヌ？」

僕は半ば呆然と聞き返す。

「……何がどうなっておるのじゃ？」

とっても素朴なその疑問に、僕は返す答えを持たなかった。

## ●5　蒼き紅炎の騎士団と剣嬢ヴィリー

ここでちょっと、おさらいをしておこう。

エクスプローラーの集まりには、いくつかの形がある。

まずは『ソロ』。言葉通りの一人ぼっち。エクスプローラーの最小単位。集まりですらない。一匹狼と言えば聞こえはいいけど、基本的には寂しい人のことを指す。僕だ。

次に『コンビ』。これは僕とハヌを見ての通り。必要なのは二人を繋ぐスイッチ。そのお値段は――ルーターと比べてだけど――それなりにお手頃。

そして『パーティー』。これが最も一般的な形だろう。スイッチと比べて価格が文字通り桁《けた》違いのルーターを用いて、基本的に四～五人で編成される集団。組み込める人数はルーターのポート数にもよるけど、超高級品であれば十五人同時接続可能なものもあるとか。もちろん、天文学的なお値段である。もはや桁数を数えたくなくなるぐらいに。

最後に『クラスタ』。これは複数のパーティーを合体させたものを指す。ルーターとルーターを繋ぎ合わせ、パーティーの規模を単純に大きくしたものだ。当然、ルーター毎に使用可能ポートが一つずつ減ってしまうし、共通プロトコルも重くなる。けど、やはり数は力だ。『ゲートキーパー』のような存在と戦う時には、クラスタ単位で挑むのが常識となっている。

ちなみにクラスタには、前の三つと違い、時代と場所によってその名称が大きく異なるという特徴がある。今時は『クラスタ』が主流だが、僕の祖父が現役だった頃は『ギルド』という呼び方が流行ったそうな。遠いご先祖の英雄セイジェクシエルの時代だと、『レギオン』と呼称されていたとか。他にも『クラン』『アーミー』『トルーパーズ』『チーム』『リネージュ』等々、多彩な名前がある。

そんな中の一つに、『ナイツ』というものがある。

その名前を名乗る集団と言えば、いの一番に思い浮かぶのが『蒼き紅炎の騎士団《ノーブル・プロミネンス・ナイツ》』だ。

かの〝剣聖〟ウィルハルトを父に持つ、〝剣嬢〟ヴィリーことヴィクトリア・ファン・フレデリクスが率いる新進気鋭のエクスプローラー集団。昨今のエクスプローラーでその名前を知らない奴はモグリだと断言してもいい。それぐらい勇名を馳《は》せているトップ集団である。

盾《エスカッシャン》に剣と槍と斧を重ね合わせた紋章が、その一員たる証だと聞いている。

まさか、それを目にする日が来るなんて、夢にも思わなかった。


四十体近くいたSBが、瞬《また》く間に蹴散らされた。

もはや戦いというより、一方的な虐殺だったように思える。SBは生物ではないけれど。

一段落の後、剣を鞘に収めた金髪の女性が僕達に歩み寄ってきて、優しげに微笑んだ。

「ごめんなさいね、獲物を横取りしてしまって」

その声は確かに、僕の耳を打った鬨の声と同質の響きを持っていた。左腕の腕章は、どう見ても『ＮＰＫ《ノーブル・プロミネンス・ナイツ》』のもの。しかも彼女だけ、金の箔《はく》付きだった。

やはり、この人が〝剣嬢〟ヴィリー。

超がつくほどの有名人。

写真で見るより、ずっとずっとずっと美人だった。

零れ落ちる砂金のように眩しい髪、長い睫毛《まつげ》に縁取られた憂《うれ》いのある目元、その中に納まっている透き通るような深紅の瞳、流麗《りゅうれい》な稜線《りょうせん》を描く鼻梁《びりょう》、桃薔薇《ももばら》のごとき唇――絶世の美女だと聞いてはいたけど、ここまで目を惹《ひ》きつけられるものだとは思わなかった。

自覚はなかったけど、見惚《みと》れていたのだと思う。

くいくい、とハヌに手を引かれる感覚で我を取り戻した。

「――あっ！　い、いえ！　よ、横取りなんてとんでも……!?」

慌てて空いている方の手をパタパタ振って、ヴィリーさんの言葉を否定する。

「む、むしろ助かったぐらいで――あ、ありがとうございます！」

大きく腰を曲げて頭を下げる。顔がすごく熱い。多分、耳まで真っ赤になっているはずだ。

くすっ、と笑う気配に面を上げる。

「ならよかったわ。こちらの都合が、人助けにも繋がっていて」

言いながら、ヴィリーさんは光そのものを束ねたようなポニーテールを手で払う仕草をとった。腰まで届く長い髪が、海面に反射する日光のように躍る。

彼女は〝剣号〟を持つ最高位の剣士でありながら、術式も使いこなすと聞いている。その情報は正確だったようで、ヴィリーさんの格好は動きやすさを重視した、シンプルかつスマートなものだった。黒と藍《あい》を基調とした服の各所に軽めの装甲を装備し、その上から『ＮＰＫ』の制服と思しき蒼の戦闘コートを羽織っている。蒼と黒と金――そんなシンプルな色合いが、彼女の美しさをより際立たせているように見えた。

戦いの女神。そんな単語が脳裏をよぎる。

「実は私達、ちょうどここを二分割したナイツの合流地点にしていたのよ。なのに、いざ集まってみたらあの状態でしょう？　もしかしたら一網打尽《いちもうだじん》にして狩るつもりなのかしら、とも思ったのだけど……こちらにも予定があったから、申し訳ないと思いつつ手出しさせてもらったわ。でもよかった、杞憂《きゆう》で終わって」

そう言って笑う姿は、優美というか典雅《てんが》というか。

何を言われても許してしまいたい、そう思わせるような魅力に満ち溢《あふ》れていた。

「……そういえば、あなた達」

不意にヴィリーさんが笑みをひそめ、深紅の瞳が僕の顔をじっと見つめた――それだけで息が止まるほど緊張する――かと思うと、今度はハヌの方に目を向ける。ハヌはいつの間にか外套を深く被り直していて、僕と手を繋いだまま俯いていた。顔を見られたくないのだろう。

「よく見ると、あまり見ない顔ね？　もしかして、迷い込んじゃったクチかしら？」

全く以てその通りである。でも、素直にそう言う訳にもいかなかった。ハヌはさっきから黙りこくったままだ。多分、あまり多くの人と関わりたくないのだ。だから、ここで馬鹿正直に『実はそうなんです』『じゃあ安全なところまで送るわ』なんて事態になるのは、きっと避けたいはず。ここは適当に誤魔化さなければ。

「あっ、いえ、僕達は――」

「あっれぇ？　君、ぼっちハンサー君じゃね？」

「えっ？」

いきなり横合いから話しかけられてビックリした。

『ＮＰＫ』の一人、明るい茶髪の男性が、こちらに一歩進み出てきていた。

その軽薄そうな顔に見覚えはない。初対面のはず、なのだけれど。

「――ぼっち、ハンサー……？」

何というか、ものすごく胸を抉《えぐ》られる響きだった。ヴィリーさんに見つめられた時とは違う意味で、動悸が激しくなる。

「新入り、あなたの知り合い？」

僕達に話しかける時とは打って変わって、鋭い口調で問うヴィリーさん。

新入りさんは、ひょい、と肩を竦《すく》めて笑う。

「いっすぇー？　知り合いじゃないっすよ、こんなのとぉ」

くはっ、と笑うその声が、まるで棘《とげ》か何かのように心に突き刺さる。

彼はヘラヘラ笑いながら僕を指差し、説明しだした。

「俺、昨日まで集会所で野良パーティー組んでたんで、知ってるんすよ。彼、有名人なんすよ。何をトチ狂ったのか、いまどき支援術式メインのエンハンサーらしくて？　そりゃもちろん、どこもパーティーメンバーとして拾ってくれないっしょ？　だからいつも一人ぼっちなんすよ。うはっ。んで、俺らの間でついたあだ名が『ぼっちハンサー』ってわけっす」

二の句が継げない、というのはこういう時に使うのだろう。

言葉のナイフによって、僕の心は一瞬にしてズタボロにされてしまった。けれども、嵐はまだ去ろうとはしない。

「笑っちゃうんすよねー、彼。エンハンサーってだけで敬遠されてるっつーのに、それでも必死こいて色んな勧誘に顔出しに行くんすよ。んで、いっつも断られてて。うへっ。いい加減気付けよっつー話でぇ」

どうして。

どうして、よりにもよってこんな時に、こんなことを言われなくちゃならないんだろうか。

「支援術式ってアレじゃないっすか。意味なく術式ランク高いわ、制御が難しいわ、無駄にリソース喰うわ、体の感覚おかしくなるわ、三分しか効果続かないわ、重ね掛けしても時間延長しないわ、そのくせ術力は最大出力要求するわ——まぁ枚挙《まいきょ》に暇《いとま》がないってぐらい、マヅい仕様じゃないっすか」

隣にハヌがいるのに。向かいにはヴィリーさんまでいるのに。

「そりゃまー全部が全部ダメってわけじゃないっすけど？　でも基本は不完全な術式ばっかっすよね、支援系は。コレ、誰だって知ってる常識っしょ？」

いつの間にか僕の視界には、自分のブーツの爪先しか見えていなかった。どうしても顔が上げられない。ハヌの様子も、ヴィリーさんの表情も、怖くて確認できない。

「なのにソレがメインとか！　ウケるっしょ？　まー術式開発が進んで、もう少しマシなものになれば別でしょーけどね？　うははっ。でもそれ、何百年先のことやらっつー話っしょ？」

言い返せない。言い返したい言葉はいくらでもあるけど、それを口にする気力が無い。

支援術式、特に身体強化《フィジカル・エンハンス》系は直に肉体に作用するから、術式ランクが高くて制御が難しいのは当然だし、三分の制限時間も身体にかかる負担を考えたらむしろ長すぎだし、術力を最大出力で要求する仕様も、対象の能力に関係なく倍数強化する機能を考えたら破格すぎじゃないですか？　少なくとも僕はそう思います。

そんな台詞が頭の中に湧いてくる。けどやっぱり、舌は凍りついたまま動かないし、頭は重石《おもし》を載せられたかのように重く、上げることが出来なかった。

「んでぇ？　そんな君がこんなところでナニしてんのぉ？　ぼっちハンサーくぅん？　くははっ。子供と遠足しに来るにはちょっと危ないんでない？　マジ空気読めなさすぎっしょ、うははっ」

新入りさんの声に含まれる悪意が徐々に増えてきて、嫌味というより罵倒《ばとう》になって来た頃。

「……新入り、あなたいい加減に――」

とヴィリーさんが何か言いかけたのと、ハヌが僕の手を離して前へ出たのは、ほとんど同時だった。

ずい、と外套を被った小さな身体が、僕と新入りさんとの間に割り込んだ。

すぅ、と息を吸う音。

「――さっきから聞いておれば、くだらぬことをベチャクチャベチャクチャと！　よくもまぁ他人の悪罵誹謗《あくばひぼう》にそれだけ舌が回るものじゃな！　恥を知れ！　このたわけが！」

いきなりの怒声に、場の空気が凍りついたのが分かった。

誰も何も言えない空白――そんな隙に、ハヌはぐいぐいと攻め込んでいく。新入りさんをビシッと指差し、

「そもそもおぬしはどこの誰なんじゃ！　いきなり勝手に決めつけた珍妙な名前で呼びつけるなど無礼であろう！　礼儀の一つも知らぬのか！　この恥さらしが！」

ハヌの舌鋒《ぜっぽう》はマンティコアの尾針よりも鋭かった。いきなり浴びせかけられた怒鳴り声にたじろぐ新入りさんに、間髪入れず追撃を加えていく。

「第一、おぬしなど誰も呼んでおらんじゃろうが！　おぬしこそ何しに出てきよった！　たかが新入りの下っ端であろう！　しゃしゃり出てくるなこの三下《さんした》が！」

これだけの集中砲火を浴びたら、僕なら心が折れて泣いてしまうかもしれない。しかし、

「な……なんだテメェは！　いきなり突っ掛かってきてんじゃねぇよ！　ブチ転がすぞ！」

「いきなりラトに突っ掛かってきたのはおぬしの方であろうが！　謝れ！　失礼千万な振る舞いを頭を下げて謝るのじゃ！」

猛然と言い返してきた新入りさんに、凄まじい勢いで噛み付き返すハヌ。

「――やめなさい、新入り」

ぼそり、とヴィリーさんの低い声が聞こえたのは、僕だけだったかもしれない。

新入りさんはこめかみに青筋を立て、目を剥いてハヌに食って掛かる。

「ああ!? つうかテメェこそ何様だよ！ 偉そうにしてんじゃねぇぞクソガキが！ 大体ラトって誰だコラ！」

新入りさんが、最後の一言を放った瞬間だった。

突如、ハヌの声が爆発した。

「おぬしがラトをラトと呼ぶでないわああああっ！ ラトをラトと呼んでよいのはシンユウである妾だけじゃこのくそたわけがァアァアァッッ!!」

ものすごい大音声だった。

空気がビリビリと振動するぐらいの声量だった。

こういうのをマジギレって呼ぶのだと思う。

「――――ッ!?」

ハヌのあまりの迫力に新入りさんがたじろぎ、身体をやや仰け反らせて目を白黒させる。

僕からはハヌの後頭部しか見えない。けれど、フードの陰から垣間見える蒼と金のヘテロクロミアが、ひどく剣呑《けんのん》な輝きを放っているだろうことは容易に想像できた。

「くっ……こんっのメスガ」

キが、とでも言いたかったのだろう。けど、言い切る前に重い打撃音が響き、それを遮った。

次の瞬間、新入りさんが変な格好で宙を飛んでいた。

そして、凄まじい勢いで近くの壁に叩き付けられた。肉が硬質の壁を打つ音が鳴り響く。その後、思い出したように重力に引かれ、床に転がった。

誰あろう、ヴィリーさんが鞘に納まったままの剣で殴りつけたのだ。

「――やめなさい、と私は言ったわよ」

そう言うヴィリーさんの声音は、氷塊を擦り合わせる音にも似ていた。ハヌの怒鳴り声とはまた違った意味で、その場の全員が凍りつく。

「カレルレン!」

ヴィリーさんがその名を口にすると、少し離れた場所で待機していた『NPK』の人達の中から、一人の男性が歩み出て来た。

「はい。お呼びですか、団長」

比べるのは流石に酷かもしれないが、ヴィリーさんと比較すると少しくすんだように見える金髪。男の僕から見ても綺麗に整った顔に、不思議と目立つ左目の泣き黒子《ぼくろ》。大柄ではないけれどよく鍛え込まれていることが見てとれる体躯《たいく》に、深い蒼の戦闘コートと、黒と銀が等分に混じった軽鎧《けいがい》姿。手に持った槍斧《ハルバード》からは『業物』の匂いがする。

顔は知らなかったけど、名前だけなら聞いたことがあった。

カレルレン・オルステッド。〝剣嬢〟ヴィリーの片腕で、彼女の幼馴染み。『NPK』の副団長を務める、ハイランクの槍士《ランサー》――〝氷槍〟カレルレン。

ヴィリーさんは十セントルほど背が高いカレルレンさんを、じろり、と上目遣いに睨み、

「……これはどういうこと？　今回のメンバー補充はあなたに一任していたはずだけど」

手に持った蒼い剣の鞘先で、壁際で気を失っている新入りさんを指す。

「アレは何？　あんな騎士道精神の欠片《かけら》もない人間が、うちに相応《ふさわ》しい人材だと思ったの？」

「面目次第もありません」

カレルレンさんの返答は丁重かつ簡潔だった。それ以上言い訳するつもりがないのか、目を伏せて軽く頭を下げたっきり、口を開かない。

数秒、そんなカレルレンさんの顔を睨み付けていたヴィリーさんだったけど、やがて眉から力を抜き、大きく息を吐いた。

「……あなたの考えは分かっているわ。内面はとにかく、早急な戦力の増強を考えてくれたのよね？　あなたなりに考えてくれたことは嬉しく思うわ。けれど」

最後の三文字を、特に力を込めて強調する。

「私達は敢えてクラスタではなく、ナイツを名乗っているのよ。そのことを、もっとよく考えてちょうだい」

カレルレンさんは姿勢を正し、改めて深く頭を下げた。

「ご理解ありがとうございます。次こそは必ず」

それを見た瞬間、ヴィリーさんがそっと呆れにも似た溜息を吐いたことに、僕は気付いた。

それでちょっと察してしまった。多分、今のやりとりはわざとだったのだ、と。

カレルレンさんはわざと言い訳をしなかったのだ。

そして、ヴィリーさんが彼の真意をちゃんと理解していることがメンバーの皆に分かるよう、ああ言わせるように仕向けたのである。自分の怒りがそんなパフォーマンスに転用されたことに気付いて、ヴィリーさんは最後に呆れの息を吐いた——のだろう。きっと、おそらく。

「もういいわ、アレを片付けてちょうだい」

「かしこまりました」

カレルレンさんに新入りさん——結局彼の名前は分からず仕舞《じま》いだった——の介抱を指示すると、ヴィリーさんは僕達に向き直った。

「ごめんなさい、うちの者が不愉快《ふゆかい》な思いをさせてしまって。ナイツの代表としてお詫びするわ」

そう言って頭を下げるので、流石に慌てて、

「い、いえっ！　そん「上の者が頭を下げたのじゃ、仕方あるまい。許してやる」

僕がヴィリーさんを制止する前に、ハヌがすごく偉そうな口調でそう言ってしまった。ふん、と荒い鼻息を吐いて、そっぽを向く。

「……あなたも、許してくれるかしら？」

ヴィリーさんがこちらに視線——しかも哀しげな——を向けてきたので、僕は思いっきり首を縦に振る。

「もももももちろんです！　む、むしろこちらこそすみませんでした！」

がくがくと頭を振っていた状態から、そのまま腰を折って謝罪へと移行する。するとヴィリーさんが、くすっ、と笑ってくれた。

「あなたが謝ることじゃないわ。こちらの管理責任なのだから……あ、そうだわ」

何を思いついたのか、ヴィリーさんは右の手袋を外し、露わになった手を僕に差し出した。

「名乗るのが遅れてごめんなさい。私はヴィクトリア・ファン・フレデリクス。もしあなたさえよければ、後日にでもきちんとしたお詫びがしたいわ。私とネイバーになってくれないかしら？」

「えっ⁉」

とても剣士とは思えない繊手《せんしゅ》を前に、僕は彫像と化す。

ネイバーというのはその名の通り、隣人、知り合いという意味合いを持つ単語だ。〝SEAL《シール》〟を持つ者同士がそのつもりで直に握手をすれば、互いのアドレス情報などを交換することが出来る。

これを『ネイバーになる』と言うのだ。

──あの〝剣嬢〟ヴィリーと僕がネイバーに⁉　ほ、本当に⁉　ゆ、夢じゃなくて⁉

畏《おそ》れ多いにも程がある。だから断ろうと思った。けれど、この状況でヴィリーさんの申し出を拒否するのは、それはそれでとんでもない話だった。

「……す、すみません、よ、よよよ、よろしく、お願いします……！」

数瞬の葛藤の後、僕は同じように手袋をとって、ヴィリーさんの手を握った。

深紅の瞳が柔らかく微笑む。

「ありがとう、嬉しいわ」

掌に伝わる、とても心地のよい感触。ハヌのマシュマロみたいな柔らかさとはまた違い、ヴィリーさんの手肌は、まるで最高級のシルクのようだった。

手を離すと、ヴィリーさんは手袋を嵌《は》め直しながら、

「実は私達、これからこの階層の『ゲートキーパー』に挑戦することになっているの。時間があるなら、応援しに来てくれるかしら？　ああ、もちろん、気が向いたらでいいのだけど。それじゃ」

そう言い置くと、彼女は笑顔で手を振って背を向けた。返答を期待していないということは、社交辞令だったのかもしれない。

ヴィリーさんはバッと腕を振って、『ＮＰＫ』のメンバーに指示を飛ばした。

「総員、移動するわよ！　次の目的地は、この階層のセキュリティルーム！　準備は万端にしておくこと！　いいわね！」

『はっ！』

大勢が一糸乱れぬ動きで、右拳で胸を叩く敬礼の姿勢をとった。

そんな彼らを、凛々《りり》しい背中が率いて立ち去って行く。

僕はその後姿を、ただ呆然と見送った。

『ＮＰＫ』の人達の姿が見えなくなってから、ハヌが話しかけてきた。

「のう、ラトよ」

「な、なに、ハヌ？」

ハヌの声音は、さっきとは打って変わって静かなものだった。フードの影の中から、らんらんと輝く金目銀目が僕を見上げている。

「何故、何も言い返さなかったのじゃ。愚弄《ぐろう》されておるのは分かっておったであろう？」

ハヌの語調に僕を責めているような感じはなかった。ただ純粋に、僕の態度の意味が分からなかった、という風だ。

ずきり、と心が痛む。言い返さなかった理由なんて、一つしかない。

「だって……一応、本当のことだから……」

僕だって腹が立つし、悔しいし、悲しいし、反論できることだってあるけれど——実際、あの新入りさんが言ったことも決して嘘ではないのだ。

支援術式は総じて使い勝手が悪い。見方を変えれば利点だって多いのだけれど、それは逆に言えば、普通に見たら駄目だってことでもある。取り扱いは難しいし、効果は微妙だし、使いどころは少なく、フォトン・ブラッドの消耗率だって馬鹿にならない。普通の人ならば、よほどの理由でもない限り進んでインストールしようとはしないし、ましてや支援術式をメインに据えるなど以《もっ》ての外《ほか》だ。

それに、〈ストレングス〉や〈ラピッド〉といった身体強化系の場合、似たような効果が他の戦闘用術式に付与されていることも多い。例えば剣術式や格闘術式などには、ほんの数秒だけど〈ストレングス〉と同じ攻撃力増強の補正があったりする。また、〈幻影剣〉という〈ミラージュシェイド〉と似た術式なんかもあったりする。

「集会所でもちょっと触れたけど、基本、僕みたいなエンハンサーは敬遠されちゃうんだ。あんまり役に立たないから、そんな奴でルーターのポートを一つ塞ぐのはもったいない、って……」

パーティーが組めるルーターは非常に高価なものだ。最低でも四人でエクスプロールが出来るパーティーは、安全度が増してコンポーネント回収の効率もよくなる。だから皆パーティーを組みたがるし、貴重なポートの割り当ては、出来るだけ有能なメンバーにあてがいたくなるものだ。

よって、僕みたいな役立たずはどこへ行ってもお断りされてしまう。

「それに、全部分かった上で、それでも誰かとパーティーを組むことにこだわっていたことも事実だし、いつも一人ぼっちなのも、実際にそうだから――」

「ばかもの！」

「えっ!?」

いきなりの怒罵《どば》に、ビクッとハヌの方に振り向く。ハヌはフードを脱いで僕を睨んでいた。

「ラトのばかもの！　おぬしはもう一人ではなかろう！」

その小さな掌で、彼女自身の薄い胸を叩き、

「妾がおるではないか！　妾とコンビとなりシンユウとなったことを、もう忘れたと申すか!?」

「――ハ、ハヌ……」

じーん、と来た。怒られている、それ自体は吃驚したし、申し訳ないとも思った。でも――

「思い出したか！　思い出したのなら、二度とそのようなことを申すな！　このばかものが！」

「……うん……ありがとう、ハヌ」

それ以上に、嬉しかった。思わず涙ぐんでしまうぐらい、ハヌの言葉が嬉しかったのだ。

自分はもう一人じゃない——不思議だ。そう思うだけで、とても心が軽くなった。

僕は目尻の涙を拭って、ハヌに笑って見せた。

「——そうだね、弱音ばっかり吐いててもしかたないよね」

僕の返答に満足がいったのだろう。ハヌも破顔して、

「うむ、それでよい。なにせ、おぬしは妾の唯一無二のシンユウなのじゃ。卑屈になる理由など、もはや何一つない」

「あ、あはは……」

流石にそれ一つだけで堂々と生きられる気はしないけれど。

それでも、ハヌの気持ちは十分に嬉しかった。

「あ、そうだ、ハヌ。さっきは……いや、さっきも、かな……その……ありがとう。僕のために怒ってくれて……」

「ん？」

何の話だ？　という顔をするハヌ。すぐに、ああ、と思い出し、くふ、と彼女は笑う。

「案ずるな。シンユウならば当然のことであろう？」

とか言いながら、まんざらでもない様子のハヌである。

「——そんなことより、ラトよ」

ハヌの声のトーンが、すとん、と落ちる。

「話の続きじゃ」

「へ？　続き？」

「あやつらが来る前にしていた話じゃ。よもや、忘れたとは言わさんぞ？」

「……あー……」

そういえば、そうだった。

ハヌにはまだ話していないのだ。僕が支援術式をメインに据えた理由――まさに先程、マンティコアとの戦いで見せた僕の特技について。

普通の人ならば論外であるその選択を、僕にさせた、その『規格外』の話を。

でも、話の続きをするなら、その前にまず、

「えっと……安全地帯まで移動しながらでも……いい？」

身の安全を確保するのが先決だった。

## ●6　ゲートキーパーへの挑戦と僕の秘密

〝ＳＥＡＬ《シール》〟。

古来から伝わる正式名称は『Skin Electronic Augment Living Integrated Circuit《スキン・エレクトロニック・オーグメント・リビング・インテグレイテッド・サーキット》』。

非常に長ったらしい名前である。

それは遺跡が遺跡になる前の時代、遠いご先祖様が開発した、人類進化システムの総称だ。

元々は人体に埋め込んで、身体の一部を生体コンピューター化する道具だったらしい。けど、さらに研究を重ねて機能を拡大、進化させていった結果――〝ＳＥＡＬ《シール》〟は人類の遺伝子にまで根を下ろしてしまった。その結果、ある時期より人類は生まれながらにして〝ＳＥＡＬ《シール》〟を持つようになり、以降はそれが優性遺伝子となってしまったのだ。

新人類の始まりである。

そこからも紆余曲折《うよきょくせつ》を経て、人類と同一化した〝ＳＥＡＬ《シール》〟は生物の一部としてさらなる進化を遂げた。そして、今日《こんにち》のような形になったという。

その身体に流れる血はフォトン・ブラッドとなり、世界の現実を改竄《かいざん》する力の源となり、人類は多種多様な術式を開発した。

だけど時が進む内、新たな力が原因で大きな戦争が起こってしまった。

これが俗に言う『終末戦争』である。

この人類史上最悪の戦争により、その頃にはもう建設、もしくは発見されていた世界中の遺跡と、ほんのわずかな情報だけを残して、人類文明は一度崩壊してしまった。

それから約千年。

僕達人類は今も、この惑星で生きている。

自分達で作った謎を、自分達で解き明かしながら。

……なんちゃって。


ちょっと時間が飛んで、僕とハヌが出会った翌日である。

僕達は、一九七階層のセキュリティルーム前で、ゲートキーパーに挑戦するための行列に並んでいた。

「……ねぇ、ハヌ」

「くどいぞ、ラト」

「で、でもさ」

「しつこいのう。もう何度目じゃ？」

「だ、だって！　やっぱり無茶だよ！　僕達二人だけでゲートキーパーを倒すなんて……！」

そうなのだ。前代未聞、未曾有《みぞう》の危機なのだ。

この現人神の女の子はこともあろうに、僕と二人でゲートキーパーに戦いを挑むなどという、無茶も大概なことを言い出したのである。

「だ、だからね？　普通、ゲートキーパー級のSBにはクラスタ単位で臨むのがエクスプローラーの常識でね、あの聞いてる？　ハヌ？　聞いてるかな？　ハヌ？」

「ええい、しつこいと言っておろう。ここまで来て、いまさら何を言っておるのじゃ。それ、もうすぐじゃぞ？」

外套のフードを被ったままのハヌが、くい、と顎で前方を示す。

セキュリティルームの出入り口付近の空中に、物理ICで設置されたARボードが、何枚も浮かび上がっている。ほとんどがセキュリティルーム内部のライブ映像で、その両端に並んでいるのが、ゲートキーパーへ挑戦する順番待ちのリストだ。

あと二組だった。

今、ゲートキーパーと戦っているクラスタの人達を除き、二組が挑戦し終わると、とうとう僕達にまで順番が回ってくる。もちろん、お鉢が回ってくる前にゲートキーパーが倒されてしまえば、その機会は永久に失われるのだけど——残念ながら、それは望み薄だった。

今日のこれは、いわば突発イベント。エクスプローラーの恒例で、新しい階層が解放された時、とりあえずお祭り感覚で新層のゲートキーパーに挑戦してみようというイベントなのだ。

誰もがおもしろ半分、腕試しや情報収集が残り半分でこれに挑んでいる。今日いきなりゲートキーパーを倒してしまおうなんていう気概を持っている人なんて、普通はいないし、いるわけがない。

否、一人だけ、ここにいるけど——

「妾とて何度も言うぞ、ラト。大丈夫じゃ、問題ない。妾とおぬしの二人ならば、必ず出来る。これは絶対じゃ」

聞く耳を持たない、とはまさに今のハヌのことを言うのだろう。

昨日、ヴィリーさん率いる『蒼き紅炎の騎士団』が、見事一九六階層のゲートキーパーを撃破する一部始終を見て以来、ハヌはずっとこう言って聞かないのだ。

「この階層のゲートキーパーとやらを、妾とラトで倒すのじゃ。そうすれば、これまでおぬしをバカにしてきた連中を見返してやれるではないか。これほど胸がすく話はあるまい？」

言わんとすることは理解しているし、ありがたくもある。だけど、やっぱり無謀だと言わざるを得ない。

「だ、だからね、ハヌ」

僕は一生懸命、どれぐらいゲートキーパーが強いのか、具体的に何故クラスタ単位で挑むのが基本になっているのか、失敗した人達の末路がどんなものなのか、他の遺跡——特に僕がしばらくいたキアティック・キャバン——で実際にあった例などを含め、たくさんたくさん説明した。

けれども。

「妾とラトならば、必ず出来る」

の一言だけで、彼女は頑《がん》として譲らなかった。

多分、昨日話した僕の特技のせいなのだろう、とは思う。ハヌは世間知らずだけど、馬鹿ではないし、むしろ賢い方だと思うし、何も考えずに無茶を言っているわけではないはずだ。彼女には彼女なりの勝算が、頭の中にあるのだと思う。

ただ問題なのは、僕の中に同じ勝算がなく、その答えを共有できていないことなのだ。

だから、僕は何度もハヌに説明を求めるのだけど、

「その時になれば分かる」

と、これまた一言でバッサリ。

そうこうしている内に、とうとう僕達の番が回ってきてしまった。

『おーし、次のクラスタ――じゃねぇな、おっ？　なんだこりゃ、二人組って……コンビかぁ？　おいおい大丈夫かよ、いくら遊び半分のチャレンジつっても、下手すりゃ死ぬぞ？』

今日の新層ゲートキーパー挑戦大会の司会進行を請け負っている人が、マイクを通して驚きの声を上げる。周囲も僕達に注目し、ざわめき始めた。

そりゃそうだろう。当の僕だって吃驚だ。隣のハヌだけ、外套のフードの中で不敵な笑みを浮かべているのだろうけど。

「ゆくぞ、ラト。妾とおぬし、ここで真の力を見せつけてやるのじゃ」

好戦的な声でそう言って、ハヌは先にセキュリティルームの扉前まで行ってしまう。

『おーおーやる気満々だねぇ！　いいねぇ俺ぁこういう奴ら嫌いじゃないぜ！　みんな、勇気あるこの二人組を応援してやってくれ！　あぶねーと思ったらすぐにエスケープしろよな！』

『おおおお――――！』

湧き上がる歓声と拍手《はくしゅ》の嵐。僕も仕方なくハヌの横に立ち、扉が開くのを待つ。溜息を吐きたく

なるのを我慢。もう自棄になるしかない。ここまで来たら、あとは野となれ山となれだ。

　司会の人が、僕達のコンビ名を高らかに読み上げる。

『それじゃ頑張ってくれよ！　〝ＢＶＪ《ブルリッシュ・ヴァイオレット・ジョーカーズ》〟！』

　ちなみにこのコンビ名は僕が原案、ハヌがアレンジした結果、生まれたものである。お互いの〝ＳＥＡＬ《シール》〟に流れるフォトン・ブラッドの色を元にしたのだ。

　開閉ユニットが動作し、高さ十メルトル、幅八メルトルの扉が左右に分かれ、ゆっくりと開いていく。まずその隙間から、さっきまでゲートキーパーと戦っていたクラスタの人達がぞろぞろと出てきた。皆それなりに傷だらけだけど、表情は明るい。ちょっとした腕試しが楽しかった、という感じだ。

　彼らが出て行った後、歓声に背中を押されるようにして、僕とハヌが入れ替わりでセキュリティルームへと入る。敷居を越えるとすぐ、背後で扉が閉まってしまった。

　僕は生唾を嚥下《えんげ》する。

　目の前に広がるのは、ちょっとしたスポーツが出来そうなぐらいの真っ白な空間。その最奥に、通常よりもはるかに大きな青白い球体――コンポーネントが浮かんでいる。

　あれが、ゲートキーパーのコンポーネント。ここから一歩でも近付けば、あれがＳＢの親玉とでもいうべき怪物へと変化するのだ。

　ここが正真正銘《しょうしんしょうめい》、最後の砦《とりで》だった。今ならばまだ、崖っぷちの淵、ギリギリの際々《きわぎわ》だけど、引き返すことが出来る。まだ間に合うのだ。

「――ね、ねぇ、ハヌ、やっぱ」

最後の悪あがきをしようとした僕の耳に、くふ、という笑い声が聞こえ、

「胸が高鳴るのう」

ころん、とぽっこり下駄が軽やかな音を響かせた。

「あっ――」

ゲートキーパーが、具現化する。

時を遡《さかのぼ》って、昨日のことである。

ヴィリーさん達『NPK』が立ち去った後。

支援術式〈カメレオンカモフラージュ〉で光学的な波動を遮断。

支援術式〈アコースティックキャンセラ〉で音響その他を断絶。

支援術式〈タイムズフレグランス〉で匂いその他を封印。

完全に気配を絶ってSBのポップを抑制した状態で、僕とハヌは手を繋いで一九六層の安全地帯へと引き返していた。

「?・?・? 意味が分からぬ。術式を同時に十個使用した、とはどういう意味じゃ?」

ハヌは歩きながら、きょとん、と僕の顔を見上げた。〈カメレオンカモフラージュ〉を使用していても、コンビやパーティーメンバー同士は互いを認識できる。

「えと……どういう意味も何も、言った通りなんだけど……」

「？？？　ますます分からぬ。術式は一度に一つしか使えまい。それぐらい、妾とて知っておるぞ？」

「や、それはそうなんだけど……」

　確かに普通の人なら、そうだと思う。

「――えっとね……確かにハヌの言う通り、原則として術式は一度に一回なんだよね。何て言うのかな、例えば、〝SEAL《シール》〟の出力スロットに術式を一つ装填《そうてん》して、それを連続で使用する――ってことは出来るよね。うん、それが普通」

　例えば、ルナティック・バベルの三階層で見た、あの女の子の〈フレイムジャベリン〉とか。あの時、彼女は炎の攻撃術式を四回連続で放っていた。ああいうやり方なら、コンマ数秒の間を挟みつつ術式を連発することが可能だ。

「けど、それを術式を入れ替えながら、となると話は変わってくるよね？　例えば〈フレイムジャベリン〉を撃った後、〈フレイボム〉を使おうと思う。その時、〝SEAL《シール》〟の出力スロットは一つしかないから、装填している術式を入れ替えなきゃいけない。その制御には大体、一秒から遅くて五秒はかかっちゃうと思う」

　言うなれば、武器を持ち替えるようなものだと考えて欲しい。ナイフから剣へ。あるいは、剣から槍へ。使用する術式の切り替えには、それだけの手間がかかる。

　しかしハヌは、これにも小首を傾げる。

「？　そうなのか？」

「あー……そういえば、ハヌは汎用《はんよう》術式を使う感じじゃないよね。さっきのすごい威力のも、オリジナルみたいだったし」

それも、言霊による詠唱が必要になる、かなり古い形式《フォーマット》の術式を。現人神に伝わる由緒正しき術式なのかもしれない。

「うん、まぁ一般論でね。それぐらいの手間がかかるっていう話なんだけど」

というか、その辺りは話の肝ではないので、適当に流してしまおう。

「……僕ね、師匠――というか、まぁ、僕のお祖父ちゃんなんだけど――その人から、こんな風に言われたことがあるんだ」

僕は一言一句、憶えているその言葉を暗唱する。

「〝お前の術力の弱さは、十年に一人の酷さだ。目も当てられない〟――」

そろそろ気配隠蔽《いんぺい》の術式が切れそうなので、ハヌと繋いでいるのとは逆の手、その三本の指先にアイコンを浮かび上がらせる。一つ一つが違う術式のアイコンだ。その状態を、ハヌの顔の前に持っていって、よく見えるようにした。

「おおっ……？」

蒼と金の瞳が驚きに大きく見開かれる。それと同時、術式の効果が切れたので、僕は指先の三つを発動。ディープパープルのアイコン三つが弾け飛び、術式が再びその本領を発揮する。

「――〝だが、術式制御の才能なら、お前は百年に一人の逸材だ〟……ってね」

つまり、複雑な説明を省《はぶ》いて、分かりやすく大雑把に言うならば、

「要するに——普通の人には一つしかない術式の出力スロットが、僕には十個あるんだ……っていえば、分かってもらえる？」

「……おおっ⁉」

こっちが吃驚するぐらいの大きさで、ハヌが感嘆の声を上げた。〈アコースティックキャンセラ〉が無かったらそれだけでＳＢを呼び寄せていたかもしれない。

「お、おお、おおっ？　つ、つまり、つまりじゃぞ？　おぬしは、まるで種類の違う術式を、十個全て同時に使えると申すのか⁉」

「う、うん……だから、さっきからそう言っているつもりなんだけど……」

さらに言えば、

「あ、こんなことも出来るよ」

僕は片手の五指に、五つのアイコンを灯す。これだけならフォトン・ブラッドは消費しないから大丈夫。続いて、親指から小指までずらりと並んだアイコンを、一つずつ別のアイコンへと差し替えて行く。寄せてくる波のように。

「おおおっ⁉」

ハヌが目を剥いて驚くので、調子に乗ってもう一回やってみる。今度は返す波のように。

「おおおおーっ⁉」

ちなみに、こういう芸当が出来るのは攻撃術式以外になる。攻撃術式はセキュリティ上、音声起動が必須なように作られているのだ。逆に言えば、それ以外は無音声で起動が可能だ。

「し、信じられん……おぬしは一体どんな頭をしているのじゃ……⁉　まるで想像がつかぬ……十個同時に術式の制御を行うなど……！」

ハヌがまるで宇宙人でも見るような目で僕を見つめる。

「そんなこと言われても……僕にとってはこれが普通だったし……」

実際、エクスプローラーの大先輩であるお祖父ちゃんこと『師匠』から教えてもらうまで、幼い僕はこれを皆が出来て当たり前のことだと思っていた。

「まぁ、二つ同時に使えるって人は、たまに見かけたりするよ？」

右手と左手を使って術式の同時発動する人なら、僕も見たことがある。でも、その人ですら周囲から『レアスキル』だなんて持ち上げられていたので、僕のコレは、もはや規格外の特異体質と言ってもいいかもしれない。

事実、師匠からはこの特技については絶対に口外するな、と何度も何度も釘を刺されていた。絶対にお前のためにならない、話すなら信頼できる人間だけにしろ、と。

流石に今では、僕も自分の特異さには気付いているから、これまで誰にも話したことはなかったけれど。

でも、ハヌになら話してもいい。そう思えたのだ。

「……でね？　さっきの新入りさんも言っていた通り、支援術式は普通の人には微妙に使いにくいものなんだ。まず、制御がちょっと難しい……というか面倒くさいかな。あと、リソースも多めに取られちゃうんだ。普通はランク毎にリソースの量も変わるものなんだけど、支援術式は一律多めだったりして。他にも色々あるけど、多分、一番の理由は……」

　ここで僕は一拍を置く。その理由とは、僕の短所が長所となるものであり、誰が使用しても効果は一律という、ある意味ものすごいクオリティの反動であるところだ。

「その理由とは？　何じゃ？」

　待ちきれなくなったのか、続きを催促《さいそく》してきたハヌに僕は言う。

「発動の際、その人の最大術力を要求するんだ」

　それはつまり、

「術式に込める術力が強ければ強いほど、フォトン・ブラッドの消費も多くなるよね。でも支援術式は、誰がどれだけの術力で使っても、効果は一律なんだ。だから――」

「だから？」

「――術力が強ければ強い人ほど、損をする術式なんだよ」

　おそらくこれこそが、支援術式が忌避《きひ》される最大の理由だと、僕は考えている。常に術者の全力を求めるこの仕様は、燃費の面で言えば『最悪』の一言に尽きるだろう。

　しかし逆に言えば、僕のように先天的に術力の弱い人間でも、他の人と同じ成果が出せる素晴らしい術式でもあるのだ。

「特にハヌみたいな術力の強い人が使うと、ものすごくもったいないことになるんじゃないかな。フォトン・ブラッドの質にもよると思うけど、とにかく支援術式を使うってことは、全力全開の攻撃術式を撃つのと同じことだから」

「なるほどのぉ……」

たった三分しかない効果時間、重ねがけしても時間延長できない仕様、場合によっては体感覚を狂わせ、連発は出来ても複数の効果を得ようと思ったら手間がかかる面倒臭さ。

身体強化系で感覚が変化することは、特に武器を用いて戦う人からは『勘が狂う』という理由で忌避されたりもする。事実、加減が出来なくなって自爆してしまう例も少なくない。

「でもね、僕は運がよかったんだと思う。術力の才能がなくても、術式制御には天賦《てんぶ》の才があったから。だから、支援術式をたくさんインストールしたし、今でもその選択は間違ってなかったと思う。誰にも理解されないかもしれないけど……だって術力が弱いだけだったら、きっとエクスプローラーにはなれていなかっただろうから……」

体格に恵まれている方ではないし、剣の才能もある方ではない。生粋の戦士にすらなれない僕には、今の形でしか遺跡で戦っていく術は見出せなかった。エンハンサーしかなかったのである。

「――というわけで、これが僕の秘密、ってことかな？　あはは……えっと、僕とハヌ、これでお互い様ってことでいい、かな……？　ほら、お互いに事情があったってことで。あ、でも僕の名前は嘘じゃないよ。覚えにくくてごめんね」

ハヌは応えない。難しい顔をして黙り込んでいる。

しばらく無言の時が流れ、不意に、

「……なるほど、のぅ……」

ぼそり、と先程と同じ言葉を繰り返した。

それからもハヌは、僕が何度話しかけてもぼんやりとした返答しかしてくれなかった。

後になってみれば、この時点で、彼女の中に『あの思惑』が生まれていたのかもしれない。

けれどこの時の僕は、ハヌの態度を『やはり黙っていたことを怒っているのかもしれない』と勘違いして、非常に焦っていた。それで、思わず誘ってしまったのだ。

「――そ、そうだ！　ヴィリーさんも言ってくれてたし、よかったら『NPK』のゲートキーパー戦を見に行かない⁉」

これがきっと、最大の間違いだったのだ。


そんなわけで、応援というか見学に来たゲートキーパー戦。

ルナティック・バベルに限らず、またゲートキーパーに限らず、遺跡には必ずと言っていいほど『放送局』の人達がいる。彼らは遺跡における節目のイベント――今回で言うならゲートキーパー戦――の時に現れ、数々の機材と術式を用いてその一部始終を撮影し、世界中へと配信・放映する集団だ。

今の時代、エクスプロールの大きな節目は世界中の人々の娯楽として親しまれている。

だから『NPK』を始め、エクスプローラーのトップ集団は世界的にも有名で、時には遺跡のある都市から『是非ともうちの遺跡でエクスプロールして欲しい』という依頼まで来るのだとか。

ゲートキーパー戦がいつどこで行われるのかは、当然、様々なルートで情報が出回る。とはいえ、現場は常にエクスプロールの最前線だから、一般人が直に観戦することは難しい。自然、現場で応援もしくは観戦出来るのは、大体が同業者であるエクスプローラーだけに限られる。

と言っても、観客が直にセキュリティルームに入るわけにはいかないので、あらかじめ内部に潜入させた浮遊自動カメラで撮影した映像を、出入り口付近の大画面で見るだけなのだけど。

僕とハヌが一九六階層のセキュリティルーム前に到着した時、流石は『蒼き紅炎の騎士団』というべきか、数百人規模の人が集まっていた。

「ほら、ハヌ。あれがゲートキーパーだよ」

「ふむ?」

ARスクリーンに映る戦いは、ついさっき始まったばかりのようだった。

巨大なゲートキーパーと、ヴィリーさん率いる『NPK』が苛烈《かれつ》な戦いを繰り広げている。

ゲートキーパーが他のSBと異なる点は、素体が生物ではなく機械であるところだ。動物や幻想種を模した形をとることがあっても、それは必ず金属質の素材で形作られている。

確かに今、スクリーンに映っているゲートキーパーは、ゴリラ型ロボット、としか言いようの無い外観をしていた。全長は四メルトルはある漆黒の巨体。体との比率を考えたら馬鹿馬鹿しくなるほど太い腕、その先にくっついたでかすぎる拳。

殴り殺す。その言葉を凝縮《ぎょうしゅく》して怪物にしたらこうなるだろう、という形状だった。

奴の情報は既にいくらか解析されているようで、ゲートキーパーの近くに浮かぶネームタグには、便宜上付けられた名前が表示されていた。

――〝ボックスコング〟と。

『さてさて、始まったばかりの『NPK』のゲートキーパー戦だがぁ? 流石は剣聖ウィルハルトが娘、剣嬢ヴィリー率いる集団！　全くもって順調な立ち上がりだぁ！』

大型スクリーンの右下に設置された机に座っている男性が、マイク片手に実況をしている。

先程、僕達が見た『ＮＰＫ』の戦いは集団と集団の戦闘だったけど、今回はゲートキーパー一体との一対多の戦いだ。戦術が洗練されているのはもちろんのことだったが、戦闘方針がまるで違う。

『おっとぉ、どうやら『ＮＰＫ』はクラスタ――じゃなかった、こちとらナイツだったな！　そのナイツを三分割しているようだ！　俺が思うに戦闘班、支援班、治療班の三つだな！』

実況の言う通り、『ＮＰＫ』は広いセキュリティルーム内で三つのチームに分散していた。いわゆるクラスタ戦術においては、オーソドックスな手法である。

『ＮＰＫ』の総数は三十人程度。それを十人ずつの三つの隊に分け、それぞれに『ゲートキーパーと直接戦う』『戦いを後方から支援する＆戦闘班の交代要員』『戦いに加わらず回復に専念する＆戦闘班の交代要員』という役割を与えているのだ。

全体の指揮は、どうやら中央の支援班にいるカレルレンさんが執《と》っているようだった。

なら、団長のヴィリーさんはどこに？　と輝くような金色のポニーテールを求めて画面上を探すと――まぁある意味、当然の場所に彼女はいた。

ボックスコングの至近である。

戦術通りに動くメンバーの練度もすごいが、ヴィリーさんの戦い振りはそれ以上に凄まじかった。

彼女は一切の交代をしない。戦闘班において一人だけ、ずっと戦い続けているのだ。

ボックスコングがその名の通りボクシングスタイルで、見た目によらない軽いフットワークで動き、大砲のごときジャブを高速で繰り出す。と言っても身長差があるから、ほとんど打ち下ろしのようになっている。一発でも喰らったらその場でぺしゃんこだ。

ヴィリーさんは頭上から降り注ぐ砲弾のような拳の雨を、時に燕《つばめ》のごとき軽やかな動きで避け、時に独楽《こま》のように回転して剣で受け流し、時に竜巻のごとき激しさで弾き返す。

驚歎《きょうたん》するべきはその剣の冴《さ》えだった。

どう見ても剣術式《ソードアプリ》を使っているとしか思えないキレと威力――あの金属の固まりをパリィ《打ち返》しているのだ、相当だろう――だというのに、彼女は必要なはずの起動音声を発してはいないし、アイコンも表示されていない。

ということは、術式の補助なしであの巨体と真っ向から打ち合っているのだ。

『流石は『NPK』の団長ヴィリー！　若手エクスプローラー最強の一角、〝剣嬢〟と謳《うた》われるだけはあるぜ！　ボックスコングの超重量級パンチをものともしねぇ！　だがァ！　今のままじゃ決め手に欠けるぜぇ？　さあ、そろそろか？　そろそろかぁーっ!?』

実況の人の言う通りだった。

現状、ヴィリーさんがボックスコングの攻撃を一手に引き受け、他の戦闘班メンバーの攻撃によって着実にダメージを与えていってはいるけれど、見方を変えれば攻めあぐねているとも言える。ボックスコングが熱心にヴィリーさんを追いかけ回しているということは、それ以外のメンバーはいいいいい無視できるレベルということなのだ。

故に観客は皆、期待の眼差しで彼女を見る。

剣嬢ヴィリーは、ハイランクの剣士でありながら、同時に優秀な炎使いでもある。炎使いとは、攻撃術式の中でも特に火焔《かえん》系を得意とする人を指す名称だ。

彼女が率いるのは『蒼き紅炎の騎士団』。そして、剣嬢と並んでヴィクトリア・ファン・フレデリクスを表す異名がもう一つある。それは——


『〈ブレイジングフォース〉』


初めてヴィリーさんの桜色の唇から、術式の起動音声が飛び出した。

服に覆われてない素肌を、アイスブルーの輝きが〝ＳＥＡＬ《シール》〟の幾何学模様を描いて駆け巡る。

ヴィリーさんの背中に一メルトルほどのアイコン——炎で形作られた剣と鎧の意匠が浮かび上がった。それが光の粒子《りゅうし》となって弾けて消える。

次の瞬間、彼女の全身を猛火《もうか》が覆った。

真っ赤な——ではない。

サファイアのように真っ青に揺らめく——蒼焔《そうえん》が。

彼女が持つもう一つの通り名——〝燃え誇る青薔薇《ブレイジングローズ》〟、それそのもののごとく。

『き、きたァ——————ッッ!!』

興奮が最高潮に達したような実況の絶叫。

蒼く輝く炎を全身に纏ったヴィリーさんの一挙手一投足が、残光を引いて空間に軌跡《きせき》を刻む。

『はぁあああぁッ……！』

あれは攻防一体の術式だ。手に持った蒼い剣にまで火炎は伝播《でんぱ》し、その刀身を倍以上に伸長させる。全身を包んでなお余りある烈火は、身を守る鎧でありながら近付くもの全てを焼き尽くす。

まるで青い太陽。

そこから放たれる斬撃こそ、まさしく〝蒼き紅炎《ノーブル・プロミネンス》〟だ。

『はッ！』

気合一閃。巻き上げるように放たれた逆袈裟の一撃が、眩《まばゆ》き三日月形の蒼炎となり、鞭《むち》のごとくボックスコングへと襲い掛かった。向かってボックスコングの左脇腹から右肩までを、太い炎が舐《な》め上げていく。

『GGGGGOOOOAAAAWWWW──！』

金属をやすりで削るような凄まじい音が響き渡り、ボックスコングが初めて悲鳴を上げた。

ヴィリーさんの扱う蒼い火炎は、ただの炎ではないと聞いている。

言うなれば、質量を持った炎。

熱だけでなく物理的な力を持ち、対象を殴打し、刺突し、切断するというのだ。

『でたでたでたァッ！　剣嬢ヴィリーの十八番〈ブレイジングフォース〉だぁぁぁっ！

熱量と質量を併せ持つ唯一無二の炎！　背中から発動する器用さもさることながら、攻撃と防御の両方を強化するチート術式ィ！　オリジナルだから誰にも真似できねぇすげえヤツだぁぁぁっ！』

世の中の術式は、汎用術式とオリジナル術式の二種類に分けられる。

簡単に言えば、前者はお金を出して購入することが出来る術式。後者はそうではない術式だ。オリジナル術式は、個人がコンポーネントを元に製作したワンオフなのだ。

もちろん、その気になれば汎用術式と同じように他人に複製品を譲渡することも、販売することも出来る。元を正せば汎用術式だって、最初はオリジナル術式だったのだから。

でも、誰もそうはしない。そのほとんどが身内で継承させていく逸品だったり、特定の役割を担う人にしか渡してはいけないような特別製だからである。

ちなみに、術式を一から製作するのは非常に高度な技術と大量のコンポーネントが必要なので、素人にはまず不可能である。そのため一般人は購入するしかないのだけど、コピーにも情報資源としてコンポーネントが必要になるため、そのお値段はなかなかのものだったりする。

さらに余談だけど、支援術式は他と比べて人気が低いため、価格が安かったりする。僕がそれなりの種類の術式を持っているのは、それが理由だ。

『――本領を発揮した剣嬢ヴィリーの連続攻撃ィ！　とうとうボックスコングの足が止まったァッ！』

〈ブレイジングフォース〉を発動させたヴィリーさんは、剣士でありながら中距離攻撃すら可能とする。ボックスコングの間合いの外から無数の斬撃波を放ち、その場に釘付けにした。

が、しかし。ボックスコングもただのＳＢではない。この階層のセキュリティシステムを守る、最後の守護者――ゲートキーパーなのだ。

『ＧＧＧＧＲＲＲＲＡＡＡＡ！』

ボックスコングが雄叫びを上げ、背を反らして激しくドラミング。超重量の金属がぶつかり合って、大気までもが激しく震動する。

突然のことに、戦場の皆が一瞬だけ動きを止めた。それが隙となってしまった。

ボックスコングが突如両腕を真横に大きく広げたかと思うと、その腰から上が時計回りに回転し始めた。機械系だからこそ出来る芸当だ。

あっというまに加速、回転数が上昇してボックスコングの上半身が一個の竜巻と化す。次いで腰の角度が傾き、凄まじい速度で回転する巨大な拳が、床面を削るような勢いで大気を掻き回した。まるで巨大な扇風機《せんぷうき》のごとく。

『――ッ!?　総員退避ッ！』

咄嗟の指示がヴィリーさんの口から迸った直後、ボックスコングの下半身が猛然と走り出した。暴虐《ぼうぎゃく》すぎるダブルラリアットが、『ＮＰＫ』の戦闘班めがけて一直線に突き進む。

衝突、巻き込み、荒れ狂う。

色取り取りのフォトン・ブラッドが撒き散らされ、まるで玩具のように次々と人間の身体が吹き飛んでいった。

『うわあああああ!?　なんてこったぁあぁぁぁっ！　ボックスコングの奥の手だぁ！　『ＮＰＫ』のメンバーが瞬く間に餌食になっていくぅぅぅぅ！』

大変なことになった。

高速回転する巨大な拳に巻き込まれた人は、それだけでもう再起不能な状態だ。

支援班のカレルレンさんが矢継ぎ早に指示を飛ばし、傷ついたメンバーの救助と回復にかかる。が、そのせいで陣形が崩れかかっている。そこに再びボックスコングが突っ込んできたら完全におしまいだ。

だからだろう。

ヴィリーさんがたった一人で、凶悪な形態に移行したボックスコングと対峙し出した。

上半身を回転させながら走るボックスコングの背後へ回り込み、炎の刃で何度も斬りつける。

『こっちを――向きなさいッ！』

苛立たしげに叫んだ刹那、彼女の身を包む蒼炎がさらに激しく燃え上がった。

『――〈フェニックスレイブ〉ッ！』

ヴィリーさんの背中に、無数の剣に囲まれた鳥のアイコンが現れた。剣術式だ。

途端、ヴィリーさんが纏う蒼い火焔が文字通り翼を拡げ、巨大な鳥を形作った。

アイコンが弾け、蒼い火の鳥と化したヴィリーさんが流星のごとく尾を引き、蹴っ飛ばされたような勢《いきお》いで飛んだ。ボックスコングとの間にあった距離が一瞬でゼロになる。

『はぁあああああッ！』

剣術式〈フェニックスレイブ〉は〈ブレイジングフォース〉の力を利用した連続剣だと聞いている。けれど、百聞は一見にしかず。初めて直に見るそれは、そんな言葉では説明しきれないほど凄烈なものだった。

これまでの斬撃が紅炎《プロミネンス》なら、〈フェニックスレイブ〉は太陽フレアだ。

巨大な炎の剣が、目にも止まらぬ速度で縦横無尽に奔った。

太陽面爆発にも似た威力が、回転するボックスコングの中心、腰部に集中し――爆裂する。

爆発が連続して起こっているような轟音が、スピーカーから割れながら飛び出した。

わずか三秒ほどの間に放たれた斬撃は一体いくつだっただろうか。数える気にもならないほど速く、そして多かった。

『GGGGGOOOOOOOWWWWW――!?』

あまりの威力に上半身と下半身の接合部が壊れ、ボックスコングの上半身が油の切れたような怪しい動きをしながら強制的に停止させられた。

その瞬間だった。

この時、火の鳥となったヴィリーさんの身は、攻撃の反動で宙に浮かび上がっていた。

そこに、カレルレンさんのよく透る声が響き渡った。

『支援班！　総員〈ストレングス〉！』

その電光石火の指示により、なんと支援班の全員が空中を舞うヴィリーさんへ向けて、次々と支援術式〈ストレングス〉を発動させた。色違い総勢十個のアイコンが連続で弾け、攻撃力倍加の術式がヴィリーさんに殺到する。

これこそ支援術式のあるべき使い方なのだ、と思わされる光景だった。

そう。支援術式でどれだけ体感覚が狂おうとも、それがとどめの一撃なら関係ない。

決まった、と頭のどこかで確信した。

宙空にあるヴィリーさんが蒼い剣を両手で握り、大きく振りかぶった。

『〈ディヴァインエンド〉！』


一撃必殺と名高い、ヴィリーさんの切り札の剣術式。

千二十四倍もの支援強化を受けたその一撃は、もはやゲートキーパーが何体集まろうと耐えきれるものではなかっただろう。

彼女を包んでいた全ての炎が剥ぎ取られ、剣の刀身に吸収された。

ヴィリーさんが握る蒼い剣は、その銘を〝リヴァディーン〟――輝く炎の剣――という。その名の通り、蒼い火焔を貪欲に飲み込んで圧縮したその刃は、いまや彼女の髪よりも眩しい金色《こんじき》の光を放っていた。

光の剣を大上段から振り下ろし、着地する――ただそれだけのシンプルな攻撃。

だけどその一振りで、灼けたナイフでバターを切るかのごとく、ボックスコングは一刀両断されていた。

『GOOOOWWW――!?』

中心線に沿って光の線を刻まれたボックスコングの動きが、時が止まったかのように凍りつき――活動停止《シャットダウン》。

巨体が青白い粒子にほどけながら、ゆっくりと消失していく。

後に残るのは、通常のSBとは比べものにならないほど大きなコンポーネント。

それもヴィリーさんの〝SEAL《シール》〟へと吸収され――そうして、全てが終わった。

『――う、うおおおおおおおおッ‼　やった！　やりやがったァ――――――ッッ‼　俺達の女神がゲートキーパーのクソ野郎をぶっ殺したぞッラァ――――――ッッ‼』

そんな実況の声を皮切りに周囲の人々が一斉に歓声を上げた。いくつもの拳が宙を突き刺し、飛び上がる人、抱き合う人、手に持ったドリンクをかけ合う人、中には泣き出す人までいる。

今日この瞬間、人類はまた一歩、過去の叡智へと近付いたのである。後ほど、世界中がこの感動を共有することになるだろう。

衝動的な狂乱は、やがて勝者へ贈る拍手喝采へと変わっていく。

僕もつられて手を叩きながら、隣のハヌに声を掛けた。

「――どうだった、ハヌ？　すごかったでしょ？」

返事はなかった。

見るとハヌは腕を組んだまま、じっとARスクリーンを睨むように見つめていた。だけど、フードに隠されていない口元が、くふ、という形をとって笑っていることに気付く。

よかった、ちょっとは楽しんでもらえたみたいだ――

などと考えていた僕には、この時、外套の陰にあってなお爛々《らんらん》と輝く蒼と金の双眸《そうぼう》にいかなる企みが宿っていたのか、知る由もなかったのである。

# ●7　ゲートキーパーを倒せ！

というわけで、いやどういうわけだか僕にも全然分からないのだけど、一九六層のゲートキーパーが攻略された翌日――つまり、現在に至るわけで。

後はご存知の通りである。何故か昨日の興奮も覚《さ》めやらぬ内に、僕はハヌと共に一九七層のゲートキーパーと戦う羽目になってしまったのだ。

「胸が高鳴るのう」

と、隣のハヌが無造作に一歩前へ進んだことが、全てのトリガーとなった。

広いセキュリティルームの最奥に浮かぶ、直径三メルトルは軽くある巨大なコンポーネント。

それが内包する情報具現化プロトコルによって、仮想の世界からこの現実へと、あらかじめ設定されていたゲートキーパーが顕現していく。

昨日の一九六層のゲートキーパーは、ゴリラを模した機械〝ボックスコング〟だった。ゲートキーパーが機械系のSBであることは確定しているけれど、その形状については階層によって千差万別だ。また、これといった法則性もない。

果たして僕達の視線の先に具現化したのは、幻想種・海竜を模したと思しき金属の塊だった。

『UUUURRRRYYYYYYYY！』

この世界に降誕した喜びか、巨大な顎を開いてゲートキーパーが咆哮する。

その威容は先程から外のスクリーンで何度も見ていたので、今更驚きはしない。が、直に対峙して初めて分かる重圧というものがある。

やばい、と僕の生存本能が、頭の中でガンガン警鐘《けいしょう》を鳴り響かせた。

蛇のごとく蜷《とぐろ》を巻くその全長は、とてつもなく長大だ。二十メルトルは決して下らないだろう。体を目一杯伸ばせば、部屋の端に位置する僕達のところまで頭が届くかもしれない。

青く煌く金属質の鱗《うろこ》、体の左右から生えている八対十六枚の大きな鰭《ひれ》、王者の風格すら漂っている獰猛な面貌《めんぼう》――どこを見ても強そうなオーラが噴出《ふんしゅつ》していて、僕は今すぐ回れ右して逃げ出したいのを堪えなければならなかった。

昨日のボックスコングは、これまでにおける何十回もの情報収集戦のおかげで、その特徴や攻撃パターンがかなり分析されていた。ヴィリーさん達もそれを活用していたはずだ。

けど、今日のゲートキーパー――便宜上〝海竜〟と呼ぶことにする――はそうではない。

今日が初お目見えの海竜には、情報の蓄積《ちくせき》がほとんど無い。一応、僕達より前の組の戦いは見ていたけど、全員が本気で戦っていたわけではないので、大した情報は得られなかったのだ。

今のところ分かっているのは、水属性の特殊能力を持っていることと、長大な身を活かして放つ尾撃が強力であること――これぐらいだった。

いやいや、これだけの情報でどう立ち向かえと。詳細な情報を以って戦った『ＮＰＫ』でさえ、ボックスコング相手にあれだけの負傷者を出したって言うのに。

「ど、どどどど、どうしようハヌ⁉」

あわわあわわと慌てる僕に、前に出たハヌは振り返りもせず、片手を腰に当てて軽く言った。

「ラトよ、妾を守れ」

「へっ……？」

僕が間抜けな声を出すと、ハヌは肩越しに振り返った。

「妾を守れ、と言ったのじゃ。そうじゃのう……三分、いや、二分でよい。妾は少し長い〝詠唱〟に入る。その間、妾は完全に無防備じゃ。おぬしには、そこを守ってもらいたい」

「守る……？　え、それだけ……？」

「うむ。それだけでよい。時間さえ稼《かせ》げば――」

くふ、とハヌは笑った。くい、と顎で海竜を示し、

「妾が一撃であやつを倒してくれよう」

自信に満ち満ちた声でそう断言した。

なんて頼もしい台詞だろうか。ここで僕は、昨日ハヌが放った凄まじい威力の術式を思い出した。

なるほど、あれなら確かに期待できる。できるけれど――

「あ、でもハヌ、あんまりやり過ぎると――」

「大丈夫じゃ、抜かりはない。コンポーネントを残せばよいのじゃろう？　手加減ならばちゃんとするつもりじゃ」

僕の言葉を遮って、これまた軽快にハヌは言う。

「——それ、来るぞ？」

視線を前に戻したハヌにつられて、僕も海竜に目を向けた。

『ＵＵＵＵＲＲＲＲＹＹＹＹ！』

あっちはもう完全に臨戦態勢だ。

海竜の戦意を示すかのごとく、その長躯の周囲に薄い霧が立ち込め始めている。眼窩に填まった翠色のアイレンズからは、敵意の籠もった視線が僕達に向けて照射されていた。

「——」

ハヌは、妾を守れ、と言った。

それは支援術式を使うエンハンサーにとっては、むしろ打って付けの役割である。そう、仲間を支援し、守ってこそのエンハンサーなのだ。

僕は覚悟を決める。というか、決めるしかない。一歩前にいるハヌの、さらにその前へ出る。

「——分かった、任せて……！」

右手で白帝銀虎を抜きつつ、僕は左手の指先に術式のアイコンを灯した。

〈カメレオンカモフラージュ〉、〈アコースティックキャンセラ〉、〈タイムズフレグランス〉で光、音、匂いを消し、念の為に水中で呼吸が出来る〈ダイバーラング〉、服が水を吸って重くならないよう防水効果のある〈アンチリキッド〉をそれぞれ〝ＳＥＡＬ《シール》〟の出力スロットに装填。これらの支援術式は複数の対象に同時に作用させることが出来るので、個別に使用する必要はない。

五つのアイコンが同時に弾け、術式が発動。

この瞬間から、海竜からはもちろん、外の観客の目からも僕達二人の姿は消失する。

「ほう、昨日の術式か。考えたのう、ラト」

そう、身を守る最大の方法とは、脅威から身を隠すこと。海竜だって僕達がどこにいるのか分からなければ、攻撃のしようがないはずだ。

「……ハヌ、ちょっと移動しよう。今ならあいつには僕達の姿は見えていないはずだから――あ、昨日も言ったけど走らないでね？　動きが激しいと隠蔽《いんぺい》術式は効果が切れちゃうから」

「うむうむ」

緊張した声で言う僕に、ハヌは軽い感じで、それもどことなく満足げに頷く。

が、当然ながら相手はそんなに甘くなかった。

僕達が歩き出してすぐ、海竜が身を仰け反らして吼《ほ》えた。

『URRRRRRRRRRRRYYYYYY――――!!』

「ッ!?」

その甲高い咆哮に、違う、と直感した。これはただ吼えているだけじゃない。別の意図があるはずだ、と。

ソナーだ。海竜は、音の反射で僕達の居場所を探っているのだ。

まずい。〈アコースティックキャンセラ〉は音を吸収するけど、反射で対象を探査するソナーじゃ『音の喪失』によって居場所が突き止められてしまう。

さらに、海竜の周辺に発生していた霧が急速にその範囲を広げ始めた。お返しのつもりか、今度はあっちの方が濃霧に紛れて姿を消そうとしているのだ。

隠伏作戦は失敗した。僕はすぐに頭を切り替える。

「――ハヌはそのまま詠唱に入って！　僕が囮《おとり》になるから！」

返事も聞かずに走り出した。途端、僕を覆っていた隠蔽術式が切れる。

走りながら白虎を一度鞘に収め、両手で術式を起動。〈プロテクション〉、〈ストレングス〉、〈ラピッド〉、〈フォースブースト〉の四つをそれぞれ二回ずつ自分へ。

猛烈な違和感と共に、僕の基礎能力が四倍にまで強化される。

「あまねく大気に宿りし精霊よ　我が呼び声にこたえよ　」

スイッチの共用プロトコルで繋がっているハヌの詠唱が、僕の聴覚に届く。よほど遠く離れない限り、コンビやパーティーは距離に関係なく連絡を取り合うことが出来るのだ。

海竜の視線が僕を捉えた。奴の鼻先が、くん、とこちらへ向く。それでいい。僕がこのままハヌから遠ざかり時間を稼げば、目的は達成できる。

不意に、煙のような濃さの霧が海竜の足元――というか腹元？――から噴き出した。霧は煙幕そのものとして、海竜の巨体を覆い隠していく。

「ッ！」

このパターンはさっき映像で見た。確かこの直後、奴は霧に乗じて――

突如、白い霧を貫いて五本の水槍が飛び出した。高圧噴射された液体凶器が僕に殺到する。

「――〈スキュータム〉！」

咄嗟にブレーキ、ブーツの底を床に滑らせながら両手を前へ突き出し、防御術式を三重掛けで使用。淡く深紫に光る六角形の半透明シールドが三枚重ねで現れ、僕の前方に展開する。

ガガガガガン！　という強烈な衝撃。まるで鉄の槍で突かれたような重さだ。高さも幅も僕の身長程度の術式シールドで、その威力を何とか受け止める。

三枚のうち一枚がひび割れて砕けてしまった。重ね掛けしておいて本当によかったと思う。

今の水槍が奴の遠距離攻撃だ。あれでチクチク攻撃してきて、近付いてきた相手には尾や鰭、あるいは牙を用いて接近戦を行うのが奴の基本スタイルなのだ。

「こっちだ！」

僕は残る二枚の術式シールドを構えたまま、再び走り出した。ただし、今度は奴に向かうのではなく、ハヌがいる方向とは逆の方へ。

今回、僕は無理に接近して戦う必要は無い。ハヌの詠唱さえ終われば、あのすごい威力の術式が発動する。そうすれば――とか考えていたら、まるでこちらの戦術を読んだかのように海竜が突然、僕を無視してハヌのいる方角に鎌首を差し向けた。

「ちょっ……!?」

何でさっきから思った通りにいかないかな!?

僕は慌てて行動変更、海竜の関心を引くために術式シールドを解除し、右手で背中の黒玄を抜く。

大丈夫、身体強化はしている。さっきの水槍だって見てから対応できた。戦えるはずだ。

床に強く踏み込んで、鋭角に方向転換。加速して海竜へ突っ込む。

「〈フレイボム〉〈フレイボム〉〈フレイボム〉〈エアリッパー〉〈エアリッパー〉……」

走りながら小声で、左手の五指に攻撃術式を装填。もはや霧の向こうの影にしか見えなくなった海竜に左の手刀を向け、

「僕はこっちだよ――っと！」

まずは親指と小指の〈エアリッパー〉を発動。名前の通り、風の刃がスローイングナイフよろしく撃ち出される。威力には期待していない。僕の術力ではそれこそ『針よりはマシ』という程度の風刃だ。今は〈フォースブースト〉で術力を増幅しているから、それでようやく『果物ナイフよりマシ』といったところだろうか。だけど、核である個体空気の周囲には余波である風が渦巻いている。それが海竜の纏った霧を少しは吹き飛ばすはずだった。

二本の風刃が霧の中に突っ込み、

『――UUURRRYYYY!?』

当たった。海竜の不愉快そうな鳴き声と共に、その姿が打ち払われた霧の中から現れた。僕は露《ろ》出《しゅつ》した奴の頭に向かって、人差し指、中指、薬指に装填された〈フレイボム〉のアイコンを向けて照準。深紫の細い光線が海竜に向かって伸びる。

術式を起動させてから、実際に発動させるまで維持するのも術式制御の内だ。ほとんどの人が起動と同時に発動させるけど、僕は基本、こうして事前に装填して、ここぞという時に撃つというスタイルを取っている。何故なら、知っての通り僕の術力は十年に一人という貧弱さなので、ちゃんと当てないとほとんど意味が無いからである。

なので海竜の目の辺りを狙い、〈フレイボム〉を三つ同時に撃った。

重複して炸裂《さくれつ》する爆発音。

『URRRRRYYY⁉』

が、照準失敗。少し逸れて、奴の頬辺りに着弾してしまった。多分、身体強化系の支援術式を使用していて、身体の感覚が普段とは違っているせいだ。身体強化は戦闘において強力な手段だけど、微妙な感覚の狂いがどうしても生じてしまう。

でも術力の強化と〈フレイボム〉の特性『連鎖爆発』のおかげでそれなりの威力が生じたらしく、海竜がハヌのいる方向から顔を背ける。爆風によって〈エアリッパー〉で作った霧の隙間が、さらに吹き広げられた。

『UUUURRRR……！』

怒りに燃えている──ように見える──海竜のアイレンズに僕の姿が歪に映った。途端、怖気《おぞけ》が僕の背中を何往復もする。

けれど、これでまた奴の敵意がこっちに向いた。これでさらに時間を稼げ──

『URRYYYYYYYYYY！』

シャア、とご丁寧《ていねい》に作れた舌状マニピュレーターまで出して海竜が咆哮した。

直後、海竜の巨体が激しくうねった。かと思った瞬間、奴は顎門を全開にして襲いかかってきた。

「なっ⁉」

いきなりこっちに身体を伸ばしてきたので距離感が完全に狂った。不規則な軌道を描いて迫る巨大な牙は、〈ラピッド〉で敏速性を強化していてやっと反応できるほどに速かった。

「やっば――!?」

海竜の方へ走っていた僕に対しカウンター気味で突っ込んできたため、出来ることなんてほとんど無かった。左手の五指に防御術式〈スキュータム〉を五つ起動し、すぐに発動。六角形の術式シールドを五枚、少しずつ位置を変えて防御範囲を拡げつつ重ねて展開させる。

「――いっ!?」

足を止めようとして止まれず、避けることも出来ず、僕は術式シールドを構えたまま正面から海竜と衝突した。


飛んだ。


それはもう、おもしろいぐらいよく飛んだ。

もちろん、僕の方が。

「うわぁあああああああああああ――!?」

打たれたボールみたいに斜め上方へ弾き飛ばされた。海竜の突撃を受け止めた左腕がすごく痺《しび》れていたけど、僕は空中を弾丸のごとく高速飛行しながら支援術式〈レビテーション〉を発動させる。

ピタ、と僕の吹っ飛びが止まった。身体が上下逆さまだったので、くるん、と回転して天地を合わせる。

「――って、うわっ……!? あ、危なかった……!」

恐るべきことに、あと五十セントルぐらいで天井にぶつかるところだった。あんな勢いで壁や天井に激突していたら、今頃どうなっていたことか。ぞっ、と寒気が走る。

支援術式〈レビテーション〉は、その名の通り浮遊することしか出来ない。上下移動は出来るが、前後左右には別の術式を併用しないと無理なので、僕はすぐに九メルトル下の床面へと降り立った。

当然、海竜の攻撃がそれだけで止むわけもなく。

『UUURRRRRRRRYYYYYYY!』

完全に激昂《げっこう》モードに入っているゲートキーパーが僕に追い縋り、続けざまに躍りかかってきた。ぞろりと生えた大きな牙、鋭利な鰭、長大な身を駆使して放たれる尾撃。それらが間髪入れず僕に殺到する。

僕は〈ラピッド〉を追加で発動。さらにギアを上げ、これを時に避け、時に黒玄で受け流した。昨日のヴィリーさんみたく弾き返せたらよかったのだけど、腕力はともかく技術が足りなかった。外の観客からは海竜の周囲でピョンピョン飛び跳ねる僕が見えて、さぞ笑いものにされていることだろう。だけど知ったことではない。今は時間を稼いで生き残るのが最優先事項だ。こんな化け物の相手なんて、たとえ僕が百人いても足りないのだから。

「――よっ! はっ! ほっ! とっ! だぁっ! づぁっ!? ちょっ!? うわっ!? うわわっ!」

避けきれず、黒玄でも受け流せそうにない攻撃は〈スキュータム〉の盾で受け止めるしかない。その度に僕は玩具みたいに吹っ飛ばされて、天井や壁に激突する寸前で〈レビテーション〉を使って停止する。床に降りたら、またその繰り返しだ。

時々、攻撃が捌《さば》ききれずに傷を負ったりもしたが、それは隙を見つけて〈ヒール〉で回復した。

そんな無様な戦いを繰り広げながら、僕はハヌの詠唱が終わるまでの時間を必死に稼ぐ。

極限状態だったのと、〈ラピッド〉を使用しているせいもあったろう。たった二分という時間が、僕には一時間にも二時間にも感じられた。

ハヌの詠唱はずっと耳に届いてはいたけれど、それどころではなかったので内容はほとんど聞いていなかった。だけど、次第にクライマックスへと近付いてきていることだけはなんとなく感覚で分かった。

「　あらゆる物を裂き　あらゆる物を砕け　其は絶大なる者　我は意志と力を持つ者　敵は我らが理に叛する者　」

時間を確認。〝SEAL《シール》〟の体内時計は、もうすぐハヌの詠唱が始まってから二分が経過することを示していた。そして、

「――ラト！　もうよいぞ！　下がれ！」

「ま、待ってたぁ――――ッ！」

ドンピシャでハヌの指示が来て、僕はすかさず逃走態勢に入った。ちょうどよく海竜が放った尾撃を〈スキュータム〉で受け、わざと吹き飛ばされる。

もう慣れたもので、僕は壁にぶつかる直前で〈レビテーション〉で停止し、着地した。

「その場から動くでないぞラト！　巻き込んでしまうからの！」

ハヌから追加の指示が飛んできて、僕は一体何が起こるのか分からないまま、それに従った。

「我らが手を合わせ　息を合わせ　心を合わせれば　全てはただ滅するのみ　」

言霊が籠もったハヌの詠唱、それが今、最高潮に達する。


「〈天龍《てんりゅう》現臨《げんりん》・塵界招《じんかいしょう》〉」


スミレ色の輝きがセキュリティルームを満たした。

攻撃態勢に入ったことで、ハヌを隠していた術式が解け、その姿が露出する。

外套を頭からすっぽり被っていたはずの女の子は、その身に纏う風のせいか、フードが外れて顔が露わになっていた。

磨《みが》き上げられた細い鏡を束ねたような短めの銀髪。宝石を二つ填め込んだような金目銀目。ヴァイオレットパープルに輝く〝SEAL《シール》〟の幾何学模様。

幼くて可愛らしい顔に浮かんでいるのは、しかし似付かわしくないほど好戦的な表情だった。

そんな彼女が前へ差し出した両掌の先には——スミレ色の光に照らされた海竜の巨体がある。

気が付けばセキュリティルームの床面のほとんどを、なんだかよく分からない奇妙なアイコンが埋め尽くしていた。

『UUURRRRR……?』

ゲートキーパーをして経験したことがない状況なのだろう。海竜が動きを止め、奴にとっては忽然と現れたであろうハヌに鼻先を向けて、怪訝そうな鳴き声を発した。

風が渦巻く。ハヌが起動させた術式は、まだ発動していない。だけど、満ち溢れる術力がすでにこの場の理《ことわり》を変化させつつある。

それにしても、ハヌは一体どうするつもりなのだろうか？　昨日見た限りでは、彼女の術式はルナティック・バベルを構成する謎の金属すら破壊する。そんな彼女が二分もかけて詠唱した術式だ。どれほどの威力を発揮するのか、僕には想像もつかない。

なのにハヌは、戦いが始まる前に「手加減ならばちゃんとするつもりじゃ」などと嘯《うそぶ》いていた。

けれど、それは一体どうやって？

その疑問の答えは、すぐ目の前に現れた。

床いっぱいに広がったアイコンが、不意に盛り上がったように見えた。

かと思った瞬間、スミレ色の輝きが逆巻く瀑布《ばくふ》のごとく噴き上がった。

「――――？」

「……ッ⁉」

息を呑むことしか出来なかった。目の前の光景があまりにも予想外過ぎて、頭の中が真っ白になった。目だけが、貪欲《どんよく》なほど魅入られていた。

僕の視界に映るのは、幾本もの、、、、、スミレ色の光線で編まれた巨大なドーム。そして、そこに閉じ込められている海竜の姿。

『ＵＵＵＲＲＲＲＹＹＹ⁉』

己が置かれた状況に気付いたのか、海竜が拒絶の意を表して咆哮を上げ、激しく暴れ出した。自身を取り巻くスミレ色の輝きに突進して体当たりを喰らわせるが、あえなく弾き返される。宙空に生成して撃ち出す水槍も、振り回す鋭い牙も鰭も同様だ。

僕は奴をとりまく、ハヌのフォトン・ブラッド色のドーム の名前を、我知らず呟いていた。

「――り、立体型の……アイコン……⁉」

そう。そうとしか言いようの無いモノが、セキュリティルームの空間のほとんどを覆いつくし、まるで檻《おり》のように海竜を封印していたのだ。

『UUUUUUURRRRRRRYYYYYYYY――――――‼』

これまでにない大音量の雄叫び。海竜が体を反らして天井に向かって吼えると、その全身から大質量の水が溢れ出た。水はあっという間にドームの内部を満たし、嵐の海のごとく荒れ狂う。

『UUUUUURRRRRRRUUUUUU!』

翠色のアイレンズに赫怒《かくど》の光が瞬き、海竜を中心とした全方向へ波動が走った。ズン、とセキュリティルーム全体が震動し――一拍遅れて、水面が一斉に膨れ上がった。

スミレ色のドームの天頂へ届かんほどに達した怒涛《どとう》が、そのまま立体型アイコンの全外縁部に激突し、星屑《ほしくず》のような飛沫《ひまつ》を散らせる。が、それでも奴を囲むハヌのフォトン・ブラッドの輝きはビクともしない。

「………………!」

ビクともしなかったが、僕は海竜の起こした行動に度肝を抜かれた。

多分、今のが海竜の本気だ。もしこれが、ハヌの立体型アイコンの内部でなかったとしたら――

そう考えて、戦慄が駆け抜ける。

もしあの波濤《はとう》の勢いで壁に激突していたら――もし水に飲み込まれて前後不覚になってしまったら――トップレベルのエクスプローラーとて、間違いなくただでは済まなかったはずだ。

だけど、それ以上にすごいのはハヌの術力だ。海竜の本領を全て、フォトン・ブラッドで形作ったドームに封殺してしまっているのだから。

目の前で展開する光景に、ただ愕然《がくぜん》とするしかない僕の耳に、ハヌの声が届く。

「ラトよ、よう頑張ってくれた。これで――」

本来なら平面でしかないアイコンを立体型に制御した彼女は、前へ突き出した両の掌をぐっと握り込み、高らかに宣言した。


「――妾達の勝利じゃ！」


術式が、発動する。

ハヌムーン・ヴァイキリル。

その名は『極東』の現人神が一柱、風と西方を司る荒神《すさがみ》。

その化身の一つである天龍の力を以て、この世と塵界とを繋ぐ。それこそ〈天龍現臨・塵界招〉が真骨頂。その荒ぶる風は全てを塵芥《ちりあくた》へと帰し、生きとし生きるもの全てに滅びを与える――というのは、後になってハヌ本人から聞いた話だ。

要は『高周波による分子分解』であると僕は理解したが、目の前で起こったのは、そんな一言で終わらせられるようなものではなかった。

立体型アイコンの内部で風が荒れ狂う。海竜が生み出した水が掻き回され、あっと言う間に先程の怒濤以上に水面が乱れる。水を巻き込んだ細い竜巻が幾本も生まれ、森の木々のごとく乱立する。

もはや嵐の海なんていうたとえは見当外れもいいとこだろう。

スミレ色の光で編まれたドーム内部は、瞬く間にミキサーへと変わったのだ。

触れたら最後、巻き込まれて微塵《みじん》切りにされる死の空間に。

風そのものか、あるいは散り散りにされた水か、はたまたその双方か。もはやアイコン内は白い靄《もや》で曇《くも》ってしまい、閉じ込められている海竜の姿は影も形も見えなくなってしまう。ただ、

『UUUUUUUUUUURRRRRRRRRRRRRYYYYYYYYYYYYYYYYYYYYYY――――』

断末魔と思しき長く伸びる声が、風と水が立てる轟音《ごうおん》の向こうから遠く聞こえてきた。それは途切れることなく続き、けれど徐々に小さくなっていき、ゆっくりとフェードアウトしていく。

ハヌの術式が発動していたのは、一体どれほどの時間だっただろうか。〝SEAL《シール》〟のログによると、それはわずか七秒のことだったという。けれど、僕にはその十倍以上にも感じられた。

やがて海竜の今際の声も聞こえなくなってきた頃、術式は唐突に終わりを迎えた。

広いセキュリティルームのほとんどを占めていた巨大な立体型アイコンが、光の粒子となって弾

け、消失する。ドーム内部に密封されていた術式の残滓が解き放たれ、出し抜けに強い風が吹いた。

「わぷっ――⁉」

白い靄が吹き荒れ、思わず両腕で顔を覆う。

身体に掛かる圧力が弱まってから、そろそろと腕を下げた僕の視界に映ったのは――ついさっきまで海竜がいた場所に浮かぶ、巨大なコンポーネントだった。

「……本当に……」

海竜が活動停止《シャットダウン》された証拠であるコンポーネントが、宙を滑ってハヌに近付き、彼女の〝SEAL《シール》〟へと吸収される様を眺《なが》めながら、僕は呆然と呟いた。

「……本当に……手加減、できたんだ……」

完全に予想外の方法ではあったけれども、確かにハヌは外壁を壊さず、核であるコンポーネントも破壊せずに、ゲートキーパーを倒してみせたのだ。

ただの一撃で。

「……やった……」

本当に、やってしまったのだ。

あの『NPK』ですら総掛かりで、あの〝剣嬢〟ヴィリーでさえその剣技の粋を尽くして倒した、あのゲートキーパーを。

「……やった……！」

僕と、ハヌの、二人だけで。

倒してしまったのだ。

「……ぃやったァ――――――――――――――――――ッッッ！！」

衝動は叫びになった。

僕は体内で爆発した感情の塊に突き動かされて、自分でも訳の分からないことを喚きながらハヌに駆け寄った。ハヌは走り寄ってくる僕に気付き、こちらを向いて、くふ、と微笑もうと

僕は走ってきたそのままのスピードで抱き付いた。

「ハヌーっ！」

「うなぁぁぁあーっ⁉」

僕に飛び付かれたハヌが変な悲鳴を上げ、二人揃ってもんどり打って床に転がる。ごろごろと転がりながら、僕は笑う。

「ははは！　あはははは！　すごいよハヌ！　すごいよすごいよ！　すごすぎるよハヌ！」

「こ、こりゃラトぉ！　落ち着けっ！　落ち着くのじゃ！　訳が分からんぞおぬし⁉」

「だって、だってだってすごいんだもん！　ぼぼぼぼくたたたたた」

「ええい落ち着けというにぃぃぃぃぃ！」

「へぶっ⁉」

とうとうまともに舌が回らなくなった僕の頬を、ハヌがぱちーんと引っぱたいた。それでも僕のテンションは下がらず、いきなり立ち上がると、両腕を高く掲げて何度も「やったーやったー！」と叫びながら飛び跳ねた。

「——はっ……!?」

そんな阿呆な姿を外の観客に見られていることに気付いたのは、もちろん頭が落ち着いてきてからで、後悔先に立たず、今更我に返って恥じたところで全ては後の祭りだった。

歓喜の天国から恥辱《ちじょく》の地獄に堕《お》ちて立ち尽くす僕に、起き上がったハヌが呆れ顔で嘆息する。

「全く……ラトよ、おぬしは少し精神鍛錬《たんれん》をするべきじゃのう」

返す言葉もありません。ハヌは僕の背中を、ぽん、と叩き、

「しかし、よくやったの。おぬしの力量、しかと見せてもらった。妾の宮殿に務めておったどの護衛よりも、おぬしは強かったぞ。妾の見立て通りじゃ」

一転、くふふ、と笑って彼女は言う。

「ラト、もしや三分間だけなら、おぬしは世界最強の剣士なのではないか？」

「や、やめてよ、ハヌ……そんなわけないじゃないか」

「そうか？　おぬしが本気を出せば、それこそあのヴィリーとかいう女にも勝てるのではないか？」

「ヴィ——!?　む、ムリムリムリムリムリムリ！　ムリだってそんなの！　か、勘弁してよハヌ！」

いきなりとんでも無いことを言い出したので、僕は慌てて全身で否定した。僕があのヴィリーさんよりも？　無茶を言うにもほどがある。

でも、と頭のどこかでちょっとだけ考える。

もし本当に僕がそれぐらい強かったら、ハヌとのコンビもちゃんと釣り合いがとれるのだろうか——と。

わあ、と叩き付けてくるような大歓声。

僕とハヌがセキュリティルームから出て来ると、待ち構えていたのは昨日以上の狂騒だった。人は奇跡を目の当たりにすると、そら恐ろしいほど興奮する。さっきの僕がそうだったように。

喜び跳ねる自分を恥じたのが無駄だったかと思えるほど、外の人の盛り上がりは凄まじかった。

『うおおおおおおおおーっ！　すげえ！　すごすぎるぜＢＶＪ《ブルリッシュ・ヴァイオレット・ジョーカーズ》！　名前に偽り無し！　お前らマジでジョーカーすぎるぜぇぇぇぇぇ！』

司会進行役の人がマイクでそう煽ると、さらに歓声が爆発した。地響きのような音圧が腹の底を震わせる。

「――あ、え……？」

正直、ここまで凄いことになっているとは予想していなかった。そりゃ確かに僕だって、夢にも思わなかったゲートキーパー撃破を達成できたのは望外の喜びだったけれど。

そう。考えてみれば、前代未聞の出来事だったのだ。

新層が解放され、その初日にゲートキーパーが倒されたことなど、これまで一度もなかった。ましてや、それを成したのが一組のコンビ。それも年齢から言えば、双方共に子供と言っていい二人組だったのだ。みんなが大騒ぎするのも無理からぬことだった。

くい、とハヌが僕の手を引いた。

「これはまずいの。ラト、ここは逃げるのじゃ」

「えっ？　あ、そっか――う、うん！」

一瞬、何で？　と思ったが、すぐにハヌがあまり人目につかないようにしていることを思い出した。あんなとんでもない術式を使用したのだ。絶対、根掘り葉掘り聞かれるに決まっていた。だったらこんな目立つようなことをしなければよかったのに、とも思うけれど、今はそんなことを言っている場合ではない。

僕はすぐさま隠蔽術式を発動させて姿を消し、支援術式で身体強化すると、ハヌを抱えて一目散に逃げ出したのだった。

## ●8　友達の資格、親友の基準

ハヌと二人で、とんでもないことをやらかしてしまった翌日。

いきなりだが、今日のエクスプロールはお休みである。

僕がこの浮遊都市フロートライズに来て、もう二週間以上になる。なので既に定住のための部屋を借りているのだけど、ハヌはそうではない。

ここに来て日の浅い彼女は、未だホテル暮らしだった。だから、今日は二人で部屋探しをすることにしたのである。

島のど真ん中に建つ――から伸びる?――ルナティック・バベルでエクスプロールをするため、この都市にいるエクスプローラーの大半が中央区、ないしは近隣の区域に居を構えている。斯《か》く言う僕も、西区にある小さなマンションに部屋を借りている身だ。本当なら中央区に住みたかったのだけれど、家賃が高くて手が出せなかったのである。

一方、ハヌはその出自から察せられるように、中央区のホテルに泊まっている。それも、かなり高級なところだ。多分、彼女が抱えている『事情』が理由なのだろう、と僕は推測している。超がつくほどの高級ホテルなら、宿泊客のプライバシー保護も完璧だろうから。

ハヌは待ち合わせ場所に指定した、僕達が初めて出会った『カモシカの美脚亭』の前で待っていてくれた。って、あれ？　なんだか外套を被った影がソワソワしているような——

「お、おはよう、ハヌ？」

「うなっ⁉　お、おお⁉　ラトか！　待ちかねたぞ！」

「ど、どうしたの？」

声をかけた途端、ビクッ、と振り返ったハヌに尋ねると、彼女は僕に身を寄せながら声を潜め、

「むぅ……理由はよく分からぬが……先程から妙に視線を感じる……何故じゃ……」

言われて辺りを見回してみる。すると、通りを行くエクスプローラーらしき人達が確かにチラチラとこちらを見ていた。中には、僕と目が合った瞬間に顔を逸らす人まで。

すぐ察しがついた。

「——ハヌ、行こう。こっちだよ」

「ぬ？」

僕はハヌの手を引いて歩き出した。ハヌも一言だけ疑問の声を上げるも、僕が何かを察したことに気付いてくれたのだろう。いつかの時と違って、素直に付いて来てくれる。

僕は手近な路地へハヌを連れ込み、暗がりで足を止めた。振り返り、彼女と対面する。キョトンとした金目銀目がフードの奥から僕を見上げて、

「……どうしたのじゃ、ラト？」

「えーとね……」

何て言えばよいものか。迂闊《うかつ》だった、としか言いようが無い。僕は膝を突いて、ハヌと視線の高

さを合わせた。

「ハヌ、多分ね……その外套が、逆に目立ってるんじゃないかな？」

「なんじゃと？」

ハヌは自分の体を見下ろして、愕然《がくぜん》とする。

「何故じゃ？　これは目立たぬために身に着けておるのじゃぞ？」

「うん、それは分かってるんだけど……でもね、昨日の件が原因だと思うんだ、僕」

「昨日？　妾達があのゲートキーパーとやらを倒した件か？」

「そう、それ」

「……意味が分からぬ」

ハヌは率直だった。この率直さがいい所なのだと思うけど、場合によってはちょっと考え物かもしれない。

「……昨日、僕達は新層が解放された初日、しかもたった二人で、ゲートキーパーを倒しました。それはすごいことです。大偉業です。流石はハヌ様です」

「うむ。妾とラトの力ならば当然のことじゃ。そう、ラトよ。おぬしの力があってこそ、なのじゃぞ？　妾だけを持ち上げるでないわ」

とか言いながら嬉しそうに胸を張るハヌ。だけど本題はここからだ。

「そう、おかげで僕達は有名人です。多分、今頃はあちこちのエクスプローラーが僕達の話で持ちきりだと思います。それぐらい凄いことを僕達はやってしまいました。さて、思い出してください。

その時、あなたはどのような格好をしていましたか？」

「その時の格好？　それはもちろん、この――」

と、身に纏った外套の端っこを摘み上げたハヌが、いきなり硬直した。自慢げな口元が唇を半開きにしたまま、石像と化す。

「……ご理解いただけたでしょうか？」

「……うむ……よきにはからえ……」

どうやら僕の皮肉に冗談で返すぐらいの余裕は残っているらしい。僕は大きく息を吐く。

「というわけで、とりあえずそれは脱いだ方がいいと思う。今じゃ逆に、その外套がハヌのトレードマークみたいになっていると思うから」

「仕方ないのう……」

結構気に入っていたのか、名残惜《なごり》しそうに外套を脱ぐハヌ。地味な灰色の布が一枚剥がれると、現れるのは極東特有の衣服、『着物』である。

ハヌが着用しているそれは、僕の知っている着物とは微妙に違う点がいくつかある。だけど、その特異さは少しも変わらない。絶妙なグラデーションがかかった薄紫の布地に、絢爛華麗な刺繍――この間見たのとは少し柄が違うようだ――が施されているミニスカート風のそれは、言うまでもなく非常に目立つ。しかも頭には鈴みたいな音の鳴る金のサークレットに、足元はここいらでは珍しい形状の足首飾り《アンクレット》と漆塗りのぽっこり下駄。

「……前から思ってたんだけど、ハヌの格好って色々とチグハグだよね……」

「？　どういう意味じゃ？」

「いや……外套を被って顔とかを隠すのはいいんだけど、それなのに独特な音がする下駄を履いたままだったり、とか……」

歩く度にカランコロンと特有の音がするのでは、素性を隠しきれていないと思うのだけど。

「何じゃ、そんなことか。瑣末《さまつ》なことじゃ。気にする必要などない」

とハヌはにべもない。顔さえ見えなければ大丈夫、ということなのだろうか。

「――にしても、これはこれで派手だよね……」

「……そうかの？」

ハヌは再び自分の身体を見下ろし、小首を傾げる。

「もっと派手なものもあるのじゃが」

「あー……つまり、これが地味な方なんだね、ハヌとしては」

「うむ」

とはいえ、表通りを歩けば人々の注目を集めてしまうのは間違いないだろう。

そも、服装は別にしてもハヌの容貌はそれだけで人目を惹く。存在感が強い、とでも言おうか。今だって暗い路地にいるのに、彼女だけ全身から光を放っているかのように煌びやかなのだから。

「――変装、とかどうかな？」

僕はふと閃いたことを提案してみた。

「変装？」

「うん。つまりは、ハヌがハヌであることが分からなくなればいいんだよね？　なら髪型と服装を変えれば、別に顔を隠す必要はないんじゃないかな――って」

「ふむ……確かに一理あるの」

「ハヌは普通の服……っていうとアレだけど、みんなが着ているような服は持ってるの？」

「いや、妾は神殿から持ってきた物しか持ち合わせがない。全てがこれと同じような形じゃ」

となると、選択肢は一つしかない。

「じゃあまずは、どこかに服を買いに行こっか？」

「うむ、そうじゃな。それしかあるまい……む？　待つのじゃ、ラト」

「え？　どうしたの？」

移動するために立ち上がった僕に、ハヌがばっと両手を広げて制止をかける。彼女は硬い表情で僕を見上げ、

「今気付いたのじゃが……この状況はもしや……『トモダチ同士のお出かけ』、とやらに該当するのではないか!?　ち、違うか!?」

「――――ッ!?」

ハヌの言葉で、僕の背筋に電撃が走った。

言われてみれば、確かにそうだった。僕達は二人きりで、しかも行き先はエクスプロールではない。さっきまではただ不動産手続きに行くだけのことだと思っていたけれど――

「そ、そうだよ！　これはお出かけだよ！　と、友達同士の交流って奴だよ！」

「や、やはりか！　やはりそうじゃったか！　お、おお……こ、これが音に聞く……！」

瘧《おこり》のごとく、ぶるぶると小刻みに震えだした己《おの》が手を見つめるハヌ。頬を朱に染め、身震いするほどに小さな胸を満たすのは、期待か、不安か、緊張か。

僕も同じ気持ちだった。やにわにハヌと心が通じ合った嬉しさのあまり、僕は思わず張る必要も無い虚勢を張ってしまう。

「ま、任せて！　この街じゃ僕が先輩だから、ちゃんと立派な服屋さんへ案内するからね！　大船に乗った気でいてよハヌ！」

「うむ！　頼りにしておるぞ！　妾とラトで、さらに親睦《しんぼく》を深めるのじゃ！」

高端から見れば馬鹿二人にしか見えないだろう僕達は、しかし当人達にとっては非常に心地よい高揚感に身も心も包まれ、踊るような足取りで街へ繰り出したのだった。


僕のストレージにバスタオルがあったので、ひとまず純白のそれをハヌに貸して、目立つ服を隠してもらった。それから二人でそそくさとデパートへ向かい――立派な服屋と言った手前、高級そうな場所というとここぐらいしか思いつかなかった――、そして現在。

「ご、後生じゃああああああああ！　ラトぉおおおおおおおおお！」

うーん、おかしいな。〝SEAL《シール》〟でマップ検索した時、ここの店員さんはとても親身になって相談に乗ってくれる、気さくな優良店だと聞いていたのだけど。

「も、もう嫌じゃあーっ！　妾は着せ替え人形ではないぞぉおおおおおーっ！」

「はぁい、次はこちらなどいかがでしょうか？　お嬢様にとってもお似合いになると思います♪」

「もっ、もうよい！　これでよい！　これを買う！　じゃ、じゃからもう試着は――」

「あらいけませんよお嬢様。せっかくお兄様がプレゼントしてくれるのです。ちゃんと吟味《ぎんみ》して選ばなければ！　それにこんな上玉をそうそう逃がしてなるものですか――おっと失礼しました今のはお忘れください。ところでこちらの次はあちらの一式も試してみましょうそうしましょう」

「うなぁあああああああっ！　は、はよう妾を助けよ！　ラト！　ッラトぉ――――――ッ!!」

涙ながら魂切る絶叫を上げるハヌが、店員さんに連れられて試着室の奥へと吸い込まれていく。

何がどうなっているのかというと、実は僕にも何が何だかよく分からない。

デパートに入ってすぐ、ハヌの体格から考えて子供服売り場へ足を運んだところ、今も彼女を試着させ――もとい、ハヌで遊んでいる店員さんと出くわしたのだ。

「――あらまぁ、可愛らしいお嬢様ですね。いらっしゃいませ。どのような服をお求めですか？」

「ふむ？　妾はよその地の服についてはあまり知らぬのじゃが」

「あー、じゃあすみません、店員さん、この子に似合う服を――」

「あらまぁ、ご親類のお兄様ですか？　本日はプレゼント用でしょうか？」

「え？　あ、いや、えっと……そ、そうですね？」

どうやら従兄弟か何かだと思われたようだ。が、説明するのも面倒なので、適当に頷いておく。

「それはそれは。当ブランドをお選びいただきありがとうございます。お兄様としては、どのような服をお贈りになりたいとお考えですか？」

「あの、えっと……すみません、僕もあんまり詳しくなくて……その、出来れば店員さんに、この子に似合う服を選んでいただきたいんですが」

「まぁ！　そういうことであればお任せください！　私の全身全霊を上げて、お嬢様にピッタリの服をご用意させていただきますわ！」

うわぁ、すっごく嬉しそうな笑顔だなぁ、キラッキラッしてるなぁ――などと呑気に構えていたら、むんず、と店員さんがハヌの腕を掴んだ。

「おうっ？」

と、ハヌが驚いたオットセイみたいな声をこぼした瞬間、

「それではお嬢様こちらです！　さあ、試着を始めましょう！」

ばびゅーん、と疾風《はやて》のごとき勢いで二人の姿が試着室の中へと消えていった。

そこからはもう、出てくるわ出てくるわ、多種多様な服に着替えさせられたハヌのファッションショー。どこぞのお姫様のようなふわふわしたドレスから、一体どの地域あたりなのか見当もつかないエスニックな衣装、そして子供服と呼ぶには際ど過ぎるものまで。

ありとあらゆる服を身に着けては現れるハヌの顔が、五回目ぐらいから徐々に曇りだした。

「の、のう？　店員、おぬしは妾に何を――」

「ああ……！　お似合いです、お似合いですよお嬢様！　すごい！　ここまで何でも似合うなんて……！　何という素質でしょうか！　モデルになれますよお嬢様！」

何か言おうとしたハヌを遮って、次から次へと服を持ってきては試着させる店員さん。

うん。僕の気のせいでなければ、あの人、絶対楽しんでるよね？

とはいえ、服選びをお願いしたのは僕の方なので文句を付ける筋合いもなく。そもそも子供向けとはいえ女性服のお店で声を大きくする度胸もないわけで。

それに何だかんだ言って、色んな服に着替えさせられるハヌはとっても可愛いわけで。

何だろう、お兄様とか呼ばれたせいだろうか。兄が可愛い妹を見る気持ちってこんなものなのかなぁ、と妙に和んでしまう。

だけどハヌにとっては我慢ならないことだったらしく、十五回目ぐらいで、

「もうよいっ！　妾は玩具ではないぞ！」

とうとうムキーッと怒鳴り、なんと下着――以前にも目にしたクラシックパンツこと『ふんどし』一丁で試着室から飛び出してきた。

「わあっ⁉　ハ、ハヌッ⁉　何してるのっ⁉」

「ラト！　ここはもうよい！　とっとと次へ――」

「わああああっダメダメダメダメだよ⁉　服着て服ぅぅぅ――――⁉」

「服などもういらん！」

「えええええええええ――――――――ッ!?」

あられもない格好で腰に両手を当て、堂々と胸を張るハヌに驚愕は止《とど》まるところを知らない。

「ダメだって！　いやもう――絶対にダメだって！」

裸で外に出たら、それこそ服を買いに来た意味がない。本末転倒もいいところだ。僕は必死にハヌを押しとどめようとする。すると、

「あらあら、いけませんよお嬢様。いくら親族とは言え、女性が男性にみだりに肌を見せるのは感心いたしません」

いや待って。さっきハヌにボンデージみたいなの着せていたのはあなたですよね？

「そんなお嬢様にはこのコルセットで！　淑女《しゅくじょ》のたしなみを！　身につけていただきましょう！」

「ぬあっ!?　は、離せ！　離すのじゃ！　妾は――――！」

「さあさあこちらです。きっとお似合いになりますよ。ビスク・ドールもかくやという程に。うふふふ楽しみですうふふふふふふふ」

「は、離せェ――――――――――――――ッ！」

抵抗虚しく、再び店員さんに試着室の奥へと攫《さら》われていくハヌなのであった。

というわけで、最終的に五十着以上を試着させられたハヌは、その目から光を失い、文字通りの着せ替え人形となってしまった。もはやここまで来ると、店員さんの服選びがどこの次元まで突き

抜けていくのか、ある意味楽しみだったのだけど。

「――さあお兄様！　これでいかがでしょう⁉」

「……えーと……」

僕はハヌを見上げた。

それはもう、服というよりは舞台装置のようなもので、どう考えても着たまま移動できるとは思えず、というか服に着られているハヌが、まるで聖なる護符《ごふ》の壁に封印された悪魔のようにしか見えなかった。

――どうしてこうなった？

考えてみれば当然の話で、僕は言い忘れていた肝心なことを、店員さんにそっと囁《ささや》く。

「……すみません。目立つのはNGなので、もっと地味なのをお願いします……」

「お買い上げありがとうございました。またのお越しをお待ちしております」

幸いなことに、僕の後出し注文に対しても店員さんは「お任せください！　それはそれで！」と、それはそれでちょっとどうかと思う返事をしてくれつつ、最終的にはこちらの希望に沿った服を選んでくれた。

その結果――

ふわふわしたライトブラウンの肩出しニットセーターと、すらりとしたホワイトのタイトパンツ。そこにだぶっとしたベージュの帽子と縁の太い赤い伊達《だて》眼鏡を合わせ、肩に届くぐらいの長さで切り揃えられた銀髪はアップにして、春の花を模したバレッタで留めてある。髪型の変更も店員さんがサービスで――むしろ嬉々《きき》として――やってくれた。

セットアップされている間、当のハヌが物言わぬ人形と化していたのは言うまでもない。

プレゼント用と偽った手前、代金は僕が出した。流石にブランド品だけあって予想以上の出費となってしまったけれど、昨日ハヌと半分こしたゲートキーパーのコンポーネント代を考えれば、まだまだ安いものである。

ちなみに、当初僕は換金したコンポーネント代を断固として受け取らないつもりでいた――ほとんどというか、ほぼ完全にハヌ一人で倒したようなものだったから――のだけど、ハヌから「真のユウジョウとは分かち合うことじゃ。受け取らぬということは、ラトは妾のシンユウが嫌ということか……？」と妙に悲しげな瞳で見つめられてしまい、あっさり折れてしまった。

受け取ってしまったからにはしょうがない。なら、そのお金は出来るだけハヌのために使おう――そう思っていたので、今回の支払いは僕にとっては僥倖《ぎょうこう》だった。

ふらふらと歩くハヌに、僕は心配して声を掛ける。

「だ、大丈夫、ハヌ？」

「う、うむ……じゃが正直疲れた……どこかで休みたいぞ……」

「だ、だよね。じゃあ……喫茶店とかどう？」

「ラトに任せる……」

僕は疲労困憊《こんぱい》しているハヌの手を取り、デパート内の喫茶店へと誘導する。

本当を言うと、僕も自分の服を買おうかと思っていたのだけど、ハヌがこの状態では流石に連れ回すわけにもいかないだろう。かと言って、一人で放置するのも心配だ。

さっきの店員さんにも「当店にはメンズブランドもございますので、是非とも、ぜ・ひ・と・も！お兄様もお立ち寄りくださいね♪」と言われたのだけど、ハヌならともかく僕はあまり目立つ方じゃない。変装の必要はないように思えた。

それに、いくら店が違うとはいえ、同じ系列なら僕まで着せ替え人形にさせられるかもしれない——そう考えると、どうしても足を向ける気になれなかったのだ。

後になって考えてみれば、行っていた方がよかったのかもしれない。

ついには歩くことすら出来なくなったハヌを背負って喫茶店へ入り、小一時間ほど。

フルーツパフェやパンケーキなど甘いものを食べてハヌの体力と気力とを回復させると、僕達は本来の目的である部屋探しへと出かけた。

ちなみに、喫茶店の支払いも僕持ちである。ハヌは初めて食べるものばかりだったようで、一口食べるごとに元気を取り戻し、最後には上機嫌になっていた。これは僕としても重畳《ちょうじょう》である。

「おお……なんたる美味……！　俗世へ飛び込んだ甲斐があるというものじゃ……！」

ハヌのその言葉の意味は、僕にはちょっとよく分からなかったけれど。

さて、肝心の部屋探しだが、こちらは服と違って非常にスムーズにことが進んだ。

なにせ街中を歩いていて、誰からも注目されないのだ。ハヌの変装が功を奏した証だ。時折、すれ違った人がちらりと振り向く気配を感じたけれど、それはきっと『一撃でゲートキーパーを倒した少女』ではなく、可愛らしい女の子だな、という視線だったように思う。

賃貸業者の店に着くと、ハヌの部屋はすんなり決まった。彼女の提示する条件では候補が少なく、またハヌらしい即断即決が発動したのだ。

地域は中央区、セキュリティとプライバシー保護はハイレベルで。これだけでもかなり候補が絞《しぼ》られるが、ハヌはさらに、一階の部屋を希望した。

それは何故かと問うと、

「高い場所は落ち着かぬ。妾は人らしく、大地に添って生きると決めたのじゃ」

と、分かるような分からないような、不思議な答えが返ってきた。

ここフロートライズは浮遊都市なんだけれども――まぁ、そのあたりを突っ込むのは野暮な気がしたのでやめておいた。

ともあれ、セキュリティが厳重なマンションの一室は、やはりそれなりに高価な家賃が設定されている。しかし、ハヌは微塵も迷わず決定してしまった。ちなみに家賃も広さも、僕が借りている部屋の五倍以上である。

必要な手続きを済ませて店を出ると、時刻はもう昼時を大きく過ぎていた。

「ハヌ、お腹空かない？」

「うむ。実を言うとの、先程から腹と背中がくっつきそうだったのじゃ」

「……あれ？　でもここに来る前にフルーツパフェとパンケーキと苺のショートケーキとモンブラ

ン食べてたよね？」

「？　そうじゃが……それがどうしたのじゃ？」

キョトン、と小首を傾げるハヌ。その拍子に鼻に引っかけた赤縁眼鏡がズレるけど、そんな所作がより一層、それが天然の反応であることを強調しているようだった。

「……ううん、何でもないよ……」

女の子って分からない。女の子って不思議すぎる。もしかしたら、あの可愛い蕾のような唇の中は、亜空間に通じているんじゃないだろうか。

僕はハヌと手を繋ぎ、彼女を中央区の露店街へと連れて行くことにした。

露店街。その名の通り、星の数ほどの露店が所狭しと軒を連ねる地域である。ここはフロートライズの都市自治体から、自由取引市場としての特区認定を受けている。そのため、誰でも店を開くことが出来るのだ。

地域全体、どこの通り沿いにも隙間がないほど露店が立ち並び、またそれを目当てに人々が集まってくるため、毎日盛況に賑わっていた。

「おおっ……！　なんという人の数じゃ！」

ハヌが感嘆の声を上げるのも無理はない。そう狭くはないはずの大通りを、向こうの景色が見えなくなるほど人が埋め尽くしているのだから。

この浮遊都市フロートライズは、遺跡であるルナティック・バベルを擁するため、他と比べてかなり発展している。なにせ情報具現化コンポーネントの供給元がすぐそこにあるのだ。否が応でも経済活動は活性化せざるを得ない。

その故あって、人口密度もかなり高い。空に浮かんでいるとは言え、フロートライズは小さな島なのだ。だというのに、同程度の面積を持つ島の平均人口が二十万人程度であるところを、フロートライズはその二十倍以上を誇るという。

その内の一パーセントがエクスプローラーないしは関係者だという話だけど、実際のところは分からない。何故なら僕が列挙したのは、あくまで自治体が公開しているデータでしかないからだ。

少なくとも、エクスプローラーの数は日々増減しているはずなので、いつになっても正確な数字は分からないに決まっている。

新しく入ってくる人、引退する人、復帰する人、そして——いなくなってしまう人。

最後の一つに分類されてしまわないよう、明日からまた頑張らないといけないなぁ——などとぼんやり考えていると、

「ラト！　ラトよっ！　こりゃ何をしておる！　アレじゃ！　アレを食べるぞ！」

ただでさえ煌めくような金目銀目を期待でさらに輝かせたハヌが、待ちきれないとばかりに僕の手を引っ張った。

「あの串？　あれは牛と豚の合挽き肉を捏《こ》ねたもので——」

「御託《ごたく》はよい！　旨そうな匂いがする……！　さあ、はよう！」

「あははは、ハヌは本当に食いしん坊さんだなぁ」

ハヌに引き摺られるようにして、食べ物を売っている一角へと移動する。

当然ながらお店は食品店だけではない。さらに言うと、露店だけでもない。

この露店街を離れて少し歩けば、そこはもうルナティック・バベルだ。だからこの辺りにはエクスプローラーを対象とした、きちんとした店舗を構えている店も多い。

武器や防具、汎用術式や各種道具はもちろん、中には傭兵《ようへい》を斡旋《あっせん》するというところまで。そういえば、最近の初心者エクスプローラーはああいった傭兵を雇ってエクスプロールのイロハを学ぶというけれど、本当なのだろうか？

そんな、エクスプローラーが多く集まるような中央区の繁華街にハヌを連れてきた僕は、詰まるところ、どうしようもなく間抜けだったと言う他ないだろう。ちょっと考えれば分かったことだ。昨日の今日で、ハヌをこんな場所に連れてくるべきじゃなかったことぐらい。

だけどこの時の僕は、生まれて初めて〝友達と外出している〟という、ただそれだけのことに浮かれすぎていて、そんな当たり前のことにさえ気付かなかった。

ハヌといくつかの露店を回り、食べ物やら日用品の買出しなどを楽しんでいた時だった。

「――ちょっとそこの君、そう紫の服の」

「……えっ？」

不意に背後から声をかけられ、振り向くと、

「君、〝BVJ《ブルリッシュ・ヴァイオレット・ジョーカーズ》〟の男の子の方、だよね？」

見知らぬ男性と目が合った。いや、合ってしまった。

瞬間、ぎくりと心臓が凍りつき、顔から血の気が引いていくのが自分でも分かった。

――やばい、見つかった……⁉

「――あ、あの、そのっ、ぼ、僕は……えっと……！」

咄嗟に誤魔化そうとして、でも上手く言葉が出てこず、僕は不自然にどもってしまった。

その態度は、相手にとっては肯定以外の何物でもなかっただろう。

がしっ、といきなり両肩を掴まれた。

「やっぱりか！　き、君っ！　頼むっ、一緒にいた女の子を是非――」

「おい待て待て！　そいつに先に目をつけてたのは俺の方だぞ！」

顔を近づけ口角泡《こうかくあわ》を飛ばす勢いで話しかけてきた男性を、別方向からの声が遮った。見ると、人垣の中から別の男性がこちらへ歩いてきている。

「な、何を言ってるんだ！　こっちが先に声を掛けたんだぞ！」

「人の獲物に手を出す奴は馬に蹴られて死んじまえって、あんた知らないのかい？」

装備こそ外しているが、どちらもエクスプローラーに違いないだろう。体つきや身のこなしでなんとなく分かる。まぁ、発言の内容からしても、だけど。

「あ、あの、えっと……」

二人が僕の側で喚《わめ》き合っていると、その騒動を聞き咎めた周囲の中からさらにエクスプローラーらしき人達が現れ、

「おい、あんたら往来で何やって……ん？　そこの彼はもしや――」「あっ！　いた！　昨日のゲートキーパー戦の！」「えっマジ⁉　どこどこ⁉」「ほらあの男の子！　配信映像と同じ服着てる！」

「おい女は⁉　女の方はいるのか⁉」「いやいやスカウトするならウチが先だから！」

あっと言う間に大騒ぎになってしまった。最初の二人なんかは口論が激化して、とうとう殴り合いまで始めてしまっている。というか、さっきの話からすると僕とハヌはずっと尾行されていたということだろうか？　もしかしなくても、僕のこの格好が原因で。

人でごった返す露店街の大通りは、唐突に発生した騒ぎで混乱の坩堝《るつぼ》と化した。

ハヌはどこだっただろうか。確かさっき、フルーツにチョコレートをかけた物が売っている屋台の方へ走っていったと思うのだけど。

僕自身、突発的過ぎる事態に焦り、動揺し、慌てていた。

目の前の喧嘩《けんか》を止めるべきか、女の子はどこだとシャワーのように質問を浴びせかけてくる人達に答えるべきか、それともハヌを見つけて一緒に逃げるべきか——ちゃんと冷静になって考えれば選択の余地のない問題に、僕は馬鹿みたいに悩んでいた。そこへ、

「——どうしたラト？　何の騒ぎじゃ？」

僕の記憶通りチョコバナナを五本も両手に持ったハヌが、ひょっこり戻ってきてしまった。

みんなが小さな女の子を凝視する、しばしの沈黙。

もぐもぐ、とハヌがチョコバナナを咀嚼している、微妙に間抜けな間が空く。そして、

『あ————————ッ！』

とまず最初に驚きの声が上がり、続いて、

『いたぁ————————ッッ‼』

皆さん大合唱である。

その衝撃で僕の意識が再起動した。

「ッ！　ハヌこっちっ！」

ここが好機、そう見て取った僕は咄嗟にハヌの手を掴み、引っこ抜くようにして走り出した。

「うなっ⁉　ななな何じゃ⁉　ああああああ妾の菓子がァ――――――ッ⁉」

振り返っている余裕がないからよく分からないけど、駆け出した拍子にチョコバナナをいくつか落としてしまったみたいだ。けれども、そんなハヌの悲嘆を置き去りにするかのように、僕は人いきれの中を縫うようにひた走る。

逃げ出してすぐ、背後で怒号。ハヌと僕がいなくなったことに気付いた人達が、さらに大騒ぎしているのだ。

僕は走りながら周囲を見回し、ちょうどよく見つけた細い路地へさっと飛び込んだ。

むすっとした顔でチョコバナナを銜《くわ》えているハヌを奥の方へやり、壁に身を寄せ、術式〈イーグルアイ〉を起動。僕のフォトン・ブラッドで出来た鳥が宙を飛び、大通りの様子を視覚情報として〝SEAL《シール》〟に送ってくる。

やはりこの人混みの中では、一度見失った人間を見つけ出すのは難しいのだろう。通りのあちこちで、僕らを探して右往左往する人々が見えた。ほっ、と胸を撫《な》で下ろす。

「……よかった、これで一安し」

「驚いたな……まさか、そちらから飛び込んできてくれるとは……」

「えっ？」

いきなり耳に入ってきた声は、路地の奥の方から。予想外すぎて、素で振り返ってしまった。

そこには、どう見てもエクスプローラーな男性が七人も。

「あっ……！」

しまった、こんなところにもいたのか。ここで僕達の様子を窺っていたのか。どうしよう、いっそ支援術式を使い、壁を登って逃げ――

「待ってくれ、手荒な真似はしない！　話がしたいだけだ、だから待って欲しい！」

慌てた感じでリーダー格らしき人が両手を挙げ、敵意がないことを示した。思いも寄らぬ平和的な態度に出足を挫《くじ》かれ、僕の逃げる気がすっかり鳴りを潜めてしまう。

「――あ、えっと……？」

「頼む、本当だ。無理強いはしない。ただ、話を聞いて欲しいだけだ。それでダメなら、大人しく引き下がる。約束する」

うんうん、と背後に控える六人も頷き、懇願《こんがん》するような眼差しを向けてくる。

ど、どうしよう？　僕は対応に困ってしまい、思わず脇にいるハヌを一瞥《いちべつ》した。すると、未だチョコバナナを頬張《ほおば》っている彼女は僕の視線に気付き、

「……よかろう、話を聞いてやる。何用じゃ？」

おおっ、と男の人達がどよめいた。中にはガッツポーズをとる人までいる。

リーダー格の人が、安堵したように微笑んだ。

「ありがとう。俺は、『スーパーノヴァ』というクラスタでリーダーを務めている、ダイン・サムソロという者だ。と言っても、最近作ったばかりのクラスタなんだが。実は俺達、まだ新興だが、これでもトップ集団を目指していて――」

「能書きはよい。何の用かと聞いておる」

ゆっくり話し始めたダインさんに、ハヌの鋭すぎる舌鋒が突き刺さる。確認するまでもなく、彼女は不機嫌だった。それは多分、ダインさんがどうこうというより、さっきチョコバナナを落としてしまったことが原因だと思われるけど。

「あ、ああ、いや、すまない、つまらない話だったな。では、その……君と話をする前に、そこの彼と話したいんだが、いいだろうか？」

「え？」

ダインさんの指先が、何故か僕を差していた。

「……僕、ですか？」

「ああ、そうだ。まずは君に話があるんだ。いいかい？」

実に柔和な笑顔で、丁寧に伺ってくれるダインさん。どうやら本当に悪い人ではなさそうだ。多分、目的は他の人と同じ『ハヌの獲得』なのだと思うけど、無理強いはしない、ダメなら諦めるって言ってくれているし、少し話すぐらいなら問題ないかもしれない。

「えっと……な、何ですか？」

僕が聞き返すと、ダインさんは少し難しそうな表情を浮かべ、

「それなんだが……すまないが、奥で話せないかな？」

路地の奥を親指で示した。一体どんな話なんだろうか？　——まさか、僕の方をヘッドハンティング？　いやいや、まさかすぎるよね、そんな……で、でも、もしかしたら……⁉

「い、いいかな、ハヌ？」

「……うむ。じゃが、早めに帰ってくるのじゃぞ？」

一見ぶっきらぼうに見えるけど、でもどこか不安そうな言い方をするハヌに、僕は少し笑ってしまう。実は結構寂しがり屋なのかもしれない、この子は。

「うん、分かった。じゃあ、ちょっとここで待っててね」

そう言って、僕はダインさんに頷き返す。彼は満面の笑顔を浮かべ、

「ありがとう。こっちだ」

顎で路地の奥を示し、先に歩き出す。

そこはかとない期待を胸に、僕はその大きな後姿を追いかけた。

僕が連れて行かれたのは、路地裏の突き当たりだった。

まだそれなりに陽は高いはずなのに、ともすれば足元が危ういほどに暗い。

そんな薄暗い空間にいるのは、ここまで案内してくれたダインさんと、僕と、二人の男性。総勢四人だ。他の人達はハヌと同じ場所に残っている。

足を止めて振り返ったダインさん——年は二十代後半ぐらい。戦士系と思しき体格に、褐色の髪

と瞳。理知的な顔立ちをしているが、どことなく見覚えがあるような気がするのは、僕の記憶違いだろうか――は開口一番、僕にこう言った。

「君は、ここらでは〝ぼっちハンサー〟と呼ばれているそうだね」

それはまさに不意打ちと言う他なかった。心を深く抉られる響きに、僕は真実、息が詰まった。

「……えっ……？」

ついさっきまで温厚な波動を湛えていたダインさんの眼光が、今は鋭く尖っている。

雰囲気が、ガラリと変わっていた。

「彼女が何者か……は今は置いておこう。それより、君は彼女の何なのかな？　どういう関係なんだい？」

「ど、どういうって……」

胸が圧迫されているみたいだ。息が苦しい。悪寒が止まらない。なんだろうこの空気。

とても、嫌な感じだ。

「……あ、あの……僕はその……彼女の、友達で……」

「友達ぃ？　君は〝ぼっちハンサー〟なんだろう？　それはおかしいじゃないか」

おかしいじゃないか、って断言されても――それは、あなたが決めることじゃない、はず、なのに……

僕は、何も言い返せない。

さっきまで期待という翼を生やして飛んで行きそうだった心は、いまや氷の鎖で雁字《がんじ》搦《がら》めにされたように冷たく強張っていた。

「……まぁいい。嘘を言っているようには見えないから、とりあえずは信じよう」

ダインさんはこれみよがしに溜息を吐き、威圧的に腕を組んだ。〝ぼっちハンサー〟という奇襲を受けた僕の心はすっかり萎縮《いしゅく》してしまっていて、たったそれだけのことに、どうしようもなく怯えてしまう。

「では、単刀直入にこちらからの要求を言おう。君には、彼女とのコンビを解消してもらいたい」

その言い方は、一応『もらいたい』という言葉を使ってはいたけれど、響きとしては完全に命令形だった。

「あ……あのっ……い、いや、僕は……」

絶対に嫌だ！　そう怒鳴り返してやりたかった。けれども、臆病風《おくびょうかぜ》が心の蓋になって、どうしても言葉を外へ出すことが出来ない。僕は俯き、歯を食いしばる。

なんて馬鹿な期待をしていたんだろうか、さっきまでの僕は。

僕がヘッドハンティングされる？　そんなこと、あるわけないじゃないか。ありもしない妄想をした結果がコレだ。本当に目も当てられない。

黙っていても状況が好転するわけないことは分かっていた。だけど、この時の僕には、そうすること以外何も思いつかなかった。

「……ところで、俺と君は三日前に顔を合わせたことがあるんだが、憶えているかい？」

業を煮やしてか、ダインさんが妙な話題を振ってきた。思わず顔を上げて、目を合わせてしまう。

三日前というと、確かハヌと初めて会った日だ。あの日は確か、『カモシカの美脚亭』で四回ぐらいメンバー募集に断られて――

「――あっ……！　あの時の……!?」

思い出した。四回目で、初心者でも大丈夫だって言っていたのに、話しかけられたら断られたクラスタ。そう、募集の人に支援術式が得意だと言ったら、最後にはリーダーの人が出て来て直接断られたのだ。

あの時のリーダー。そうだ、あれがダインさんだったのだ。道理で見覚えがあるはずだった。

「思い出してくれたかな？　確か、あの時にも言ったと思うが、うちでは君みたいなエンハンサーには将来性がないと考えている。だから正直、君はいらない。いらないんだが……君と一緒にいるあの女の子。あの子だけは別だ」

確か、ダインさんのポリシーは『シンプル・イズ・ベスト』だったはず。なるほど、ハヌほど強力な術者ともなると、彼の理想にはピッタリだろう。多少時間が掛かるとはいえ、ゲートキーパー級のSBを一撃で倒す術力。こんなに分かりやすい『シンプル・イズ・ベスト』はない。

「俺達は彼女を仲間として迎え入れたい。だが、それにはどうやら君が邪魔なようなんだ、〝ぼっちハンサー〟君」

冷たい声が、暗い路地裏に反響して消える。

この瞬間、僕は悟った。この人は、僕の名前を覚える気もなければ、口に出して呼ぶ気もないのだ、と。先日の『ＮＰＫ』の新人さんがそうだったように。

「俺達のように彼女を引き入れたい奴らは、他にもごまんといるだろう。だが俺の見立てでは、君がいる限り彼女は首を縦に振らないはずだ。どうやら君にえらく懐いているようだからね。だから、君の方から彼女を切って欲しいんだ。そうすれば、彼女は能力的にも、どこかのクラスタに所属せざるを得ないはずだからね」

ダインさんは、ゆっくりと僕に歩み寄る。身長は彼の方が頭一つ分大きい。僕の頭上から毒液を垂らすように、彼は囁く。

「昨日の戦い、映像で見たよ。彼女に比べて、君は実に無様な戦いぶりだったね。君の役割は、彼女の術式が完成するまで囮になることだったのかな？　言っちゃ悪いが、あの程度のことなら別に君でなくてもいいんじゃないか？　いや、言うまでもないな。他の人間でも同じことが出来るんだ。それも、君以上のクォリティで」

反論、出来なかった。

怖いから、ではなく。

ただ圧倒的な、その正しさに。

僕は、返す言葉を持たなかった。

「なのに、君は彼女を独占するのかい？　あれほどの才能を？　君自身の実力はちゃんと考えているのかい？　友達？　馬鹿を言っちゃいけないよ。それはね、立場が対等な者同士の関係を言うんだよ」

じっくりと嬲《なぶ》るように、彼は僕の心に、言葉のナイフを突き刺しては抜き、突き刺しては抜く。

「エンハンサー風情の君と、彼女との差をよく考えた方がいい。あれほどの力を持つ彼女を、どこのクラスタにも所属させず、君が独り占めするのは、とんでもない独善だよ。ものすごい我《わ》が儘《まま》だ。そして、分不相応だよ。――知ってるかい？　今、ここいらのエクスプローラーが君のことをなんと呼んでいるのか」

突き刺し、抉り、穿《ほじく》り、さらに奥まで押し込む。

「腰巾着《こしぎんちゃく》の〝ぼっちハンサー〟、だよ」

「――ッ⁉」

腰巾着。その言葉は、驚くほどするりと、僕の心の奥底まで滑り込んできた。

それが弾けた時の衝撃は、もはや言葉に出来ない。一瞬、頭の中が真っ白になったかと思うと、すぐに『とある感情』が爆発的に噴き出した。

それは、『恥ずかしい』という感情だった。

頭のどこかで、分かってはいたのだ。僕は、ハヌとは釣り合わない、と。

彼女はとんでもない術力の持ち主で、現人神で、とても可愛くて、頭もよくて、知識の吸収力なんて全然敵わなくて、度胸なんて心臓に毛が生えているのかってぐらいで、とっても格好よくて。なのに僕ときたら、術力は十年に一人と言われるほどの弱さで、誰も相手にしてくれない〝ぼっちハンサー〟で、特別かっこいいわけでもなく、友達もおらず、ネガティブで情けなくて。

今度はそこに、『腰巾着』という蔑称《べっしょう》までついた。

なんて……僕はなんて恥ずかしいことをしていたのだろうか。僕は偶《たま》さか、一人でいる彼女に声をかけただけで、特別なことは何もしていないし、特別な人間でもなかったのだ。

身の程知らず。そう、身の程知らずの腰巾着。金魚の糞《ふん》。虎の威を借る狐。ライオンの皮を被ったロバ。コバンザメ——今の僕を罵《ののし》る言葉の、なんと多いことだろうか。

恥知らずとはまさにこのことだ。僕は今の今まで、自らの愚行に気付いてもいなかったのだ。

こうして、面と向かって指摘されるまで。

「……俺は別に、嫌味を言っているわけじゃあないんだ。逆さ。俺は君のためを思って言ってるんだよ。分かるかい？」

そう言いながら、ダインさんは僕の背後へ回る。僕の両肩に手を置き、いっそ優しげな声で、彼は説く。

「君が一緒にいる女の子……彼女はきっと、歴史に残るエクスプローラーになるだろう。もしかすると、世界中の遺跡の謎を解き明かす、伝説の人になるかもしれない。それほどの才能と力を、彼女は持っている。君もそう思うだろう？」

それはきっと、そうだろう。僕もそう思う。だから、小さく頷いた。

「そんな彼女には、相応しい居場所というものがあるはずだ。けれど、それは君の隣じゃあない。エクスプローラーのトップ集団の中のはずだ。君もそう思うだろう？」

それはきっと、そうだろう。僕もそう思う。だから、小さく頷いた。

「彼女の力がこのまま埋もれていくのは、あまりにも勿体ない。もしそうなったら、それは人類の損失だ。その原因となった人物は、人類史上最大の犯罪者と言っても過言じゃあない。君もそう思うだろう？」

それはきっと、そうだろう。僕もそう思う。だから、小さく頷いた。

「このまま君が、そんな大罪を犯すのを黙って見ていられないんだ。だから……な？　他の誰でもない、君のためなんだ。彼女と、手を切った方がいい。な？　君も、そう思うだろう？」

それはきっと、そうだろう。僕もそう思う。だから僕は、

「…………………………は、ぃ……」

小さく、だけど確かに、頷いた。

頷いてしまった。


「――おお、待ちかねたぞ、ラト。話は終わったか？　長かったのう」

路地の奥から戻ってきた僕を、心から待ちわびたようなハヌの声が出迎えてくれた。

だけど、僕は上手く返事をすることが出来なかった。それどころか、まともに顔を見ることすら叶わなかった。

僕は俯いたまま足を進め、ハヌの前で立ち止まった。

「？？？　ラト？」

何も応えず、目さえ合わそうとしない僕を訝しむハヌ。

とん、と右肩に感触。視線を向けると、そこにはダインさん。

分かっている。落とし前ぐらい、自分でつけられる。

「どうしたのじゃ、ラト。返事ぐらいせんか。一体、何を話してきたのじゃ？」

「——ごめんなさい。ここでお別れです」

僕はそう言って、ハヌに頭を下げた。腰を九十度以上曲げ、まるで首を差し出すかのように深く。

「……何じゃそれは？　何を言うておる？　意味が分からぬぞ……？」

ハヌの声から、抑揚《よくよう》が消える。怒っているような、戸惑っているような、微妙な口調。

「今まで本当にありがとうございました。でも、今日でもう全部終わりです。一緒にいれて、とても嬉しかったです」

「ラ、ラト……？　何じゃ？　何なのじゃ？　冗談ならやめよ。言うておくが、妾はそのような冗談はきらら」

「冗談じゃありません。本当に、ここでお別れです。僕は、あなたのような人と一緒にいられるほど、大した人間じゃないんです。だから、もう終わりです。一緒にいちゃいけないんです」

ハヌの言葉を遮って、僕は頭を下げたまま早口で言い切った。そして顔を上げ、呆然とした表情を浮かべているハヌと目を合わせる。

心臓に爪を立てられたような痛みが走ったけど、無視した。

「もう友達は終わりです。いや、最初から友達じゃなかったんです。あなたには、もっと相応しい相手がいるはずだから。僕みたいな小物相手に、友達ごっこするのはもう終わりにしてください。今日からは、本物の友達を捜してください。ハいいい、ハムさん」

最後に、決別の証として、その名を口にした。

彼女が一番最初についた嘘。偽物の名前。僕と――ちゃんと友達になる前の、呼び方を。

「ラ――」

目を見開いて愕然とする彼女の横を、通り過ぎる。その際、一言だけ、別れの挨拶《あいさつ》を呟いた。

「さようなら」

そう言い置いて立ち去ろうとした。だけど、不意に服の裾が引っ張られ、僕は足を止める。

ハヌが、僕のジャケットの端を強く掴んでいた。

僕を見上げる蒼と金の瞳が、焦慮《しょうりょ》に揺れている。

「ま、待て、待つのじゃラト！　お、怒っておるのか？　わ、妾が何か悪いことをしたのか？　そ、そうじゃ、菓子じゃな？　妾が一人で菓子を食べてしまったから、おぬしは怒っておるんじゃな？　わ、妾が悪かった、謝る、じゃから」

「……違う……」

小さく呟いて、僕は首を横に振った。するとハヌは、その表情を必死なものに変える。

「ち、違う？　で、では何故じゃ？　何が気に喰わぬ？　妾が悪いのならば直すぞ、妾とおぬしはトモダチじゃ、シンユウじゃ。何でも申してみよ、それがユウジョウ――」

「……違う……」

胸が痛い。喉が痛い。頭が痛い。口の中が痛い。背中が痛い。腕が、足が、体中全ての神経が――死ぬほど痛かった。歯を食いしばっても、我慢できないほどに。

「――そうか、分かったぞラト。おぬし、あやつらに何か吹き込まれたな？　ばかもの！　そんな与太《よた》を信じるものがおるか。落ち着くのじゃラト。よいか、妾が、妾こそがおぬしの最大の味か」

「——違う！」

瞬間、僕は激昂した。思わずハヌの手を、力尽くで払い除ける。

パン、と乾いた音が路地裏に小さく響いた。

ひぅっ、とハヌが息を呑む音が聞こえた。

「——……ラ、ト……？」

腕を払い除けられた体勢で固まったハヌは、大きな瞳をさらに大きく開いて、信じられないものでも見るような目で、僕を見つめていた。

こんなハヌの表情を見るのは、初めてだった。まるでハヌらしくない。怯えているような、とても弱々しい——そう、本当に、小さな女の子みたいな……

だけどそうさせたのは、どうしようもなく、他でもない僕自身だった。

「……ごめん……」

意識せず、僕はその言葉を呟いていた。目から頬を伝う熱い感触は、いつからそこにあっただろうか。僕は鼻声のまま、繰り返す。

「……ごめん……ごめん、なさいっ……」

嗚咽《おえつ》が、溢れ出た。目の奥が熱くなりすぎて、もう瞼《まぶた》を開いているのも辛かった。声は震えに震えて、まともに言葉を紡ぐこともできなかった。

「僕は……今の僕は、君と釣り合わないから……！　今の僕じゃ、君に相応しくないから……！

だからっ……！」

もう頭の中までグチャグチャだった。叩き付けるように叫んだ。

「――ごめんなさいっ！」

僕は身体強化の支援術式を起動。その場で跳躍、路地の壁を何度も蹴って壁を昇り、屋根の上へと逃げた。建物の屋根に飛び出ると、勢いそのまま走り出す。誰とも会いたくなかったし、何も考えたくなかった。

どうしようもなく迸《ほとばし》る感情を、僕はたまらず声に出し、自分でもわけの分からないことを叫びながら露店街を屋根伝いに走った。

脳裏にさっきのハヌの顔が焼き付いて、いつまでも消えてくれそうになかった。

# ●9　僕は〝ぼっちハンサー〟

強くならなくちゃいけない。

あの子に見合うほど、隣に立っていても引けを取らないほど、並んでも見劣りしないほど、一緒にいても釣り合いがとれるほど。

僕は、強くならなくちゃいけない。

あれから部屋に帰って大泣きして、自分自身のあまりの不甲斐なさに暴れ回り、最後には自己嫌悪が過ぎて吐き気まで催し、胃の中のものを全部吐き出して——辿り着いた結論がそれだった。

さよならなんて嘘だった。

お別れなんて絶対に嫌だった。

僕は、やっぱりハヌと一緒にいたい。

だけど今のままの僕では、あの子と釣り合わないのもまた事実だ。引く手数多《あまた》の現人神と、嫌われ者のエンハンサーじゃ、チグハグもいいところだ。まるで話にならない。

だから、僕は強くならなくちゃいけない。そしてその強さを、エクスプローラー業界の中で証明しなければならない。

そうしない限り、僕に、あの子の隣に立つ資格なんてないのだ。

目指すべき地点が決まったのなら、後はそこへ到達するためにやるべきことを考えればいい。

強くなるためにはどうすればいいのか？

そんなのは簡単だ。ずっと昔に師匠が教えてくれた。

強さも優しさも、戦いの先でしか掴めないものだ――と。

日付も変わったばかりの深夜。僕は部屋を飛び出し、ルナティック・バベルへと足を向けた。

あのまま部屋にいても、すんなり眠れる自信などなかった。身の内を焦がす激情の炎がいつまで経っても収まらず、じっとしていたらストレスで頭がどうにかなってしまいそうだった。

背中に黒帝鋼玄、左脇に白帝銀虎、いつもの戦闘装備。ストレージにはありったけの道具を詰め込んできた。

やってやる。

戦うことでしか強くなれないのなら、とことん戦《や》ってやる。

天空に浮かぶ月に向かって伸びる白亜の塔を見上げ、僕は心に誓う。

もう誰にも、腰巾着の〝ぼっちハンサー〟だなんて呼ばせやしない――と。

ルナティック・バベルに到着すると、僕は少し考えた後、中央エレベーターの一つで一九六階層へと移動した。

ルナティック・バベルは、世界中の遺跡の中でも極めて探索が容易な場所である。

なにせ一部の例外を除けば、基本構造がどこの層も同じなのだ。僕が前までいたキアティック・キャバンのような天然洞窟《どうくつ》と比べると――SBとの戦闘難度を除けば、だけど――エクスプロールは非常に簡単だったりする。

となれば当然、稀《まれ》に遺跡内部に残っている〝遺物《アーティファクト》〟なんかも早い者勝ちとなるわけで。無論、トラップなどもあるのでノーリスクとは言えないが、〝遺物〟の中にはとても便利なものや高価なものがあるため、これを狙うエクスプローラーは少なくない。

昨日、ハヌ――と一応僕――が一九七層のゲートキーパーを撃破したので、現在は一九八層までセキュリティプロテクトが解除され、探索が可能となっている。

だけど、一九七層はろくに探索されることなくクリアされてしまったし、一九八層なんて解放されたばかりだから、こんな深夜でも〝遺物〟を探索している人達がいる可能性は高かった。

だから出来る限り最前線に近く、かつ時間帯的に人気が少ない層となると、一九六層が最適だと思ったのだ。

一九六層――僕とハヌが初めて一緒に来た最前線。そういえば、ここであの剣嬢ヴィリーさんとも出会ったのだ。

ここならば探索はし尽くされているだろう――果たしてその予測は的中し、開いたエレベーターの向こうには、ただ静謐《せいひつ》な空間が広がっていた。

コンバットブーツの足音でさえ大きく聞こえるような静寂。見ているだけなら実に平穏な風景だけど、実際はそうではない。

安全地帯から一歩出れば、そこは四方八方から〝死〟が押し寄せてくる戦場だ。

ハヌと出会う前の僕は、一〇〇層から一三〇層の間をウロウロして、充分すぎるほどの安全マージンをとってエクスプロールを行っていた。その辺りのSBなら、身体強化の支援術式を使わなくても余裕を持って戦えたからだ。

決して己が身の丈を見誤ってはならない、それがエクスプロールのコツだ——というのが師匠である祖父の教えだった。

今日まで、僕は師匠から教えてもらったこと全てが正しいと思ってきた。だから、この化け物じみた術式制御能力も秘匿《ひとく》してきたし、エクスプロールで危険を冒したこともなかった。

だけど。

それだけじゃ、もうダメなのだ。師匠の教えを忠実に守ってきたこれまでの僕も。その経緯から計算して、『今の僕』から延長線上にいる『未来の僕』も。

それはきっと、ハヌの隣に立てる『僕』では、絶対にないから。

これからは、無理も無茶もしていかなければならないのだ。

いつかエクスプローラーの友達が出来たらパーティーを組んで、最前線へ臨むのが僕の小さな夢だった。だから中層に甘んじながらも、最前線に現れるSBの情報収集を怠ったことはなかった。

まさかそれがこんな形で役に立つだなんて、皮肉な話もあったものである。

「——はぁあああああッ！」

漆黒の皮膚を持つ一つ目の猛牛――ストーンカ。稲妻《いなづま》を纏って突撃してくるその金属質の肉体を、黒玄と〈ストレングス〉によって強化した膂力《りょりょく》で叩き斬る。

ものすごい勢いで突っ込んできたところに、サイドステップで回避しながら黒玄をスイングしてカウンターをぶち当てたので、まるで竹でも割るかのようにストーンカは上下真っ二つに切り裂かれた。

『PPPRRRRRRR――!』

断末魔の電子音を響かせ活動停止《シャットダウン》する頃には、次のストーンカがこちらへ猛進してきている。

最初に現れたのはストーンカの群れ。強烈な突進《チャージ》を得意とする魔牛は、しかし威力を無視すれば非常に単純な攻撃しかしてこない、比較的組みやすい相手だ。

ただし、単体であれば、の話だが。

『PPPPYYYYYRRRRRRYYYY!』

「〈スキュータム〉!」

黒玄を振り切って体勢が崩れたところに二体目が突っ込んできたのを、左手に構えた術式シールドで斜めに受け流す。激突の瞬間、骨の髄《ずい》まで痺れるような衝撃が全身を打ち据えるが、何とかストーンカの激突を左に逸らすことが出来た。

『PUUURRRR!』『PRRRRRYYYY!』

が、そこに第三、第四のストーンカが突進してくる。

「――――~ッ!」

一度に十二体もポップしたストーンカは、広い廊下を目一杯活用してローテーションを回しながら間断なく突撃してくる。奴らの体当たりは重い上に稲妻を帯びているため、一度でも喰らえば重装備の戦士でもしばらくは立ち上がれないと聞く。僕みたいなモヤシが受けた日には、それこそ再起不能だ。

「こっ……んのぉっ！」

既に二度も掛けてある〈ストレングス〉〈ラピッド〉〈プロテクション〉をさらに一度ずつ重ね、強化係数を上げる。これで強化係数八倍だ。

激変する身体の感覚に意識をチューニングして、僕は床を蹴った。同時、

「――〈ドリルブレイク〉ッ！」

僕が〝SEAL《シール》〟にインストールしている数少ない剣術式を起動。深紫のフォトン・ブラッドが黒玄を被い、閉じた傘《かさ》のような形に展開すると、名前の通り猛烈な回転を始める。

剣術式〈ドリルブレイク〉は突進攻撃の基礎術式だが、単純なだけに汎用性は高く、威力も馬鹿に出来ない。攻撃力の強化係数は一・二倍だ。

「でやぁあああああああッ！」

術式が僕の動きをフォローして最適なフォームを取らせ、背中から噴出するフォトン・ブラッドが全身を加速させる。光り輝くドリルと化した黒玄を真っ正面へ突き出し、弾丸よろしく空中をかっ飛んだ。

目には目を、歯には歯を、突撃には突撃を、だ！

『ＰＲ――!?』

数珠繋ぎで向かってくる残り十一体のストーンカを一瞬にして貫き、一気に蹴散らした。

ブーツの底を滑らせながら着地。ストーンカが一匹残らずコンポーネントに回帰していく中、ふと気付けば、周囲に新たな敵の気配。

どうやら今の戦闘が、別のＳＢのポップを誘発したらしい。

現れたのは、白銀の体毛を持つ双頭の魔犬――オルトロスの群れ。ストーンカと比べれば一回りサイズは小さいが、その代わりに数が多い。目視で確認したところ、総数十八。

「はぁっ……はぁっ……よし、来い！」

極度の緊張で息が上がっていたが、体力もフォトン・ブラッドもまだまだ余裕がある。僕は黒玄を構え、一番近いオルトロスへと斬りかかった。

「だぁあああああああああああッ！」

『ＰＰＰＰＰＰＲＲＲＲＹＹＹＹＹＹ――！』

無我夢中で剣を振るい、ＳＢを次々に屠《ほふ》っていく。そうだ、僕でも支援術式を使えば、この最前線でも立派に戦える。ＳＢの群れを前に、互角以上の戦いが出来るのだ。

とはいえ、僕の戦い方そのものはまだまだ下手くそだった。支援術式で強化した力が扱いきれず、無駄な動きが多いため、戦場の中心地がどんどんズレていく。そのせいで戦闘が一段落する頃には、また次のＳＢがポップしてしまうのだ。

オルトロスの次はヌエが。ヌエの次はグリフォンが。

息つく暇もなく具現化し襲い来る怪物達と、休みなく死闘を繰り広げる。

そうこうしている内に、時間はあっと言う間に過ぎていった。半ば現実から逃避するように戦っていた僕は、支援術式の効果時間である三分が経過したことに、とうとう気付かなかった。

唐突なる身体の変化。

「――!?」

僕の身体能力を八倍にまで底上げしていた力が消え、いきなり頭の中のイメージと実際の動きが、ガクン、とズレる。けれど、それまで全身にかかっていた慣性が消えるわけもなく。八分の一になった僕に、それに抗う術はなかった。

――しまった……!?

身体の操縦を完全に誤った。無様に体勢を崩し、躓き、転倒。高速で動いていたので凄まじい勢いで床に叩き付けられ、バウンドする。畢竟《ひっきょう》、僕は空中で三次元的な回転をしつつ何度も跳ね、背中から壁に激突した。

「――がはっ……!」

交通事故レベルの衝撃に息が詰まり、一瞬、意識が飛びかけた。

重力に引かれ、床に落ちる。歯を食いしばり、なんとか意識だけは繋ぎ止めた。今気絶してしまったら、命はない。まだ僕を狙っているSBは残っているのだ。

「くっ……そっ……!」

奇跡的に手放していなかった黒玄を杖代わりにして立ち上がり、左手で〈ヒール〉、〈ストレングス〉、〈ラピッド〉、〈プロテクション〉、〈フォースブースト〉を発動。

ちょっと調子に乗りすぎていたかもしれない。これだから支援術式は危ないのだ。高出力で動いていた体が、突然元に戻る。その落差が激しすぎて、慣れているはずの僕でさえ時には今のように自爆してしまう。一歩間違えれば、死にも繋がる大惨事だ。

それだけではない。やはり、支援術式——特に身体強化系は根本的に不便な代物なのだ。〈ラピッド〉で敏速性を上げただけでは、それを制御するための筋力が足りず。それを補助するため〈ストレングス〉で強化すると、今度は筋繊維が負荷に耐えきれず悲鳴を上げる。だから、それをさらに補強するためには〈プロテクション〉が必要となる。

僕がいつもこの三つを併用するのはそのためだ。これらをバランスよく使わなければ、肉体の制御がより難しくなり、まともに動けなくなる。並の術力を持つ人なら、この三つだけでフォトン・ブラッド総量の三分の一ぐらいは消耗してしまうだろう。効果が三分では、結局十分ぐらいしか戦えない。それだけではコンポーネントがろくに集められず、食べていけない。だからエンハンサーは忌避されるのだ。

だけど、僕にはこれしかない。僕の術力なんて平均的なエクスプローラーの百分の一以下程度しかないし、剣の腕だって大したことない。唯一の特技は、並外れた術式制御能力を駆使して、複数の術式を同時に扱うこと。ただそれだけ。

だから、僕はこの特技を磨くしかないのだ。強くなるために。ハヌと、本当の意味で友達になるために。

僕は黒玄を鞘に収め、換わりに腰の脇差、白虎を抜く。ここからは攻撃術式も使って戦う特訓だ。片手は常に空いている方がいい。

「――づぁあああああああああッ！」

残る五体のヌエと三体のグリフォンとの戦いを再開する。攻撃術式は基礎的なものしかインストールしていないけど、〈フォースブースト〉で術力を強化していれば、僕でもそれなりの威力は出せる。牽制には十分だ。

「〈フレイボム〉〈エアリッパー〉〈ボルトステーク〉――！」

攻撃術式を装填しつつ、今度はちゃんと支援術式の解除タイミングを気にしながら戦う。

三つの攻撃術式を、離れた場所にいる三体のグリフォンめがけて撃ち放った。爆撃、風の刃、稲妻の杭がそれぞれのグリフォンの出足を挫く。そして右手の白虎に剣術式を装填、目の前のヌエを狙って繰り出した。

「――〈ドリルブレイク〉ッ！」

強くなってやる。

絶対に、強くなってやるんだ！

それから、どれほどの時間を戦い続けただろうか。

活動停止《シャットダウン》させたＳＢの数も、途中から数えるのをやめてしまった。

どちらも〝ＳＥＡＬ《シール》〟の内蔵時計とコンポーネントの取得ログを見れば分かるけど、そんな余裕なんてどこにもない。

今、目の前にいるのは、先程現れたオルトロスとよく似たSB——三つの頭を持つ漆黒の魔犬、ケルベロス。それが二十体。

この時、とうとう二度目の事故が起きた。

ケルベロスの三つの口から吐き出される火炎、凍気、雷撃を捌くのに必死になり過ぎて、迂闊にも時間を失念していたのだ。

刹那、十六倍まで引き上げていた力が、ふっ、と消えた。不幸中の幸いか、ちょうど立ち止まっている時だったため、先程のように転倒はしなかった。しかし、

「……!?」

どうしたって体感覚の狂いは生じる。僕は一瞬、前後不覚に陥《おちい》った。それも、近接戦闘の最中に。

一秒にも満たないわずかな時間。だけどそれは、あまりにも致命的な隙となった。

『PPPRRRRRYYY!』

四方からケルベロスの電子音が聞こえたのと同時、知覚が正常に戻った。けれど、それはどうしようもなく手遅れだった。

気がついた時には、左右から二体のケルベロスが僕に向かって飛びかかってきていた。

まず、左腕を戦闘ジャケットの袖ごと噛み千切られた。

続いて、白虎を握る右腕を焼かれ、凍結され、噛み砕かれた。

「あ——?」

わけも分からないまま、一瞬で両腕を喪《うしな》った僕は、間抜けな声を漏らす。不思議と、痛みは感じなかった。ただ驚いていた。頭の中が空っぽになって、だけどその空白が急に怖くなって、僕は喉を反らして叫び声を上げた。

「あ、ああ……あああああああああああッッ！」

そうだ、〈リカバリー〉で欠損した腕の再生を——無理だ、今の僕には指がない、い、い、い、い、い。じゃあどうすればいい？　何が出来る？

——何も出来ない。

絶望が、僕を重く打ちのめす。

「——……!?」

『PRPRPRPRPRPRRRRRYYYYY！』

まるで勝ち鬨《かどき》のように、ケルベロス達が一斉に咆哮した。甲高い電子音が大気を震わせる。

恐怖が僕の喉を締め上げ、悲鳴を止めさせる。氷のように冷たい手が体中を撫で回していくような、凄まじい悪寒。

「——……あ、あれ……お、おかしいな……」

我知らず、僕は両腕からボタボタと紫のフォトン・ブラッドを零しながら、ふらふらと後ずさり、やがて壁に背をつけた。信じられない。理解できない現状を否定するように、首を振る。

「……まって……違う、こんな……」

僕を見据えるケルベロス達の目。それはすぐそこまで来た死神の眼差しだ。両腕を喪い、武器もなく、術式も使えない僕に、もはや勝ち目など一切ない。

死ぬ。

この状況において、それは決定事項だった。

「なんで……？　どうして……？」

震える声で、誰にともなく今更な問いを口にする。

死ぬ――本当に死ぬのか、僕は？　こんな場所で？　こんなタイミングで？

こんな……こんな気持ちのままで？

こんなにあっさりと？

「――～ッ！」

嫌だ！　そんなの絶対に嫌だ！　僕はまだ何もしていない！　ハヌに謝ってもいない！　仲直りだってしていないし、友達に戻ってさえいない！

こんな状態で、こんな気持ちのままで、こんな場所で死ぬなんて――絶対に嫌だ！

だけど、歯を食いしばり必死に祈ったところで、助けなど来るはずもなく。

『PPPRRRRYYY！』

止めを刺す役を担った一体のケルベロスが四肢をたわめ、跳躍した。三つの口が同時に顎門《あぎと》を開き、獰猛《どうもう》な牙を剥き出しにして、僕を襲う。

人生の最期を決定する一撃が、容赦《ようしゃ》なく迫る。

本当に、ここまで、なのか。こんな死に方で、僕は終わるのか――いや駄目だ！　まだ僕は生きなくちゃいけない！　考えろ、生き延びるために頭を回せ――考えろ考えろ考えろ考えろ考えろ、最後の瞬間まで考えるんだ！

死の淵《ふち》に立たされたせいか、極度の集中力が時の流れを遅く感じさせる。ゆっくりと、しかし着実に近付く牙を目にしながら、僕は必死に思考を奔らせる。一度に十個の術式を扱えるのだ、一度に十個のことを考えるぐらいやってのけろ！

目は見える、耳は聞こえる、肌は感じる、鼻は嗅げる、手は無い、肩はある、胸も腹はある、背中は、足はある――この中で使えるものは何だ。走って逃げる――駄目だ囲まれている。体当たり――無駄だ他の魔犬からも襲われる。蹴りで戦う――所詮はジリ貧だ。術式を使う――だからどうやって。そもそも何故使えない――指が無いからだ。どうして指がなければ駄目なんだ――憶えてないのか、師匠がこう言ったんだ。

『ラグ、お前の術式制御能力は破格なんだから、手ではなく、指を使ったらどうだ。一度に十個も術式が使えれば充分だろう。それに、指なら握り込むだけでお前のアイコンは隠せる。その力が他人にばれることもない』

違う、それは指を使えという意味で、指でなければ使えないという意味ではないはずだ――指以外のどこで術式を使えというのだ。剣嬢ヴィリーを思い出せ、彼女は背中で使っていた――背中？そんな器用なことが見様見真似で出来るはずが――出来なければ死ぬ。そもそも、お前の特技は何だ。人より優れた術式制御だろう。出来なくてどうする。

「⁉」

天啓《てんけい》は落雷のごとく全身を貫いた。瞬間、理性も本能も神経も細胞も筋肉も何もかもが、生き残る為だけに動いた。

『PRYYY⁉』

僕の喉元めがけて飛びかかってきたケルベロスが、突如、ディープパープルの光に弾かれて吹っ飛んだ。その光の正体は何あろう、僕のフォトン・ブラッドの色に輝く術式シールド――〈スキュータム〉。

「………………で、きた……？」

夢でないことは、両腕に絶えることなく発生している激痛と、噛み千切られた左腕の先に浮かぶアイコンが証明していた。

「……ッ！」

息を呑む。そうと分かったなら全力だ。

僕は呆けている自分を意識からパージ。闘争本能を解放して戦闘を再開する。

千切れた腕の先でも使えたと言うことは、他でも使えるはずだ。僕は胸の真ん中に意識を集中させ、回復術式〈リカバリー〉を実行。思った通り、鳩尾《みぞおち》のあたりに深紫のアイコンが灯り、術式が欠損した両腕を再生させる。

『PPPPPYYYYY！』

シールドに弾き返されたケルベロスが、怒りの声を上げ再び突っ込んでくる。僕はそいつに視線を向け、右目に力を込め——

「——〈フレイボム〉！」

文字通り目の前に現れる攻撃術式のアイコン。そこからフォトン・ブラッドの光線が伸びてケルベロスの顔の一つを照準、爆破する。

『PURRRUURRR⁉』

首が一本吹き飛び、奴は床に転がって悶える。その間に両腕が完全に再生した。僕は床を蹴って一気に距離を詰め、右足を伸ばし、ジタバタと暴れるケルベロスへ爪先を向け——

「〈ドリルブレイク〉！」

本来〈ドリルブレイク〉は剣術式だが、使用条件は『棒状のものであれば適用可能』とある。だから、足を伸ばせばその条件は満たせるはずで、実際に可能だった。

僕自身が一個の弾丸と化した。足のドリルでケルベロスの腹を穿ち、床へ縫《ぬ》い付け、粉砕する。

「——っはぁっ……はぁ……はぁ……はっ、ははっ！」

自然と笑いが込み上げてきた。

ついさっきまでの僕は、なんて馬鹿な固定観念に縛られていたのだろう。自由になった今なら、自分がどれほど窮屈なことをしていたのかがよく分かる。

「あははは っ……ほんと、馬鹿、みたいだな……ははは っ！」

術式は、ほとんどの人が掌を起点として使用する。けれど、中にはヴィリーさんのように背中や額、腹などを利用する人だっている。特に近接戦闘をメインとしつつ術式も使用する人は、基本的に両腕が塞がっているため、そういった工夫と訓練をするのが普通だったのだ。

何故気付かなかったのだろうか。自分の特技こそ、術式制御だったというのに。

この僕がその気になれば、体中のどこからでも術式が発動できるに決まっているではないか。

背中の黒玄を抜き、残るケルベロスと対峙する。深呼吸をして、意を決する。

「――いくぞっ！」

何かに取り憑《つ》かれたかのように、僕はいい意味で適当に戦った。

足から剣術式が出せるなら、武器から通常の攻撃術式を出したっていい。黒玄の刀身から〈エアリッパー〉を連続で撃ち出し、斬撃の長さを伸長させたり。背中から〈スキュータム〉を出して背面の防御を固めたり。殴る拳から直接、雷撃の攻撃術式〈ボルトステーク〉を打ち込んだり。身体強化系の支援術式に合わせて〈フォースブースト〉で術力を上げ、物理攻撃と術式攻撃を同時にこなす。

自分でも驚くほど、瞬く間にケルベロスの群れを全滅させた。


そうして現れる、どこかで見たような一体のマンティコア。


白虎を拾い上げたついでに、青黒い体毛を持つそいつを瞬殺する。

青白いコンポーネントを〝SEAL《シール》〟で吸収すると、通路の前後に、多種多様なSBが続々と具現化し始めた。

そう、ここは、先日ヴィリーさん率いる『NPK』に助けられた場所。さっきのマンティコアは、トラップのトリガーとなる一体だけの囮。

僕はストレージから一本の細い瓶を取り出し、ネジ式キャップを開け、中に入っているディープパープルの液体を一気に飲み干した。

ブラッドネクタル。あらかじめ抽出しておいた僕のフォトン・ブラッドと、特殊な加工がされた少量の情報具現化コンポーネントとを配合して作った、フォトン・ブラッド補給用の濃縮液。少量だが濃厚なため、一気にフォトン・ブラッドを回復できる。

まだまだ、だ。

まだまだ、僕は強くならなくちゃいけない。師匠の教えを破ってでも、自分の殻を砕いてでも、もっともっと成長しなければならないのだ。

「……あはっ、ははは……！」

正直、ちょっと楽しくなってきた。自分はどれだけやれるのか。どこまで行けるのか。限界まで試してみたい。そんな思いがあった。

身体のどこからでも術式が使える、それは本当に？　なら数は？　今までは十個が最高だと思っていたけど、それも思い込みでは？　試してみよう。試す価値は、絶対にあるから。

僕はたった一人。敵は四十体以上の、多勢に無勢。しかも挟み撃ち状態。

だけど僕は笑う。

〝SEAL《シール》〟の支援術式の解除コマンドをキック。いったんニュートラルに戻してから、再度、強化術式を一気に重ね掛けする。

敵を見据え、小声で呟いた。

「——さぁこい、三分以内に片付けてやる……！」

強化した筋力で右手に黒玄、左手に白虎。もはやどちらか片手を空けておく必要はないと分かったのだ。二刀流を練習してもいい。

「——！」

床を踏み砕くぐらいの気持ちで一歩を踏み込み、一気に加速。強化した敏速性を以て、疾風迅雷《しっぷうじんらい》のごとくSBの群れへと突っ込んだ。

僕は〝ぼっちハンサー〟。それは恥知らずの道化の名前。一人ぼっちで、自分で自分を支援して戦う、間抜けなエンハンサー。

笑いながら敵陣へ飛び込み、不格好に長巻と脇差しを振り回し、身体のあちこちから攻撃術式を花火みたいにデタラメに放ち、踊るように戦い続ける。

いつか、大好きなお姫様の笑顔を見るために。

その日まで、馬鹿みたいに踊り続ける。

## ●10　知らない事情

あれから夜通し戦い続け、日が昇る頃に部屋へ帰った。シャワーを浴びて泥《どろ》のように眠り、目が覚めたら、また時間を見計らってルナティック・バベルへ行き、朝まで戦い続けた。

そうしてヘロヘロになってから部屋に戻ってきて爆睡して――今に至る。

流石に白虎と黒玄の自己修復機能が損耗の度合いに追いつかなくなってきたので、今晩はどうしようかと考えていた夕刻。不意に、僕の〝SEAL《シール》〟にネイバーメッセージが届いた。

あれ珍しいな、なんて思いながら目を通した瞬間、胸を大砲で撃ち抜かれたかのような衝撃を受ける。なんと、差出人があの剣嬢ヴィリーこと、ヴィクトリア・ファン・フレデ

ちょっと失神していたみたいだ。気が付いたら五分ぐらい時間が飛んでいた。僕みたいなぼっちにとって、有名な――しかも絶世の美女と言っても過言ではない――人からのダイレクトメッセージというものは、あまりにも刺激が強すぎるようだった。

メッセージの内容はというと、これまた恐るべきことに、夕食のお誘いだった。

曰く――先日のお詫びとして、食事に招待したい。都合がよければ今晩にでも会えないだろうか

……というニュアンスのことが、非常に丁寧かつ繊細な文章でしたためられていた。けれど、

――よかったら、あの仲良しの女の子もご一緒に。

最後のこの一文に、頭を殴られたかのような衝撃を受ける。

あの仲良しの女の子――考えるまでもない、ハヌのことだ。ヴィリーさんは今でも、僕とハヌが仲良く一緒にいるものと思っているのだ。

胸に鉛《なまり》を詰め込まれたような、沈痛な気分。今の状況は、何もかも全部、僕自身が招いた結果だ。それは分かっている。分かっているのだけど――

ふと、ある疑問が脳裏を過ぎった。

もしも僕が、今よりずっと強くなって、有名になって――それから会いに行ったとき、果たしてハヌは僕を許してくれるだろうか？　あの時、彼女の手を振り払った、愚かなこの僕を。

「…………」

ちょっとだけ想像して、すぐに考えるのをやめた。

嫌な予感しかしなかったからである。

最悪、殺されるかもしれない。それだけは覚悟しておこう――そう思った。

「いらっしゃいませ。お連れ様は先にお待ちです」

気を取り直してヴィリーさんに返信を送り、お店の位置と雰囲気を調べたら、あまりの高級感に仰天した。慌てて服屋へ走りそれなりの格好を揃え、レストランのウェイターにヴィリーさんから受け取った招待タグを見せて、入店する。

照明が絞られた店内は薄暗く、テーブル間の距離が大きく空けられていた。テーブル上の燭台が一番強い光源なぐらいで、席についている他のお客さんの顔はよく見えない。プライベート保護のために空間を贅沢に使っているあたりが、いかにも高級店だった。

案内された先のテーブルには、二人の人物が座っていた。

一人はもちろん、剣嬢ヴィリーことヴィクトリア・ファン・フレデリクスさん。

もう一人はヴィリーさんの片腕、氷槍カレルレンことカレルレン・オルステッドさんである。

「こっ、このたびは！　ご、ごしょ、ごしょしょ……！」

ご招待に与かりまして光栄です、と言いたかったのに、噛みまくって全然ダメだった。

ヴィリーさんが立ち上がり、微笑みを向けてくれる。

「よく来てくれたわね。さあ、こちらへ座って」

優雅に向かい席を示す出で立ちは、サファイアブルーのワンピースに、白いジャケットというもの。以前会った時はポニーテールだった髪も、今はアップにして上品に結《ゆ》われている。花を模した髪飾りがとても綺麗だった。

数瞬、その姿に見とれていた。が、すぐに正気を取り戻し、

「し、失礼しましゅ！」

また噛んだ。死ぬほど恥ずかしい。穴があったら飛び込んでそこを墓にしてもらいたい。

緊張のあまりひどくぎくしゃくした動きで、僕は席に着く。四人掛けの角テーブルで、僕の向かいにヴィリーさん。その右にカレルレンさん、という位置だ。

慣れた感じでヴィリーさんがウェイターに注文を伝え、下がらせると、出し抜けにこう言った。

「ラグディスハルト君、でよかったかしら？　読み方を間違っていたのならごめんなさい」

「えっ？　あ、は、はい！　だ、大丈夫です！」

どうして僕の名前を？　と思ったけれど、ネイバーになった時点で基本的な個人情報を交換しているのだ。知っていて当たり前だった。

「改めまして、私はヴィクトリア・ファン・フレデリクス。皆からはヴィリーと呼ばれているわ。是非、あなたもそう呼んでちょうだい」

言い終えて、ヴィリーさんは深紅の視線をカレルレンさんに移す。

「自分は、カレルレン・オルステッドという。先日は部下が失礼した上、挨拶もせず申し訳ない。この通り、お詫びする」

漆黒のスーツと同色のシャツ、シアンブルーのネクタイという姿のカレルレンさんが、くすんだ金色の頭を下げるので、僕は大いに慌てた。

「あ、いえ、そんな……！」

僕があわあわしていると、幸いカレルレンさんはすぐに頭を上げてくれた。

「私のことはカレルと呼んで欲しい。君のことは……ラグ君、とお呼びしていいだろうか？」

「あ、は、はいっ。す、すみません、名前が長くて……」

カレルレンさん、もといカレルさんの厚意に恐縮してしまう。なんだろう、二人ともすごく優しい感じがする。これが、トップエクスプローラーの余裕というものだろうか？

「私からも改めてお詫びするわね。先日は、私のナイツ所属の者が失礼を働いて、本当に申し訳なかったわ」

軽く会釈するように、ヴィリーさんまでもが頭を下げる。僕は恐縮しすぎて変な悲鳴が出そうになった。だけど間髪入れず、カレルさんが語を継ぐ。

「件《くだん》の彼は、その日の内に追放処分とした。君との件がなくとも、他の団員からの不満がかなりあってね。ちょうどよかった……というのは失礼かもしれないが、やはり彼のような人間はうちとは水が合わなかったらしい。本人も特に文句を言わず出て行ったよ」

「そ、そうだったんですか……」

あの新人さん――いや、元新人さんか――は追放されてしまったのか。エクスプローラーにとってクラスタからの追放は、まさしく懲戒解雇《ちょうかいかいこ》のようなもので、甚《はなは》だ不名誉なことだ。多分、あの人はもうこのあたりには居づらくなって、他の遺跡のある地方へ行ってしまったかもしれない。何だか、悪いことをしてしまったような気がする。

「どうかこれで溜飲《りゅういん》を下げてもらえればよいのだけれど……足りなかったかしら？」

「いっ、いえ！と、とんでもありませんっ！」

しれっと怖いことを言うヴィリーさんに、慌てて首を横に振って否定する。というか、あの場では気絶するほどの一撃を入れられているわけで。この上、追放までするのは流石にちょっとやりすぎなんじゃないかとも思ったけど、口には出さなかった。

くす、とヴィリーさんが微笑む。すると、そこだけ光が灯ったように明るく見えるのは、僕の気のせいだろうか。

「ならよかったわ。さあ、堅苦しい話はここまでにしましょう。ねぇ、ラグ君。話は変わるのだけれど……ちょっといいかしら？」

「は、はい？　なんでしょうか？」

「あなたに考えてもらいたいことがあるの。単刀直入に言うわね」

煌めく金色の睫毛に縁取られた深紅の瞳が、不意に僕の目を真っ直ぐ射抜いた。

「私達はあなたを、我が『蒼き紅炎の騎士団《ノーブル・プロミネンス・ナイツ》』の第三席として迎える準備があります。是非、私達の一員になってくれないかしら？」


「……へっ？」

横隔膜《おうかくまく》が痙攣《けいれん》したような、変な声が出た。

あれ？　何だろう、この感覚。つい最近も感じたことがあるぞ。ああ、そうだ。ハヌから『死にたくなければ友達になれ』と脅されたときと同じ感覚だ。小鳥がワンと鳴く瞬間を見てしまったような、そんな違和感。

「……えっと……？」

僕はヴィリーさんの言葉の意味が上手く理解できず、小首を傾げた。念のため確認する。

「あ、あの……第三席というと、僕の記憶に間違いがなければ……団長、副団長と来て、その次に偉い人……だったと思うんですが……？」

「その通りだ」

短く簡潔に、しかし力強くカレルさんが首肯した。

「――――」

いや、意味が分からない。

僕を？　『蒼き紅炎の騎士団』の？　ナンバースリーに？

「え、えっと、あの……冗談、ですよね？」

「私が冗談を言っているように見えるの？」

ヴィリーさんは真顔だった。その隣のカレルさんも真剣な面持ちで僕を見つめている。

え？　ほ、本当に？　本気で？

それがもし本当なら、とんでもない大出世だ。ぼっちの僕が、一躍トップ集団の仲間入りに――

いいや。そんなこと、あるわけがない。

反射的に羽を生やして飛んでいきそうだった心が、突如、石化して鉛よりも重くなった。

馬鹿か、僕は。何を期待しているんだ。

この間のダインさんの時もそうだったではないか。何を愚かな思い違いをしているのだ。ヴィリーさん達の目的は、絶対に僕じゃない。メッセージの最後にも書いてあっただろう。よかったら、あの仲良しの女の子もご一緒に――と。

目的はハヌなのだ。

おそらくダインさんと違って、僕とあの子をセットで獲得しようと、そういう魂胆なのだ。そういうことであれば、不自然な好待遇だって納得ではないか。

僕は俯き、膝に乗せた両手をぎゅっと握り締める。

「――あの……すみません……せっかくのお誘いですが……僕を入れても、あの女の子は一緒についてこないんです……」

せっかく受け取った金貨を、目の前でドブに捨てているような気分だった。本当に申し訳なくて、今すぐ消えてしまいたくなる。

だけど、ここで嘘をついて偽物の地位を手に入れたとしても、すぐに馬脚を現して台無しになるのは目に見えている。僕の不器用さは、僕が一番分かっているのだ。

「だから、その……僕に、そんな価値はありません……すみません、せっかくお食事にまで招待してもらったのに……」

二人の表情を確認するのが怖くて、下に向けた顔が上げられなかった。きっと、失望していることだろう。何の役にも立たない、それこそ腰巾着ですらない奴を呼びつけてしまった、と。

「――〝あの女の子〟というと、〝小竜姫〟のことかしら？」

「……えっ？」

予想外の返答に、思わず顔を上げる。な、何の話だろう？　〝小竜姫〟って――誰？

「……その様子だと、やっぱり何も知らないようね……」

「思った通りでしたね、団長」

ヴィリーさんとカレルさんが顔を見合わせて、なにやら互いに納得する。

え？　え？　話が見えない。一体何のことを言っているのだろうか？

完全に置いてけぼりの僕に、ヴィリーさんは真剣な表情から一転、微笑を浮かべた。が、それはさっきまでの微笑みとは違い、どこか吹雪《ふぶき》の雪原めいた雰囲気を醸《かも》し出していた。

あ、あれ？　僕もしかして、何かすごい地雷を踏んじゃった？

「――ラグ君、今は何のことだか分からないと思うから、順を追って説明するわね。けれど、その前に誤解を解かせてちょうだい」

はい、と返事が出来ないほど、ヴィリーさんの笑顔は怖かった。

「あまり私を見くびらないでくれるかしら？　剣嬢たるこの私が、〝小竜姫〟欲しさに地位を餌にして、あなたを誘ったと思ったの？　残念ね。それはとんでもない勘違いだわ」

その声の響きは、結氷した湖が寒風で軋《きし》む音にも似ていた。あり得ないはずの冷気が僕の体にまとわりつき、背筋に悪寒を走らせる。

先日の、鞘に入った剣で殴り飛ばされた元新人さんの姿が脳裏によぎる。たとえ顔が笑っていてもヴィリーさんが本気で怒っていることぐらいは、流石の僕でもすぐに分かった。

「す、すみません……！」

姿勢を正し、顔を強張らせてそう言うことしか出来ない。〝燃え誇る青薔薇〟という異名とは裏腹に、今の彼女は氷の魔女とでも呼ぶべき迫力を放っていた。

ふぅ、とヴィリーさんが吐息すると、途端に雰囲気が和らぎ、僕は内心で胸を撫で下ろした。

ヴィリーさんは両手を組み、肘をテーブルに載せ、真っ直ぐ僕を見つめる。ワインのような深紅の瞳が、心の奥底まで覗き込むかのように細められた。

「先日のゲートキーパー戦の映像を見させてもらったわ。ほとんどのエクスプローラーが〝小竜姫〟の高威力術式に心奪われたようだけど、私の目は誤魔化されないわよ。ラグ君、あなた――何か持っているわね？」

「――!?」

ぎくりとして、息を呑んだ。ヴィリーさんの眼差しは、この時、テーブルに並べられているナイフよりも鋭い。

「確かにあの子の術式の威力は破格だわ。そこに注目してしまうのも、まぁ無理からぬ話よ。もちろん、ゲートキーパーと正面から戦ったことのないエクスプローラーなら、だけれど」

試すような視線が、ブレることなく僕を見据えている。

「ゲートキーパークラスと戦った経験のある人間なら、誰にだって分かるはずよ。たった一人で、あれを足止めすることがどれほど難しいか。それも仲間を護りつつ、自身もほぼ無傷のままだなんて。――実際、私達ですらボックスコング相手に、少なくない損害を出しているのだもの。未だに信じられないわ……あなたのような人材が、〝ぼっちハンサー〟なんて揶揄《やゆ》されて、どこのパーティーにもクラスタにも所属していないだなんて」

どうしよう。完全に気付かれている。それが具体的にどういうものであるかは、もちろん悟られていないだろう。だけど、僕の持つ異常な術式制御能力について、ヴィリーさんは確実にその尻尾を掴みつつあるのだ。

「私達があなたを第三席として迎える準備があるというのは、本当のことよ。むしろ逆ね。私達は〝小竜姫〟よりも、ラグディスハルト——あなたが欲しいのよ。あなたにはそれだけの実力と、資格があるのだから。覚えているかしら？　あなたと初めて会った時。あの時、私はあなたの顔を見た瞬間、こう思ったの。嗚呼《ああ》、この子は騎士の顔をしている、と」

「……？」

何の話か分からず、僕は返事が出来なかった。初めて会った時というと、ハヌと一緒にＳＢに囲まれているのを助けてもらった時のことだろうか？

「大勢の敵に囲まれて、死を覚悟した顔。それも、自分がどうなろうと仲間だけは守り抜いてみせる——そんな顔だったわ」

言われてみれば、そんなことを考えていたような気がしないでもない。もっとも当時はとにかく必死だったので、よく覚えていないのだけれど。

「実はその時から思っていたの。こんな顔をする人間こそ、私のナイツに相応しいと。そう、私はあなたの実力だけでなく、その心の有り様も評価しているのよ。それを正しく理解して欲しいわ」

……ん？　あれ？　何か変だぞ？

「……あ、あの……ちょっといいですか？」

本当に心の底から理解できず、僕はおずおずと手を上げながら尋ねてしまう。

「何かしら？」

キョトンとしたヴィリーさんの掌に促されて、僕はその質問を口にした。

「あの、それって……そんなに珍しいこと、なんですか？　その……女の子と一緒にいて、ああいう状況になったら、僕が死んでも守り抜くのが当たり前、といいますか……ええと、その……も、もしかして、普通は、そうじゃないんですか……？」

素朴な疑問だった。少なくとも、僕としてはそのつもりだった。

けれど言った途端、ヴィリーさんとカレルさん、双方の顔から表情が抜け落ちた。

――どうしよう。僕はまた地雷を踏んでしまったかもしれない。

自分の顔が蒼ざめていくのを自覚していると、不意に、

「……ぷっ、くくっ……！」

なんとカレルさんが吹き出した。って、ええっ!?　わ、笑ってる!?　ど、どうして!?

「……ふっ……うふふっ……！」

というか、ヴィリーさんまで俯いて肩を震わせている。な、なんだろう、別に怒っているわけではなさそうだけど――でもこれ、間違いなく笑いを堪えてるよね？

分からない。皆目さっぱり見当がつかない。苦しげに笑いを堪える二人を唖然として見つめていると、やおらカレルさんがヴィリーさんに向かって、

「ご慧眼《けいがん》、見事です。団長」

「ね？　言ったでしょう？　彼は逸材だって」

美貌の女騎士が片目を瞑って返すと、二人は楽しそうに笑い合った。僕だけ蚊帳《かや》の外である。

「ごめんなさい、ラグ君。私の方こそあなたを誤解していたかもしれないわ」

なおもくすくすと笑いながら、ヴィリーさんはよく分からないことを謝ってくれる。けれど、僕にはその意味がとんと理解できない。

「？　？　？」

ただ困惑し、疑問符の花を頭に咲かせるのが関の山だった。

「——小さな体で竜を倒した姫」

ぽつり、とヴィリーさんが急にそう呟いた。

「え……？」

「それが〝小竜姫〟の由来よ。彼女、未だに誰にも名前を明かしていないそうよ。だから、彼女を取り込んだクラスタのメンバーも、他の人達も皆、彼女をそう呼んでいるわ」

「あ……」

話の流れから、何となくは察していた。〝小竜姫〟というのが、どうやらハヌのことであるらしいというのは。

彼女を取り込んだクラスタ、とヴィリーさんは言った。この時、唐突に気付いてしまう。自分が今まで、無意識にハヌのことを考えないようにしていたことを。

今頃あの子はどうしているだろう——なんて、全然考えたことがなかった。あれから何日経った？きっと、たくさんの人があの子の元に殺到したことだろう。仲間になってくれと頼んだことだろう。

一人きりになったハヌは、最終的にその中の一つに入った。

ただそれだけの話だ。

だからそのことで、僕が胸を痛める必要なんてない。そんな資格なんて、どこにもない。そもそも、最初に手を振り払ったのは、僕の方なのだから。

「……この通り名を知らなかったということは、やはり彼女が所属しているクラスタのことも？」

カレルさんの確認に、僕はこくりと頷く。そうか、と呟くと、彼はヴィリーさんとアイコンタクトを取った。ヴィリーさんが頷き返すと、『NPK』の副団長は僕を見つめ、その名を口にする。

「彼女が所属したのは、最近出来たばかりのクラスタ『スーパーノヴァ』という」

どこかで聞いたことがあるクラスタ名だと思った。胃の腑に霜が降りたような感覚を覚える。

「リーダーの名前はダイン・サムソロ。かつて、我が『NPK』に所属していたこともある男だ」

その名前を聞いただけで息が詰まり、胸にドス黒いものが生まれた。この汚くてどろどろしたものは、多分、僕が日常的に抱くことが少ない感情――嫌悪感、なのだと思う。

そうか、ダインさんは『NPK』のメンバーだったことがあるのか。なら、その実力も折り紙付きなのだろう。新しくクラスタを結成してトップ集団を目指す――その志の高さも納得だった。

「実を言うと私達、あなたを迎えるに当たって、色々と調査させてもらったの。もちろん、最初はあなたについて調べるだけのつもりだったのだけれど――そこから〝小竜姫〟とダインの繋がりが発覚したのよ。うちの元メンバーでもあるから、どうしても気になってしまって、さらに調査を続けたの。そうしたら」

「いくつか、君に伝えなければならないことが分かった。今日は、そのためにここへ来てもらったと言っても過言ではない」

　ヴィリーさんとカレルさんの目を相互に見返し、僕は生唾を飲み込んだ。

　この流れで、嫌な予感以外の何を抱けというのだろうか。

「ああ、でも、私達があなたを仲間として迎え入れたいというのも、本題の一つよ？　でもそれを考えるのは後にしてもらって構わないわ。これからの話を聞けば、しばらくはそれどころではなくなると思うから……カレルレン、お願い」

　ヴィリーさんはそう言って、どうやらこれからの話に関する発言権を、カレルさんに渡したようだった。

　僕はカレルさんの翡翠《ひすい》色の瞳と目を合わせ、じっと待った。カレルさんはやや迷うような素振りを見せてから、しかし意を決したようにこう言った。

「私の調べによると……君が〝小竜姫〟と別れさせられた後、ダインはすぐ、彼女を自らのクラスタへと誘い込んでいる」

　にわかには信じがたい話だとは思った。あのハヌが、あの状況で、そう簡単にダインさんの誘いに応じるものだろうか。大声で文句を言って立ち去っても不思議はないと思うのだけど――

　そう疑問に思っていると、カレルさんから答えが来た。

「――ダインは彼女にこう言ったそうだ。『友達の彼と仲直りがしたいのなら、俺達が話をつけてあげよう。約束する。だから、それまでは俺達と一緒にエクスプロールをしよう』……と」

「――ッ!?」

予想だにしていなかった展開に、僕は思わず椅子を蹴って立ち上がった。ガタン、と椅子が倒れ、レストラン内が一瞬にして静まり返る。

「そ、そんな……！　何ですかそれ……う、嘘ですよ、だって……そんな話、僕は何にも……！」

「聞いていないのだろう？　それも当然だ。ダインは、君をダシにして彼女を騙《だま》しているだけなのだからな。……ラグ君、少し落ち着こう。さあ、席について」

氷槍と称されるだけあって、カレルさんの語調はどこまでも冷静沈着だった。だけど、いきなり焼き石を投げ込まれて煮え立った僕の心は、そう簡単には収まらない。

だって――そんな、嘘をついて騙すなんて、そんなやり方……卑怯じゃないか、あまりにも卑怯すぎる！

「落ち着こう、ラグ君。君がそんなことでは、彼女を救うことができない」

「……救う……？」

カレルさんの放った、思いも寄らなかった単語。それを反芻すると、そうだ、と彼は頷く。

「君は彼女を救い、取り戻すべきだ。私はもちろん、ヴィリー団長もそう考えている。そのための協力も惜しまないつもりだ。だから今もこうして、君に情報を提供している。もちろん、君にそのつもりがないのであれば話は別だが……さあ、とにかく落ち着いて、席に座ってくれないか？」

「……はい……すみません……」

カレルさんの落ち着いた声に諭され、僕は倒れた椅子を起こして腰を下ろす。的確すぎる指摘のおかげで、僕の感情も幾分かクールダウンできたようだった。

ハヌを救う――おかしな話だ、と思う自分がどこかにいる。あの子が今、救われなければならない状況にいるのだとしたら、そこへ突き落とした張本人は、まさしくこの僕ではないか――と。

あの時、ハヌの手を離さなければ、こんなことにはならなかったかもしれない……そう後悔したところで、今更すぎるのだけど。

深呼吸をして息を整えていると、ウェイターが料理を運んできた。彼は何事も無かったかのように、僕らの前に皿を並べていく。それが一段落すると、カレルさんは改めて僕を見てこう言った。

「これから話すことは、事実も予測も含め、ただの情報だ。それを受け取ってどうするかは、ラグ君、君次第だ。まずそのことを認識して欲しい」

カレルさんの前置きに、僕はこう思う。

確かに僕の愚行こそが、ハヌを窮状に陥らせたのかもしれない。けれど――否、だからこそ。あの子が今、救われなければならない状況にいるのだとしたら、それを助けるのが、きっと僕の責任なのだ。

僕はカレルさんを真っ直ぐ見返し、頷いた。

「はい……！　よろしくお願いします……！」

「よろしい。ではまず、ダイン・サムソロという男がどのような人間なのか、それを語ろう。コレは、彼が『ＮＰＫ』から追放された理由でもある」

そこで一拍置くと、カレルさんはたった一言で、彼の性質を言ってのけた。

「――奴は〝仲間殺し〟だ」

# ●11　超古代の英雄と仲間殺しの英雄

ルナティック・バベル、第二〇〇層。

そう、いきなりだが、もう二〇〇層である。それはつまり、一九八層も一九九層もゲートキーパーが撃破され、セキュリティが解除されたということを意味しているわけで。

どこの誰が？　そんなものは決まっている。

誰あろう、〝小竜姫〟ハヌムーン・ヴァイキリルを擁《よう》する新鋭クラスタ――『スーパーノヴァ』の仕業である。なんと彼らは、たった二人でゲートキーパーを倒すという〝BVJ《ブルリッシュ・ヴァイオレット・ジョーカーズ》〟の偉業――自分で言うのも何だけど――による熱も冷めやらぬ内に、二日連続で一九八層のゲートキーパー〝毒蜘蛛《くも》〟と、一九九層の〝炎獅子《えんじし》〟を撃破するという、その名のごとく超新星爆発にも似た鮮烈なデビューを果たしたのだ。

そんな新進気鋭の『スーパーノヴァ』は、この二日間の栄光に飽き足らず、今日もまたこの二〇〇層の決戦に臨むという。

日中は疲労回復のため深い眠りに就き、夜中は馬鹿みたいにルナティック・バベルで戦いまくっていた僕は、そんな世間の動きをまったく知らないでいた。

昨晩、カレルさんから一部始終を聞かされるまでは。

ここそこと身を低くして、二〇〇層のセキュリティルーム前の人混みに紛れ込む。やはりというか何というか、歴史的瞬間を見るためだろう。流石に観客が多い。

『ダイン達は明日の正午、誰にも破れない記録樹立のために、勢いそのまま二〇〇層のゲートキーパーへ挑戦するそうだ。しかし、ルナティック・バベルにおけるこれまでの歴史を省《かえり》みれば、それはあまりに無謀と言わざるを得ない』

そんなカレルさんの声が耳に蘇《よみがえ》る。ルナティック・バベルに限らず、世界各地の遺跡において、キリのいい番号の階層では必ずと言っていいほど『何か』が起こる。きっと大昔から人類は、五十や百といった数字に何かしら特別性を見出していたのだろう。ことルナティック・バベルに関して言えば、かつて五〇層、一〇〇層、一五〇層において、その『何か』は発現していた。

その三つに共通しているのが、一度入ればゲートキーパーを倒すまで出られない特別セキュリティルームである。

それはもう、見ただけで分かる代物だ。通常なら壁や床と同じ純白の扉がある場所に、青白い半透明の膜が張られているのだから。

ちょうど、僕の目線の先にあるように。

実はそれこそが特別セキュリティルームの出入り口であり、外から入ることは容易いが、内側から出ることが不可能なバリアーなのである。

ルナティック・バベルはこれまで、一年に一層のペースでセキュリティが解除されてきた。だからこそ、ここ数日の進捗は超がつくほどのハイペースで、皆が大騒ぎしているわけだけど。

しかし、そのスローペースは安全性を確保するためのものでもあったのだ。何度も何度もゲートキーパーとの前哨戦《ぜんしょうせん》を行い、情報を集め、頃合を見て撤退するを繰り返し——最後に満を持して攻略する。そうすることによって犠牲を最小限に抑え、変な話だが、安全にエクスプロールを進めてきてこれたのだ。

だけど、この特別セキュリティルームにおいては肝心の撤退が許されない。一度入ればゲートキーパーを倒す以外に生きて戻る術はない。生きるか死ぬかの死闘を繰り広げる他ないのである。

というか、なんだかここ最近の連破のせいで『実はゲートキーパーって言うほど強くないんじゃね？』みたいな空気が流れているそうだけど、それは錯覚《さっかく》であると断言したい。

事実、あの『ＮＰＫ』がボックスコングを相手に痛恨の一撃を喰らい、あわや壊滅寸前までいったことを忘れてはいけない。あそこから逆転できたのはひとえにヴィリーさんの並外れた実力があってのことで、あのまま全滅していたとしても不思議ではなかったのだ。

『第五〇層では、一度入れば出られない——ただそれだけで多くの犠牲が出たという。次の第一〇〇層では、同じく入っては出られない空間の上、ゲートキーパー〝アイギス〟の物理防御が非常に堅固だったため、ルナティック・バベル史上最大の犠牲者が出た』

その一〇〇層を突破したのが、なんと僕の遠いご先祖様——レギオン『閃裂輝光兵団《センレツ・キコウ・ヘイダン》』の英雄セイジェクシエルである。

当時、多くの犠牲を払った上で得た結論とは——〝アイギス〟の装甲はルナティック・バベルの構造材と同じものと推定され、つまり物理攻撃によって奴を倒すのは事実上不可能……というものだった。誰もがそう諦める中、しかし僕のご先祖様はこう考えた。

――物理攻撃がダメなら、術式攻撃があるじゃないか。

そんな、今になって思えば誰にだって分かることを提案し、多くの術式開発に乗り出したという。

詳しい経緯は省くが、最終的にご先祖様は、今でも僕が愛用している攻撃術式〈フレイボム〉を開発した。以前にも説明したと思うが、この〈フレイボム〉は単発での威力はさほどではないけれど、支援術式と同じく、タイミングを合わせて複数を同時に発動させると威力が倍増するという特性を持っている。ご先祖様はこの特性を活かし、レギオン全員でタイミングを合わせて〈フレイボム〉を放つことで見事、第一〇〇層のゲートキーパー〝アイギス〟を打ち破ったのだ。

ちなみに、連鎖爆発のタイミングは超がつくほどシビアなので、想像を絶するほどの訓練をしたはずである。もしも失敗していたら、子孫である僕も今頃この世にはいなかったことだろう。

『一五〇層では、流石に人々が学習していたおかげで犠牲こそあまり出なかったが、突破にも時間が掛かった。かかった期間は、なんと十年以上だ。この時のゲートキーパーは、強さだけなら他の階層と同程度だったらしいが、問題は数にあった』

これは、僕も知っていた。だからカレルさんの話で思い出したときは、思わず生唾を嚥下して喉を鳴らしてしまったものである。

なんと、一五〇層のゲートキーパーは三体いたのだ。

ただ幸いなことに一斉に出てきたわけではなく、順番にポップしたので何とかなったのだと言う。

確かな実力を持ったエクスプローラーなら、連戦はきついが、それでも越えられない壁ではなかったということだ。

以上をもって、カレルさんがダインさん率いる『スーパーノヴァ』の行動を『無謀』と断じる理由を要約すると、次の三つになる。

一つ、戦いが始まれば撤退が出来ない。二つ、ゲートキーパーの装甲がルナティック・バベルを構成する素材と同じで、非常に堅固である可能性がある。三つ、ゲートキーパーが複数である可能性がある——以上の三点を踏まえた上で作戦を立てていないのであれば、それは確かに、僕から見ても『無謀』と言わざるを得ない話だった。

『しかし、これはあくまで可能性の話だ。確認していない以上、推測でしかない』

そう。これはもしかしたら、杞憂なのかもしれない。実際はそんなことはなくて、今日も『スーパーノヴァ』は快勝するのかもしれない。でも、だ。もしも、最悪の最悪、全てにおいて悪い目が出てしまったら——そこは地獄と化す。

ハヌもそこに巻き込まれる。

それだけは、絶対に見過ごすわけにはいかない。

昨晩の内に映像で確認したが、もし最悪の目が出てしまった場合、今の『スーパーノヴァ』の戦い方ではまず間違いなく勝てないだろう。

この二日間における『スーパーノヴァ』のゲートキーパー戦は、どちらも同じ戦法だった。

ハヌ以外のメンバー全員が壁役。むやみに近付かず防御を固めて、とにかくゲートキーパーの攻撃を凌《しの》ぐ。時間を稼ぎ、ハヌの詠唱の完成を待つのだ。ゲートキーパーはさらに攻撃を激しくするが、それさえもどうにか耐えきり――ハヌの術式が発動して、勝利する。

言ってしまえば、僕とハヌが行った戦法――と言っても行き当たりばったりのぶっつけ本番だったけど――をそのまま繰り返しているだけだ。むべなるかな、ダインさんのポリシー『シンプル・イズ・ベスト』である。ただ、無茶だなぁ、と思うのは、その戦い方でも少なからず被害が出ているところだ。防御力はピカイチの人達を揃えているのだろうけれど、僕の見た限り、ゲートキーパーの特殊攻撃への対策が疎かになっている気がする。つまり、支援術式を一切使用していないのだ。あれではもし三連戦になったとき、とても保つとは思えない。この点についてはカレルさん曰く、

『はっきり言うが、ダインに指揮官としての才能はない。悪知恵が働くのだから別段、頭が悪いわけではない。確かに賢いことは賢いが、しかし、何事にも極端にショートカットを好む気質がある。余計なことは考えたがらず、力押しで勝てるものなら複雑で安全な手よりも、危険でも単純な方を好んで選ぶ。そんな奴だ。――故に、自らが危険に陥った時も、実に単純な考え方をする。つまり、自分の代わりに別の誰かが死ねばいい、と』

実際、ダインさんが『ＮＰＫ』にいた時、まさにそれを実行したのだという。つまり、戦闘時に近くにいた味方を盾にしたのだ。それが〝仲間殺し〟の由来である。

『当然、ヴィリー団長が怒り狂ったが、奴も奴で開き直った。騎士道を諭す団長に、ダインは持論を展開して反駁《はんばく》した。最終的に、すわ打ち首か、というところまで話がこじれた挙げ句、奴は雲隠れしてしまった。それが、ダイン追放の顛末《てんまつ》だ』

そう語るカレルさんの横で、ヴィリーさんがあらぬ方向に紅蓮《ぐれん》の瞳を向け、冷たい表情をしてい

るのが印象的だった。

僕は〝SEAL《シール》〟の体内時計を確認する。時刻はあと五分ほどで正午になる。今頃、ヴィリーさんとカレルさんが、ダインさんに最後の説得をしているはずだった。

二人はこれまで並べた理由をもって、ダインさんに無謀なことをやめるよう説得することを約束してくれた。木っ端《こば》エクスプローラーの僕なんかが何を言ったところで、聞く耳は持ってくれないだろう。けれど因縁があるとはいえ、かつての戦友であり、かの『NPK』の団長と副団長の言葉なら、あるいは――

『さあさあさあさあさあ！　お待たせしたな皆の衆！　今日は歴史的瞬間を目の当たりに出来るかもしれねえぞ！　その名の通り、エクスプローラー業界の超新星としてデビューしたクラスタ！『スーパーノヴァ』！　今日は彼らが二〇〇層のゲートキーパーに挑戦する日だぁあああっ！』

いつぞや聞いた声が、マイクを通してわんわんと響き渡った。特別セキュリティルームの出入り口の端へ視線を向けると、いつもの『放送局』の姿が見える。

おおおおおっ！　と声を上げて盛り上がる観客。その様子に満足そうに頷くと、彼は続けて、

『よぉーし、まだ時間があるな。んじゃ、ここでちっとおさらいだ！　知らない奴のために『スーパーノヴァ』についてちょっくら教えてやるぜ！』

それから司会実況役の男性は、ここ数日の『スーパーノヴァ』の活躍について映像付きで語りだした。本番が始まる前の前座と言ったところだろう。観戦に来た人々がどよめき、出入り口付近に設置された大型ARスクリーンへと視線を集中させていく。

だけど僕には、そんなものを見たり聞いたりしている余裕なんてこれぽっちもなかった。

頭の中をぐるぐる駆け巡る不安に苛まれながら、僕は後方へ下がって観客の集団から距離をとった。説得を終えたヴィリーさんとカレルさん、そして『スーパーノヴァ』の面々がやってくるとしたら、こちらの方角からだと推測したからである。果たして、その予測の半分は的中した。

「ラグ君……」

横合いから声を掛けられ、振り向くと、そこには消沈した美貌が二つ並んでいた。言うまでもなく、ヴィリーさんとカレルさんだ。どちらも、以前にも見た戦闘装備を身につけている。

「ヴィリーさん……カレルさん……」

二人の顔を見た瞬間、僕は結果を悟ってしまった。

ヴィリーさんが苦渋を滲ませた顔で目を伏せ、首を横に振る。

「ごめんなさい……ダメだったわ」

「――言葉は尽くしたのだが、力が及ばなかった。すまない」

すかさずカレルさんのフォローが入ったが、かといってそれで結果が変わるわけでもなく。

つまり、予定通り『スーパーノヴァ』は、無謀かつ危険極まりない挑戦をしてしまうわけで――

『よおおーし時間だぁっ！　皆、見てやってくれ！　これが未来の英雄達の勇姿だぜぇっ！』

わああっ、と声が跳ね上がり、僕達は弾かれたように大型スクリーンの方へ振り返った。

そこに映し出されていたのは、リアルタイムの映像だった。特別セキュリティルームの出入り口前、そこに横一列で並ぶ、ダインさん率いる『スーパーノヴァ』の三十人ほどのメンバー達。その右の一番端っこ――しかも左隣のメンバーからもかなり遠く離れた位置に――に立つ、外套を頭から被った小さな影に、僕の目は吸い寄せられた。

ハヌ。

どくん、と心臓が強く脈打った気がした。画面の隅に映っている、ほんの小さな立ち姿。たったそれだけで、僕は胸を射抜かれたかのように息が詰まった。

彼らは一体いつの間に、あそこへ並んだのだろうか――そんな疑問も抱く暇もなく、事態は急激に動いていく。スクリーンの中で、司会役の人が中央に立つダインさんにマイクを手渡した。爽やかな笑みを浮かべた、しかし〝仲間殺し〟の異名を隠し持つ男性が、マイクを片手に話し出す。

『あー……俺がクラスタリーダーのダイン・サムソロだ。今日は集まってくれてありがとう』

途端、あちこちから歓声が上がる。僕には、そんな風に喜色に満ちた声を上げる行為が信じられない。僕は頭の中が真っ白になってしまって、ただ惚けたようにその光景を眺めていた。

ダインさんが二言三言、ここまで来れたのは仲間のおかげだ、とか、夢を目指して走るのもけっこう悪くない、とか、心底どうでもいいことを話している。やがて不意に言葉を切ると、にやり、と不敵な笑みを浮かべた。

『――まぁ、ここでゴチャゴチャ喋るのは無粋って奴だよな。これぐらいにしておこうか。……なぁみんな、よく見ていってくれよ！　なんせ俺達は今日ここで――伝説になるんだからな！』

大きな声で嘯き、ダインさんは片腕を勢いよく天井に向かって突き上げた。

おーっ！　と声が重なり、ハヌ以外の『スーパーノヴァ』のメンバーと観客の一部が同じように腕を上げ、拳で空を衝《つ》く。拍手の嵐が吹き荒れ、もう勝ったかのような雰囲気が一気に高まった。

この瞬間、僕は想像できてしまった。説得にやってきたヴィリーさんとカレルさんを、彼がどのように突っぱねたのか。必死に無謀な挑戦をやめるよう主張する二人を、せせら笑いながら聞き流す――そんなダインさんの姿が目に浮かぶようだった。

ダインさんが司会の人にマイクを返し、受け取った彼はとうとう始まりを告げる。

『さあて頃合だ！　あのセイジェクシエルに続いて、英雄ダインの伝説が生まれるか否か！　その目撃者は――そう！　ここにいるお前らだ！　さあ見せてくれよ『スーパーノヴァ』ッ！　新たな時代の幕開けって奴をよォ！』

ここまできたらもう、祈るより他に術はなかった。

明るい材料がないわけではないのだ。一つは、たとえ敵の装甲が硬くとも、ルナティック・バベルの外壁をも破壊するハヌの術式ならきっと貫けるはずだということ。二つ目は、たとえゲートキーパーが複数同時に現れたとしても、『スーパーノヴァ』の防御陣はトップクラスの堅牢さを誇る。ハヌの術式が発動するまでの時間さえ稼げれば、必ず勝機はあるということ。

明るい材料は一つだけではなく二つもあった。神様でも悪魔でもいいから三つ目を授けて欲しいところだったけど、残念ながら神頼みをする時間も契約書にサインする余裕もなかった。

ダインさんが、『スーパーノヴァ』のメンバーが、そしてハヌが、青白い半透明のバリアーを通り抜け、二〇〇層の特別セキュリティルームへと入っていく。

無力な僕は、それをただ見送ることしか出来なかった。

期待は裏切られ、祈りは踏みにじられるためにあるのかもしれない。

「た、たすけてくれ、たすけっ――!?」

剣光一閃。巨大な剣が水平に銀弧を描き、その通り道にある全てを切断した。即ち、事典のような分厚さのタワーシールドを構え、全身鎧に身を包んだ大男の肉体を、である。

盾ごと、そして鎧ごと切り裂かれた大男の上半身と下半身が、いっそ綺麗なほどに分かたれる。切断面から黄緑色のフォトン・ブラッドがどばりと溢れ、勢いよく飛散した。強すぎる斬撃の余波で上半身が宙を泳ぎ、男は遠く離れていく己の下半身を、むしろ場違いなほど不思議そうな瞳で見つめたまま絶命する。

戦闘が始まって、まだ五分も経っていなかった。けれど、今や大騒ぎしていた観客は沈黙し、声を張り上げていた司会役はマイクをだらりと下ろし、この場は水を打ったような静寂に支配されていた。

ただ悲鳴だけが、響いていた。

「出してくれ!　誰か!　ここを開けてくれ!」

まだ生きている人が、泣きながら出入り口のバリアーを叩き、絶叫する。外からは何てこともない薄い膜だが、しかし内側からは絶対に通り抜けられない、完全無欠の隔壁だ。誰にも開けられないし、かといって、中に入って助太刀しようなんて人間もいない。

誰もが、蒼い顔をしてその光景を眺めていることしか出来なかった。

「い、いやだ！　死にたくない！　やめろ！　やめ、ああいやぁやめてくれぇえええ！」

二〇〇層のゲートキーパーが、涙と鼻水で汚く歪んだ男の側を通り過ぎざま、彼を剣の露へと変える。山吹色に輝くフォトン・ブラッドが、盛大にバリアーを汚した。

もはや、そこで行われているのは戦闘と呼べる次元のものではなかった。

それはもう――よく言って虐殺。

悪く言えば、屠殺でしかなかった。


最初の三分は順調に見えたのだ。

セキュリティルームへ足を踏み入れた直後、『スーパーノヴァ』のメンバーが事前に渡されていたであろう浮遊自動カメラ〈エア・レンズ〉をいくつも展開させ、内部の映像がスクリーンへと映し出された。

大人数でスポーツをしても空間が余るほどの広い部屋、その最奥に浮かぶ巨大な青白いコンポーネント。それが侵入者の接近を感知して、具現化を始める。

『WOOOOOOOOOOOOO――!!』

やがて顕《あらわ》れたのは、機械の体を持つ、しかし人型のSB。

巨人、いや、戦士と呼ぶべきか。全長は六メルトルほど。二〇〇層は他の階層と違って天井が高く二十メルトルはあるため、そいつが直立してもなお、頭上には余裕があった。

全体的なシルエットを一言で表すなら、鎧を着た人間。しかし鎧と言ってもかなり古典的な――そう、神話に出てくる英雄が着ているような、革の鎧に近い形状をしている。各部の色も人間を模しているらしく、漆黒の髪と瞳、褐色の肌まで再現して、筋骨隆々《きんこつりゅうりゅう》のボディを彩っていた。右手には体長に見合った巨大な両刃剣。左手には円形の盾。胴体部と腰まわりだけを保護する、かつて人類の身体に流れていたという赤い血液を何百リットルと染み込ませたような色の鎧。

誰かが言った。ヘラクレスだ――と。

すると司会実況が耳ざとくその名を聞き拾い、そのままゲートキーパーに名付けてしまった。

『――こ、こいつぁ驚いたぁ！　なんと、なんと人間型のゲートキーパーだぞぉおおぉっ！　誰がどう見たってアレを連想する姿！　そう、ヘラクレス！　あの超古代の大英雄！　へーラークレースだぁあああっ！』

僕が知る限り史上初の人型ＳＢ、その名も〝ヘラクレス〟は威風堂々たる立ち姿で、侵入者達を睥睨《へいげい》する。が、動かない。微動だにせず、剣も盾も構えずにただ突っ立っていた。

『――？』

誰もが首を捻り、しかしキリ番のゲートキーパーだ、いきなり何をしてくるか分からないぞ――と警戒する。

「……妙ね。壊れているのかしら、あのコンポーネント」

「そのような話は聞いたことがありませんが……」

ヴィリーさんとカレルさんも、スクリーンを見つめたままそんな会話を交わす。

ダインさん達『スーパーノヴァ』も似たようなことを考えたのか、警戒態勢は崩さないまでもゆっくりとしたペースで、ヘラクレスを取り囲むように陣形を構築していく。ハヌはもちろん、敵から一番離れた場所へ移動して、術式の詠唱を始めていた。

そんな様子見の時間が一分ほど経過したところで、ダインさんが号令を放った。

『――このままじゃ埒《らち》があかない！　せっかくの戦いだ！　昨日までの地味な俺達じゃ観客が呆れちまう！　俺達には勝利の女神〝小竜姫〟がついているんだ！　突っ込むぞ！』

『おおっ！』

応じる声が上がり、進軍の速度が上がる。今日の『スーパーノヴァ』の陣営は、昨日や一昨日とほぼ同じ。だけど、よく見てみると人数が若干多い気がする。

それもそのはず。ハヌ以外は防御役一色だったところに、五名ほどそうではないメンバーが追加されていたのだ。トップ集団の仲間入りを果たそうとしている『スーパーノヴァ』の威光にあやかろうと、メンバー入りを希望する人が殺到したのだろう。三十五人といったら、ヴィリーさんの『NPK』よりもメンバーが多いのだ。

『まずは派手にいこうか！　術式攻撃隊、特大のを見舞ってくれ！』

歩みを進める中、ダインさんが指示を下す。それを受けた軽装の五名は〝SEAL《シール》〟を励起させ、体表にそれぞれのフォトン・ブラッド色の幾何学模様を浮かび上がらせた。

この時、彼ら彼女らが発動させたのは、全て上級攻撃術式だった。〈ヴァルカンエクスプロージョン〉、〈トゥールガンキャノン〉、〈ヴォルテックスゲイル〉、〈オリハルコングレイブズ〉、〈アンジエラスクロイツ〉――どれも広範囲に渡って絶大な威力を叩き込む、高度な術式だ。と言っても、ハヌの術式ほどではないけれど。

しかし、異変はこの時に生じた。

どれもこれも強い術力を注ぎ込んで初めて意味を成す術式だというのに、出現したアイコンの大きさがやたらと小さかったのだ。最大でもせいぜい三十セントルあればいい方だろうか。

「――手加減、かしら？」

「こんな時に？　作戦にしては、ここで手を抜く意味が分かりませんが……」

ヴィリーさんとカレルさんが訝しむのも無理はない。僕だって同感だった。

派手に、特大のを。ダインさんはそう言ったのだ。なのに、五人が五人ともここまで手を抜く意図が分からない。案の定、中途半端な術力しか籠められていない上級術式は、ヘラクレスを照準して発動するも、大した威力も発揮せずに消失した。

当然、ヘラクレスは無傷。それどころか、小ゆるぎもしなかった。

「――待ってください、様子が変ですよ」

カレルさんが緊迫した声で囁く。確かに、画面の中では『スーパーノヴァ』のメンバーが足を止め、慌てふためいていた。

アップにされたダインさんの顔が、さっきまでの笑顔が嘘のように引き攣《つ》っている。

『――術力が……制限されている……だと……!?』

エア・レンズのマイクが拾ったその声が、その場にいる全員を戦慄させた。

術力制限フィールド。それはエクスプローラーの中でも有名な、最大級の鬼門だった。

その名のごとく術力の上限が制限され、一定以上の出力が出来ないよう強制される空間だ。主にドラゴン・フォレストやチョコレート・マウンテンなどで発見され、見つけられると同時に厳重な封印が施される。放置しておくにはあまりに危険な区域だからだ。

原理は不明だが、それが局所的に発生することは確認されている。だけど、まさか戦場で、しかもこんな閉鎖空間で、よりにもよってゲートキーパーがいる場所にあるなんて。

『――WWWOOOOOOOOOOOO！』

突如、ヘラクレスが頭上に向かって雄叫びを上げた。その声は壁の外まで伝播して、僕の体をもビリビリと震わせる。

ズン、と重い足音を響かせ、ヘラクレスが歩き出した。ゆっくり、しかし確実に、ダインさんら『スーパーノヴァ』に向かって距離を詰めていく。

『う、狼狽《うろた》えるな！　術式が駄目なら直接攻撃がある！　防御主体の装備だが、武器もあるだろ！　近付いて近接戦闘だ！　突撃するぞ！』

狼狽えるなと言いつつも、その声が上擦っていては説得力も乏しい。そして、直接攻撃がある、などと言いながら、ダインさんはハヌに向けてこう怒鳴る。

「小竜姫はそのまま詠唱を続けてくれ！　そこはフィールドの範囲外かもしれない！　君が要《かなめ》だ！　頼んだぞ！」

無茶だ、と僕は思った。そんなものは希望的観測でしかない。この場合、セキュリティルーム内の一部がフィールド圏外である可能性は絶無だ。何故ならこのルナティック・バベルとSBは、他でもない人工物なのだから。

こんな嫌がらせみたいな戦場を設計した人間が、そんな慈悲など持ち合わせているわけがない。

その後の展開は、味も素っ気もなく予想通りだった。

前衛部隊がそれぞれの武器を用いて攻撃術式を発動し、剣や槍、斧などによる近接攻撃をヘラクレスに仕掛ける。色取り取りの軌跡を描いて炸裂した幾十の攻撃は、どれも直撃だったにもかかわらず、ヘラクレスに何の痛痒《つうよう》も与えられなかった。

巨大な英雄はビクともせず、その足は止まらない。

「やはり硬いわね……!」

「ええ、あの〝アイギス〟と同じ装甲かもしれません」

予想通りといえば予想通りの堅固さ。そんなものが的中したところで、嬉しくも何ともないが。

やがて二分が経過し、とうとう頼みの決め手、ハヌの詠唱が完了した。

『〈天龍現臨・塵界招〉』

はっきり言おう。無駄だった。

何も起こらなかった。術力が足りなさ過ぎて、そもそも術式が成り立たなかった。アイコンすら表示されず、時間をかけた準備は全て徒労に終わった。

その瞬間、希望の灯火が儚く掻き消え、誰もが色を失う。

一瞬の静寂。

『WWWWOOOOOOOOOOO!!』

まるでそれを待っていたかのようなタイミングで、ヘラクレスが吼えた。右手の剣を振り上げ、

『総員、防御体勢！』

ダインさんの指示が飛ぶより早く、その場の全員が盾を構えていた。

猛然と剣が振り下ろされた。

ズン！　と地響きが轟くほどの一撃は――その刃を半ばまで床に食い込ませていた。

当然、剣と床の間にいた重装備の戦士は、その身を真っ二つにされている。一人の人間だったものがザクロのように割れ、二つ同時に転がった。

最初の犠牲者が出た瞬間だった。

『う――うわあああああああああッ!?』

悲鳴が重奏した。構えた盾と鎧ごと――しかも決して安くはない高品質なものが――あっさりと切り裂かれるのを見て、誰もが恐慌《きょうこう》に陥った。

装甲が硬いだけではない。奴の攻撃は、並の防具では受け止めることすら出来ないのだ、と。

そう知った『スーパーノヴァ』のメンバーは、陣形を忘れて逃げ惑った。それこそ蜘蛛の子を散らすように、てんでバラバラに広がっていく。

そこから、セキュリティルーム内は屠殺場と化した。

最悪なことに、肝心のダインさんまでもがあられもなく周章狼狽《しゅうしょうろうばい》し、遁走《とんそう》していた。もはや組織だった戦いも反撃も不可能だった。

セキュリティルームの内側は阿鼻叫喚《あびきょうかん》。

壁一枚隔てた外側のこちらは、誰もが声を失い沈黙して、ただひたすらに静謐だった。

一人、また一人と殺されていくエクスプローラー。

一番遠い場所にいるあの子にその刃が届くのは、そんなに未来の話ではないだろう。

だから僕は――

「待ってください団長、ラグ君も」

僕の肩を握り、引き止める手がある。カレルさんだ。目だけで振り向くと、彼はヴィリーさんの肩にも手をかけていた。そう、言葉の前半は確かにヴィリーさんに向けたものだった。

見ると、ヴィリーさんもまた、僕と同じことをしようとしていたらしい。怒りとも悲しみともつかない感情に衝き動かされた、硬い無表情。深紅の瞳が、大型スクリーンを睨んでいる。その右手は腰の剣にかかり、握り潰すほど強く柄を握っていた。

「――離してカレルレン。もう見ていられないわ……！」

「いけません！」

この時初めて、僕はカレルさんの怒声を聞いた。彼は僕の肩から手を離し、両手で強引にヴィリーさんの体を振り向かせる。

「あなたには責任がある！　忘れてはいけません！　ここで衝動に任せて命を捨てる権利なんてあなたにはないんです！　──自ら背負ったものを一時の感情で放り捨てる気か剣嬢ヴィリー!!」

大喝《だいかつ》、というのは正にこういうものを指すのだろう。カレルさんの苛烈な舌鋒が、まさしくヴィリーさんを打ちのめした。まるで頬を張られたかのようにヴィリーさんの顔が、はっ、とする。

「……………～ッ！」

悔しそうに歯噛みし、麗しい美貌を歪めてヴィリーさんは下を向く。力を入れすぎた右手が、否、全身が小刻みに震えだした。理性と激情の間で葛藤しているのだろう。

カレルさんの翡翠の瞳が僕に向けられた。

「君もだ、ラグ君。見ただろう。想定していた以上の最悪の目が出た。気持ちは分かるが、諦めるべきだ。こうなってはもう小竜姫は助けられない。行けば、君まで死んでしまう。それは無為だ。ここは耐えろ。耐えて、力をつけるんだ。生きていれば、仇《かたき》を取れる日がきっと来る」

カレルさんは本当に、どこまでも、骨の髄《ずい》まで冷静沈着だった。

正論過ぎて困る。だから僕は、何も言えなくなった。

「君が悪いわけじゃない。たとえここにいる全員が突入したとしても、全滅は免れない。これは運命だったんだ」

それはきっと、そうだろう。僕もそう思う。だから、小さく頷いた。

「こんなことになってしまったのは、私の力不足だ。私がダインを説得できてさえいれば、こんなことにはならなかったのだから」

それはきっと、そうだろう。僕もそう思う。だから、小さく頷いた。

「あたら命を無駄にするな。ここで一緒に死ぬことが彼女のためになるわけではない。生き延びて、仇を取ることこそが彼女に報いる唯一の方法だ」

それはきっと、そうだろう。僕もそう思う。だから、小さく頷いた。

「だから、ラグ君……すまない、気持ちは痛いほど分かる……だが、諦めてくれ——」

だけど、それだけは頷けなかった。

こんなにもカレルさんが長々と喋ったのは、多分、僕の浮かべている表情のせいだろう。自分ではよく分からないけれど、とりあえずまともな顔をしている自信は微塵もなかった。

どれだけ食いしばっても、おこりのように震える体のせいで歯はカチカチと鳴っていたし、こめかみの辺りがひどく痛くて、目一杯力を込めていた。目は真っ直ぐスクリーンを睨んだままだったし、カレルさんの方なんてほとんど見ていなかった。

「ラグ君」

再び、カレルさんが僕の肩に手を置いた。振り向くと、カレルさんと、その隣のヴィリーさんが、何か可哀想な生き物でも見るような目で僕を見つめていた。

僕はその手を振り払った。

「「——!?」」

「ば……馬鹿なのは、分かっています」

驚いて息を呑む二人に、僕は言う。どうしようもなく震える、しどろもどろの、我ながらとても情けない声で。

「だから、馬鹿って、言われてもいいです」

怖いに決まっていた。

「死んだって、別にいいんです」

膝はさっきから笑いっぱなしだし、歯の根も合わない。

「僕は別に、馬鹿でも、死んでも、いい」

目には涙が浮かんでるし、喉は上手く動いてくれなくて変な声になっている。

「ぼ、僕は、馬鹿とか、まぬけとか、そう言われるのは、いいんです」

だって、あんなの無理だ。あんな化け物、どうやっても勝てる気がしない。前の海竜のときはハヌがいた。ハヌの術式があった。だから勝てた。

「が、我慢できます」

でも今はそうじゃない。術力制限フィールドでハヌの力は封じられている。あのヘラクレスを倒す方法なんてまるで思いつきやしない。だから、あそこに入っていったら、間違いなく、僕は死ぬ。

「と、友達がいないとか、一人ぼっちとか、そういうのも、いいんです」

何が何だろうと死ぬ。真っ二つにされて死ぬ。上半身と下半身が泣き別れになって死ぬ。ぐちゃっと踏み潰されて死ぬ。壁に投げられて弾けて死ぬ。

とにかく死ぬ。

「な、慣れてますから、平気です。大丈夫です。我慢、できます」

そんなことは分かっている。

「でも」

分かった上で、僕は行くのだ。

死ぬと分かっていても、行かずにはいられないのだ。

何故なら——


「友達を見殺しにするなんて、絶対に我慢できないから」


その激情だけが、今の僕を衝き動かしていた。

僕はいつの間にか涙を流していた。みっともない男だと、自分でも思う。

けれど、友達を見捨ててまで生きている自分を、きっと僕は許せない。

殺したいほど憎悪し、本当に殺してしまうと思う。

ならば、どっちにせよ死ぬのだ。

どうせ死ぬなら、ハヌの傍がいい。

たったそれだけの、単純な話だった。

絶句する二人を置いて、今度こそセキュリティルームに飛び込むためスクリーンへと顔を向けたその瞬間、頭の中の何もかもが弾け飛んだ。

「────」

画面の中で、いつの間にかハヌの近くまで逃げてきていたダインさんが、彼女の外套の襟首を引っ掴んでいたのだ。

やめろ、何をする。

何を思ったのか、ダインさん──いやダインは、ハヌの体をそのまま持ち上げやめろ大きくやめろよ振りかぶりやめてくれ思いっきり投げた。

ヘラクレスの足元に。

どうっ、とハヌの小さな体が床に落ちてバウンドする。

頭が真っ白になった。

話には聞いていた。彼の異名は〝仲間殺し〟。そういう罪を犯した男だと知識では知っていた。だけど話に聞くのと実際に見るのとでは大違いだった。奴はハヌを生け贄に捧げたのだ。これほどまでに醜悪で、吐き気を催《もよお》す邪悪な行為はないと思った。

『WWWWOOOOOOOO！』

ヘラクレスが足元に転がってきた小さな生き物に気付き、その手の剣を振り上げた。

投げられ転がった拍子に外套のフードが剥がれたハヌは、床に腰をへたり込ませたまま、その綺麗な金目銀目でヘラクレスの威容を見上げる。賢い彼女はすぐ現状を把握したようだった。目が恐怖で見開かれ、その二色の瞳に剣を振りかぶる異形の英雄を映す。

ハヌは咄嗟に体を丸め、ぎゅっと目を閉じた。そんなことをしたって何がどうなるわけでもないことぐらい、分かっていただろうに。

ぽつり、と小さな声が漏れ、おそらくそれは僕の耳だけに届いた。


『……ラトッ……！』


真っ白だった頭に膨大な熱量が生まれ、文字通り白熱した。

恐怖も不安も保身も詭弁も何もかもが吹き飛んだ。

純白の怒りに支配され、僕は術式を発動させる。

支援術式〈ストレングス〉×10。

支援術式〈ラピッド〉×10。

支援術式〈プロテクション〉×10。

支援術式を重ね掛け可能な限界まで使用して、自己の速度、力、防御を千二十四倍に。

続けて支援術式〈シリーウォーク〉を発動。これは空気中に足場を形成し、大気を踏んで蹴るための術式。空を歩くための術式だ。

観客の頭上に障害はない。あったとしても邪魔なんて絶対にさせない。

素の状態から一気に千倍以上の身体強化をした際の感覚変化なんて、まるで気にならなかった。

ハヌを助ける。

この瞬間、僕はそう考えるだけの怪物になった。

## ●12　一人ぼっちの頂上決戦

踏み出した一歩目で大気の壁をぶち抜いて音速を超えた。

不可視の階段を駆け上りながらヴェイパーコーンを発生させ、それすら振りほどいて翔《かけ》る。

いきなり爆発した衝撃波に周囲の人達が吹き飛ぶのすら無視して、僕は空中を全力でひた走った。

主観的に間延びした時間の中、既にヘラクレスの剣はピークを越えて振り下ろされている。

体のあちこちからヴェイパートレイルをたなびかせ、足を進めるたびに現れる薄紫の力場を蹴り、出入り口のバリアーを通り抜ける。大きな蜘蛛の巣を突き破ったみたいな感覚を越えて、セキュリティルームの内部へ。

ハヌの下へ！

高速過ぎて極端に狭まった視界の中、ハヌの姿だけを中心に捉え続け、ヘラクレスの刃が届くより速く両者の間に滑り込んだ。

右手で背中の黒帝鋼玄、左手で腰の白帝銀虎を抜刀。漆黒と純白の刀身を交差させながらヘラクレスの剣にぶつけるように斜め上へ押し上げる。

支援術式〈プロテクション〉は本人及び装備している物の頑丈さも強化してくれる。祖父が遺してくれたこの業物ならば、いくら奴の剣が鋭くとも――！

激突。

いくつもの火花がゆっくりと咲いていく。両腕と両肩に、落ちてくる岩石を受け止めたかのような重い手応え。白と黒の刀身がたわみ、微細に振動する。

やらせるものか。押し負けるわけにはいかないのだ。今ここでハヌを救えなかったら、僕は死んでも死にきれない――！

「う――ぉおおおおおおおおおおおおおおおおおッッ！」

雄叫びを上げて自らを鼓舞すると、全身全霊をかけて力尽くでヘラクレスの剣を押し返した。

ガギィン！　と交差していた黒玄と白虎の刀身がすれ違い、僕はそれぞれの刃を振り切った。

身体強化の支援術式で、まさしく一騎当千の力を得たおかげだろう。

振り下ろしの一撃を猛然と弾き返されたヘラクレスの上半身が泳ぎ、大きくよろめく。否、それだけではない。足裏が床から離れ、ふわり、と巨体が宙に浮いた。勢いそのまま、後方――僕から見て前方――へと吹き飛んでいく。

その瞬間だった。

バヅン！　という音が耳の奥で弾けた直後、僕にかかっていた支援術式が一斉に解除された。

「――――！」

もはや慣れたものだった。昨日までの二日間で何度も経験した感覚変化に、僕は反射で対応した。力が流れる向きに逆らわず、その場でバック転をするようにひっくり返り、体前面から床に、ビタン！　とカエルみたいに叩き付けられる。

うん、分かっている。我ながら相当かっこ悪いことは。けれど、受け身はしっかりとれたからダメージはほとんど無い。ちょっとは痛かったけど。

「――あいたたた……」

白虎を持つ左手で顔を押さえながら、体を起こす。

今の唐突な術式解除は、おそらくＡＢＳ《オートブレイクシステム》の仕業に違いない。いまや人類の肉体と一つになった〝ＳＥＡＬ《シール》〟には、防衛本能にも似たシステムがいくつか継承されている。その一つがＡＢＳだ。掻い摘んで簡単に言ってしまうと、〝ＳＥＡＬ《シール》〟が状況に応じて『肉体が危険な状態』と判断した場合、勝手に実行中のプロセスを強制終了させてしまうのだ。

これぱっかりは本能的なものなので、なかなかコントロールが難しい。体と同様〝ＳＥＡＬ《シール》〟にも『これは危険ではない』ということを慣れさせ、憶えさせていくしかないのだ。

今のは多分、急激すぎる機動のせいでフォトン・ブラッドの流れが偏り、失神《G・LOC》する危険性があったからだと思う。実際、頭が少しクラクラして、視界が白やら黒やらでチカチカしていた。というか、僕は今どうやってここまで来たんだっけ？　何だかとんでもない無茶をしでかしたような気がするのだけど――

いきなり前方でものすごい音が響いた。まるで、とんでもない重量の物を地面に落としたかのような轟音だ。見ると、セキュリティルームの端の方でヘラクレスが仰向けに転がっていた。

「……あ」

それで思い出す。そうだ、僕は身体強化を全開で発動させ、ここまで走ってきてアイツを吹っ飛ばしたのだ――と。

「……ラ、ト……？」

背後から、掠れた細い声が聞こえてきた。

膝立ちのまま振り返ると、そこには驚きに見開かれた蒼と金の瞳。

ハヌが、涙に濡れた双眸で僕を見つめ、可憐な唇をわなわなと震わせていた。

胸がぐんと熱くなる。

「ハヌ……！」

助けに来たよ、そう言おうとして言葉にならなかった。僕も眼に涙を浮かべ、ただ名前を呼ぶ。

「ハヌっ……！」

「――ラトぉ……！」

ハヌが立ち上がり、僕に向かって駆け出した。

泣きながら駆け寄ってくる彼女を、僕は両手を広げ、胸の中に受け止め

「このばかものがぁあああああ――――ツッツ！！！」

ばちこーん！　と左頬に凄まじい衝撃が発生した。

「はぶァっ⁉」

首を根こそぎ持って行かれたかと思うほどの一撃に、僕は目を白黒させる。

えっ？　あれ？　ビ、ビンタされた？　しかも助走つきで？

「⁉　？　⁉」

顔の向きを戻すと、腕を振り切った体勢のハヌが息を切らせながら柳眉を逆立て、僕を睨んでいた。それでもなお色違いの両眼からは、ぼろぼろぼろぼろぼろ、と涙の粒がこぼれている。

「ラトぉ……！」

ギラン、とヘテロクロミアが鋭く尖った。

一発では飽き足らなかったのか、ハヌは何度も何度も僕を叩き始めた。

「この──ばかものが！　ばかものが！　ばかものが！」

「ちょ、えっ⁉　あだっ⁉　いたっ、痛い！　痛いよ⁉　えええええええっ⁉」

両腕で頭を庇《かば》うけどそれなりに痛い。冗談でも何でもなく、本気で殴ってきているのだ。

「あ、あのハヌ⁉　ハヌさん⁉　ちょあの本気でいた、痛い！　痛いです！」

「黙ればかもの！　来るのが遅すぎるわ！　何をしておったのじゃ！　妾が……妾がどれだけ待っておったと思うておるんじゃ！」

右、左と休むことなく僕を叩き続けるハヌ。怒れる彼女に対し、僕は必死に抗弁するしかない。

「ご、ごめん！　ごめんなさい！　僕が全面的に悪いです！　あのあのでもでも、今はちょっとそれどころじゃないっていうか、まだ敵が──」

吹っ飛ばして倒れさせたとはいえ、まだ撃破したわけではない。いつへラクレスが立ち上がって、こちらを攻撃してくるか分からないのだ。こんな問答をしている場合ではないのだけど──

そんな心配をする僕に、ハヌが爆発した。

「やかましいわぁ――――ッ！　大体、ラトはいつもそうじゃ！　妾が大事な話をしておるというのに、いつもいつも〝それどころじゃない〟だの〝後にしてくれ〟だの！　妾を何じゃと思うておる！　勘違いをするな！　話し合いをしようというのではない！　妾は――妾は怒っておるんじゃあァァァァァ――――――――ッッ!!」

怖い。本気で怖い。金目銀目の奥で燃える怒りの炎が、今にも僕を焼き払ってしまいそうだ。

「ご、ごめん、ごめんね、ハ、ハヌのお怒りはごもっともなんだけど、あの、でも、」

「さあ早う質問に答えよ！　今まで何をしておった！　妾が一体どれほど待ったと思うておる！」

僕の言葉を遮り、ハヌが殴るのをやめて、ずびし、と人差し指をこちらへ向けた。

えーと、なんだこれ？　どうしてこんなことになってるの？　こんなことしていていいのか僕？

「あ……えと、その……み、三日、ぐらい……？　あいたっ」

適当に答えたら、また頭を叩かれた。

「三日も、じゃ！　イチジツセンシュウの想いだったのじゃぞ！　この妾の気持ちが分かるか!?　ずっとおぬしが、ラトが来るのを待っていた妾の気持ちが！　それを三日も待たせおって……！　これだからおぬしは……！　本当におぬしは……！」

ぶるぶるとハヌの小柄な体が、怒りに震える。

また殴られる――そう思って反射的に身を固めた僕の胸に、ぽす、とハヌが顔を埋めた。

「……え……？」

いつの間にか閉じていた目を開け、僕は銀髪のつむじを真上から見下ろした。

僕の服を両手で掴み、胸に額を押し付けたハヌは、生まれたての子鹿のように震えていた。

そして、僕にしか聞こえないぐらい小さな――そう、〈エア・レンズ〉のマイクでは拾えないほど本当に小さな声が、微かに耳に届いた。


「……よう……きてくれた……！」

「……！」


心臓が溶けて無くなってしまいそうなほど、胸骨の内部が熱くなった。

ハヌは僕にしがみついたまま、声を殺して泣き始めた。ひうっ、ひうっ、と嗚咽がいくつも漏れ、何度も鼻を啜る音が聞こえる。体の震えは止まることなく、小さな背中がしゃっくりを繰り返す。

怖かったはずだ。辛かったはずだ。僕が手を離したせいで、たった一人ぼっちで。それでも僕を待っていてくれて。

そうだ。本気で怒って、泣いて、殴ってしまうぐらい――ハヌは僕を待ってくれていたのだ。ましてや、こんな場所にまで連れて来られて、危ない目にまであって。

必ず迎えに来ると、僕を信じてくれていたのだ。


「……ごめん、ごめんね、ハヌ……！」

震えるか細い身体を、両腕でぎゅっと抱き締める。肩に顎を載せて、頬を寄せる。いつしか、僕の体も感情の奔流《ほんりゅう》に震え出していた。

「――本当にごめん……！　ごめんなさい……！」

熱い涙が、自然と頬を流れていた。

僕は大馬鹿野郎だ。どうしてこの子の手を離した？　この女の子は、こんなにも小さかったのに。こんなにも儚《はかな》かったのに。

全部、自分の勝手な思い込みだった。何もかも、自分の都合でしかなかった。僕はただ、我が身が可愛かっただけだ。ハヌのことを思っているつもりで、その実、これっぽっちもこの子のことを考えちゃいなかったのだ。

救いようのない愚か者だった。

「……でも、もう大丈夫だよ……」

ハヌがこんなにも怯えている。これは僕の罪だ。罪は贖わなければならない。

僕はさっき、なんて馬鹿なことを考えていたのだろうか。

どうせ死ぬならハヌの傍がいい？

ふざけるな。

守る。

絶対に、守ってみせる。

この子だけは何があろうと、他の何を犠牲にしても、必ず守り抜いてみせる――！

ハヌの頭を撫でて、僕はゆっくりと立ち上がった。

涙に濡れた顔で見上げてくるハヌに、僕はいっそ自然なほど柔らかく微笑み、囁く。

「僕が君を守るから」

「――――」

ハヌの顔が、呆気にとられる。とても信じられないものを見た――そんな表情だった。

この子が安心するなら、何でもするし、何でも言える気がした。だから、僕はこう言った。

「大丈夫だよ、ハヌ。安心して。君が言った通りだから」

適当な嘘を、けれど真実にするために。自分に言い聞かせるために、僕はその言葉を口にする。

「三分間だけなら、僕は世界最強の剣士だ」

背後でヘラクレスが動き出す気配を感じて、僕は振り返った。

巨大な英雄は上体を起こし、ゆっくりだけど、床に手を突いて立ち上がろうとしている。

その周辺には誰もいない。ダインも他の『スーパーノヴァ』のメンバーも、これ幸いと遠くへ逃げて、ヘラクレスの様子を窺っているのがあちらこちらに見えた。正直、彼らにも思うところや言いたいこともあったけれど、今はそれどころではない。

むしろ、ヘラクレスの近くに誰もいないのは僥倖《ぎょうこう》だった。手加減や躊躇をして勝てる相手じゃないのは分かっている。空間を目一杯使って、思いっきり戦える方が余程ありがたかった。

「……ラト」

背後からハヌに呼び掛けられて、僕は肩越しに振り向いた。

すると、現人神の少女はこちらを見ながら、どこか満足そうに笑っていた。

すん、と鼻を鳴らしてハヌは言う。いつも通り堂々と、それでいて、妙に誇らしげに。

「もう三日も待たされたのじゃ。あともう少しだけなら、待ってやってもよい。じゃから……さっさと片付けてこい」

くふ、と笑って、ハヌは僕の背中をぽんと叩いた。

僕も、あは、と笑って頷く。

「うん、分かった。ちょっと待ってて」

我ながら、朝食のパンでも買いに行くような感じだな、と思いつつヘラクレスに視線を戻す。

奴はもう立ち上がり、こちらを見据えていた。右手に剣、左手に盾。

僕も目元の涙を拭い、足元に転がしておいた黒玄と白虎を拾い上げ、構える。

『UUUUWWWWWWOOOOOOOO――!!』

雄叫びを上げ、ヘラクレスが駆け出した。

「――――ッ!」

歯を食いしばる。退路はない。ここから後ろは、ハヌのいる絶対領域だ。搦め手も作戦もない。

真っ向勝負だった。

「……すぅー……」

深呼吸をする。ハヌに殴られた左の頬がじんじんと熱い。それは、三日ぶりにあの子と触れ合った証だ。今は、それがとても嬉しい。紅葉のように赤く腫れているだろうけど、僕にとってはどんな勲章よりも誇らしいものだから。

だからこそ、守りきってみせる。

僕は口元に笑みを刻む。戦意は充分だ。体に漲《みなぎ》る感情に、怯えや恐怖はない。

〝ぼっちハンサー〟はずっと一人で戦ってきた。けれど今は、後ろに友達がいる。僕を見ていてくれる。これほど心強いものはない。

黒玄と白虎の切っ先を向けて、僕は叫ぶ。

「さぁ来い！　三分以内に片付けてやる！」

この瞬間、戦いの幕が切って落とされたのだった。


――とか何とか言いつつ、やはり僕はエンハンサーだ。

真っ当な剣士や戦士と違って、エンハンサーにはエンハンサーの戦い方というものがある。

僕は床を蹴り、ヘラクレスへ向かって走り出しながら術式を起動。現在、僕が同時に使用できるスロットは五つ増えて、十五。これ以上はまだ訓練が必要だから、今はこれで凌ぐしかない。

支援術式〈イーグルアイ〉×7。

支援術式〈リキッドパペット〉×7。

体の至る所で深紫のアイコンが生まれては弾け、術式が発動する。

小さな鳥が七匹、アイコンから生まれ一斉に飛び立った。それぞれの俯瞰視覚情報が、順次〝SEAL《シール》〟へと送られてくる。次いで、流体で形作られた僕の分身が七体、周囲に誕生する。

光学的幻術である〈ミラージュシェイド〉と違い、〈リキッドパペット〉は体温と同じ温度の水で形成された、実体型の分身だ。操作と制御は難しいが、よほど強力な攻撃でも喰らわない限り制限時間が切れるまで効果が続く、高度な術式である。

僕は七匹の〈イーグルアイ〉と七体の〈リキッドパペット〉に適当なアルゴリズムを突っ込み、自動化した。各々が対となり、〈イーグルアイ〉が得た視覚情報を〈リキッドパペット〉にフィードバック。情報を得た〈リキッドパペット〉がそれを以て動き方を決めるよう定めた。

こうして僕は八人に分身する。

『WWWWOOOOOOOOOO――――!』

地響きを鳴らして迫るヘラクレスを前に、『僕達』は散開。文字通り八方へ散っていく。

『WOO……?』

狙い通り、ヘラクレスの照準がぶれた。奴の視線が何人もいる僕の間を行き来する。

そのまま囮の〈リキッドパペット〉達に攪乱《かくらん》を任せ、僕自身は身体強化の〈ラピッド〉〈ストレングス〉〈プロテクション〉を三回重ね掛け、合わせて〈シリーウォーク〉を発動。

八倍の力を得て、僕は宙を駆け上《あが》る。

「づぁあああああっ!」

風のように接敵。奴の死角から飛び込んで、あらぬ方向を見ている頭部に向かって上昇、間合いに入ったところで黒玄と白虎を振り下ろした。

ガギン! と硬い手応え。マンティコアを一撃で屠った斬撃は、しかし奴の髪の毛一本切ることも出来ずに跳ね返される。やはり硬い。生半可な攻撃じゃ全然意味が無い。

『WOOO！』

頭に攻撃を入れられてようやく僕の存在に気付いたヘラクレスが、ぐりん、とこちらを視界に捉えて、剣を斬り上げた。

「ッ！」

僕は咄嗟に身体強化のギアを一段階上げ、大気を蹴って回避行動をとった。真下から跳ね上がってきた獰猛な刃を横っ飛びで躱《かわ》す。斬撃が空恐ろしい風切り音を纏わせてさっきまでいた空間を通り過ぎていく。その迫力に肝を冷やした僕は、白虎を鞘に収めつつ一時後退した。

必ず三分以内にこいつを倒す。けれど近接戦闘中にABSでプロセスが強制解除されたら、その瞬間に終わりだ。少しずつ段階を踏んで、身体強化のレベルを上げていかなければならない。

だけど、今の状態で奴の攻撃を受けたら、さっきの『スーパーノヴァ』のメンバーのように一刀両断だ。ならば――まだ上手く扱えないだろうけど、やるしかない。

僕は空中に立ったまま両手で黒玄を握り、頭上に高く掲げ、それに必要なキーワードを放った。

「――黒帝鋼玄、モードチェンジ！　モード〈大断刀〉！」

ヴンッ、と黒玄が震えた。瞬間、黒玄自体が内部機能として持っているギンヌンガガップ・プロトコルが起動、データ化して格納していた追加強化パーツを具現化していく。

『WWWWWWOOOOOO!!』

その一方では、ヘラクレスが僕の分身を相手に剣を振り回していた。奴の周囲にまとわりつく〈リキッドパペット〉は、流体であるため斬られてもすぐに再生し、何事も無かったように動きを再開する。

『WOOOOOOOOOO!』

斬ってはすぐ元通りになる七人の『僕』を、ヘラクレスは狂ったように切り刻み続ける。このゲートキーパー、もしかしたら破格の攻撃力と防御力のかわりに、アルゴリズムはひどく単純なものなのかもしれない。例えば――敵対者が動かなくなるまで攻撃しろ、とか。これなら戦闘の序盤、『スーパーノヴァ』が攻撃するまで動かなかった理由も合点がいく。

奴がそうやって偽物と戦っている間に、黒帝鋼玄のモードチェンジが完成した。

いまや僕の手に握られているのは、柄部分が一メルトル、刀身が二メルトルにも及ぶ超大型武器だ。元の黒玄の全長は二メルトルなので、長さは一・五倍。刀身の太さや厚みなどは三倍にまで膨れ上がり、全体は巨大な鉈のようなシルエットへと変化していた。

これがモード〈大断刀〉――祖父の形見、黒帝鋼玄に秘められた力の一つ。その名の通り、あらゆる物を力尽くで断ち切るための形状である。

身体強化のギアを上げ、強化係数を三十二倍に。僕にこの〈大断刀〉を操る技術はないが、筋力だけなら充分に用意できる。

「はぁあああああああぁっ!」

僕は〈大断刀〉を構えると、再びヘラクレスに向かって空中を疾走した。彼我の距離を一瞬で潰し、囮に夢中になっているゲートキーパーの背中へ、大きく振りかぶった一撃を叩き込む。

「――ぐうっ……!?」

しかし掌に返ってくる強烈な衝撃。鋼鉄の塊を殴ったような反動に、腕が痺れる。

――まだか……！　まだ攻撃が通らないのか!?

『WWWWOOOOOOOOOOO！』

ヘラクレスの反撃。右から水平に迫る――敏速性も三十二倍になっているはずなのに速いと感じる――巨剣に、避けられないと判断した僕は、咄嗟に〈大断刀〉を打ち合わせた。

刹那、目の前が真っ白に爆発した。それほどの衝撃を感じた。

「――ぐぁっ……!?」

視界が明瞭になったかと思った瞬間、凄まじい衝撃が僕の全身を貫いた。

「……なっ……!?」

気が付いたら、ヘラクレスが遠く離れた場所にいた。わけが分からない。ふと、背中に硬い感触。何かと思えば、それはセキュリティルームの壁だった。

そこでようやく気付いた。ただの一発で部屋の端まで吹き飛ばされ、自分は背中から壁に激突したのだ、と。

「……がはっ……！」

ダメージを認識した瞬間、思い出したように肺と胃の腑が、ぐるり、と痙攣《けいれん》した。

「おぇっ――！」

込み上げてくる吐き気をこらえきれず、僕は空中の壁際に立ったまま吐血した。ディープパープルのフォトン・ブラッドを、ジョッキ一杯分ぐらい嘔吐《おうと》する。びちゃびちゃと深紫の液体が床に跳ね、汚い模様を描いた。

たまらず〈シリーウォーク〉を解いて床に降り立ち、涙目で回復術式〈ヒール〉を発動させる。

「はぁ……はぁ……はぁ……！」

こんなに血を吐いたのは初めてだった。自分の内部から、こんな大量の液体が出てくるとは夢にも思わなかった。

口元の汚れを拭いながら、囮の〈リキッドパペット〉を相手に暴れ回るヘラクレスを見据える。

強い。強すぎる。いくら僕が脆弱《ぜいじゃく》だったとしても、身体強化で能力を三十二倍にまで上げているのだ。だというのに、このダメージである。忘れているはずの恐怖を思い出してしまいそうだった。

「――お、おいお前！　な、なにしてんだ！　死ぬぞ！」

出し抜けに横合いから声がかかった。

うるさい誰だ、邪魔をするな――戦闘モードの僕はそいつをうざったく思う。目だけを動かして一瞥をくれると、そいつは誰あろう、あのダインだった。

ついさっき地獄に堕ちても文句が言えないことをやってのけた男は、僕を指差し、何故か偉そうにこんなことを言った。

「バ、バカかお前は！　死ぬぞ！　か、勝てるわけがないだろ！　意味ねえだろ、こんなとこまで来やがって！　何考えてんだ！　こ、これだから〝ぼっちハンサー〟はよぉ！」

ゴミだと思った。こんな時に言うべき言葉が、そんなものなのか。心の底から、こんな奴どうでもいいと思った。だから僕はそういう目で奴を見てから、無言で視線を外した。

こんな奴の相手をしている暇なんかない。今は生きるか死ぬかの瀬戸際だ。そういう『シンプル・イズ・ベスト』なのだ。

「〈ボルトステーク〉〈ボルトステーク〉〈ボルトステーク〉……」

スロットに攻撃術式を装填しながら、同時に空きスロットで支援術式も発動。身体強化を重ね掛け、強化係数を六四倍に。今回は〈フォースブースト〉×10も追加。僕の術力は並のエクスプローラーの百分の一程度だから、これでようやくその十倍ぐらいだ。

「〈ボルトステーク〉〈ボルトステーク〉〈ボルトステーク〉」

床を蹴って走り出す。走りながら、もう一度身体強化。強化係数を百二十八倍に。

「〈ボルトステーク〉〈ボルトステーク〉〈ボルトステーク〉〈ボルトステーク〉――――！」

加速。〈大断刀〉を両手で振りかぶり、さらに身体強化。強化係数を二百五十六倍に。なおも加速。

加速して、加速して、加速。

「おおおおおおおおおおおおおッ！」

自分の声さえ置き去りにしながら僕はヘラクレスめがけて疾駆《しっく》。

振り上げた〈大断刀〉に攻撃術式〈ボルトステーク〉×10を装填。漆黒の刃紋に雷針のアイコンを並べ、まさしく迅雷が如き速度で奴の足元へ食らいついた。

「――――ッ！」

ヘラクレスの右足、その臑《すね》へ〈大断刀〉を袈裟斬りに振り下ろす。直撃する刹那、十個の〈ボルトステーク〉を同時に発動。

雷霆よろしくぶち込んだ。

『──WWWWWOOOOOO!?』

眩い閃光が炸裂し、奴の口から悲鳴の響きが迸る。

やった。今度こそ僕の攻撃はヘラクレスの装甲を破り、右足を打ち砕いた。落雷の直撃を受けて爆《は》ぜ割れる巨木のように、ヘラクレスの足が──

否、砕いたと思った瞬が、何故か時間を巻き戻すかのように再生していく。

「──なっ……!?」

『UUUUURRRRRROOOOOO!!』

悲鳴が力強い咆哮へと変化した。確かに破壊したはずの足がしかし、しっかりと床を踏みしめ
──ヘラクレスが剣の切っ先を僕に向ける。

──なんだこれ……!?

頭上からすくい上げるような斬撃が来た。ゴルフのスイングのように、半円を描いて僕を斬る軌道だ。今の強化係数ならさほど速いとは思わなかったけど、〈大断刀〉を振り切った体勢の僕には即座の対応が出来ず、止むを得ず防御を選択するしかなかった。

〈スキュータム〉をフルスロットで発動。十五枚の術式シールドを──足の裏に！

『WOOOO！』

迫り来る縦の刃へ向けて、右足の裏に展開する重層術式シールドを蹴り込むように叩き込んだ。

激突する。

「――――～ッ⁉」

そら恐ろしいことに、十五枚中の十枚までもが一気に切り裂かれた。十一枚目でようやく切断の威力を殺しきり、術式シールドががっちりと刃を挟み込む。

けれど勢いだけは止められず、僕は半弧を描く剣に乗る形で真上へ跳ね上げられてしまった。天井に向かって猛スピードで吹っ飛ばされる。

瞬間、これは好機だ、と判断した。

空中で姿勢を制御して、天井に着地する体勢に入る。

「〈フレイボム〉〈フレイボム〉〈フレイボム〉〈フレイボム〉〈フレイボム〉――」

そうしながら早口で攻撃術式を装填していく。

コンバットブーツの爪先が天井に触れ、着地。僕は膝を曲げて衝突の勢いを殺し、逆に力を溜めていく。天地が逆転した視界の中、僕にとって真上にいるヘラクレスのつむじを睨む。

先程の再生能力――あれはおそらく、ルナティック・バベルの外壁が持っているのと同じ〝自己修復〟機能に違いない。きっと生半可な攻撃では奴を撃破することは出来ないのだ。

ならば、急所を一気に破壊し尽くすしかない――！

「――〈フレイボム〉〈フレイボム〉〈フレイボム〉〈フレイボム〉〈フレイボム〉！」

合計十個の〈フレイボム〉同時起爆。たとえ制限フィールドで術力が弱まっていようと、千二十四倍の爆発力ならば。

下半身に蓄積した力と反動を合わせて、僕は天井を蹴った。

床へ向かって、そしてヘラクレスへ向かって、稲妻の如く跳躍する。

「――ぁあああああああああッ!!」

奴にしてみれば、僕が跳弾のように天井から戻ってきたように感じられただろう。

空中で身を丸めて回転して、遠心力を味方にする。勢いそのままヘラクレスの頭頂めがけて〈大断刀〉を叩き付けた。

ガン！　と確かな手応えを得た瞬間、剣に籠めた術式全てを一気に発動。

『WO――!?』

爆裂した。

爆発音はあまりにも大きすぎて、僕には『音』として認識できなかった。ただ衝撃で全身がビリビリと震え、爆風に弾き飛ばされる。

〈フレイボム〉の威力増加は、爆撃範囲だけはそのままに中心部の破壊力だけが増す。つまりは高圧縮の爆裂だ。これだけの威力なら、今度こそきっと――！

そう思いながら――ある意味、一縷《いちる》の望みだったと言っても過言ではない――床に着地した僕の目に、信じがたい光景が映った。

僕の十連〈フレイボム〉は、確かにヘラクレスの肩から上を全て爆ぜさせていた。むしろ胸の中程までを抉り、それが人間であれば即死級の結果を生んでいた。

しかし。

再生、していく。時間が巻戻るように、奴を構成する金属がウネウネと動き、失った部位を修復していく。

「……！」

失望感が視野を黒く塗りつぶしていくようだった。今ので駄目なら、一体どうすればいいんだ？　十五連〈フレイボム〉か？　いや、そもそもそういう問題か？　僕は何か見落としてないか？

めまぐるしく頭を回転させる僕の耳に、ひどく不吉な電子音が届いた。しかも、ヘラクレスのいる方角から。

『POWER　UP』

違う、電子音ではないし、いつもの『WWWWOOOOOO』という単純かつ野蛮なものではなかった。それは確かに、意味のある『言葉』だったのだ。

心臓が鷲掴《わしづか》みにされたかと思うほどの戦慄が走った。

『SPEED　UP』

――まさか。

『DEFENSE　UP』

――まさか、まさか、まさか。

『ARMS　EXPANSION』

ついに完全再生されたヘラクレスの貌、その両眼から突然、青白い光が放たれた。そして、褐色の肌の上を走る、同じ色の幾何学模様。

——そんな、馬鹿な。有り得ない。こんなの、絶対おかしい。

この二〇〇層のゲートキーパーを設定した古代人は、間違いない、絶対に悪魔だ。

ゲートキーパーが、術式を使うだなんて——！

『UUUUURRRRWWWWOOOOOOOOOO!!』

ヘラクレスが野太い雄叫びを放ち、その胸の中央に、図体からすれば非常に小さなアイコンが連続して現れた。

アイコンが弾け飛び、奴の金属的な肉体が変質していく。

我が目を疑いたかった。けれど、目に映るものは現実でしかなかった。

ヘラクレスの両肩、そして両の脇腹が、ぼこり、と盛り上がった。かと思った瞬間、そこから飛び出すように新しい腕が生えた。

ほんの一刹那で、奴は人間の英雄から六本腕の怪物へと変化したのである。

それぞれの手に、斧、槍、棍棒《こんぼう》、ブラスナックルが具現化され、握られる。さらには、元々持っていた盾の表面にまで棘が生えるおまけ付きだ。

「…………」

足元の影から闇色の手が幾本も伸びてきて、体にまとわりついてくるイメージ。どろりとしたコールタールのようなものが、胸の内に溜まっていく感覚。

これがきっと、掛け値なしの絶望、というものなのだろう。目を開けていてなお、目の前が真っ暗になるとは思わなかった。

「……――ッ！」

けれど、僕は歯を食いしばり、〈大断刀〉の柄を強く強く握り込んだ。

今ここで、僕に絶望する資格なんて、諦める権利なんて、これっぽっちも無い。僕が負けたらハヌも殺される。それだけは――それだけは、何があろうと絶対にあってはいけないんだ！

〝SEAL《シール》〟の体内時計を確認すると、戦闘開始から既に三十秒が過ぎていた。

支援術式の有効時間、あと百五十秒。

僕は不屈の闘志を燃やす。最後の最後まで、絶対に諦めない。諦めてたまるものか。

支援術式を発動させ、身体強化のギアをさらに一段階上げた。強化係数、五百十二倍。おそらくこれが、今の僕が安定して使える最大の強化係数。この二日間の特訓で、ここまでは確認していた。

「――でやぁあああああああああっ！」

心にまとわりつく絶望を払いのけるように叫び、僕は再び走り出す。

勝つしかないのだ。ハヌと一緒に生き残るためには。

それから何合も何合も、剣を打ち交えた。

僕は〈リキッドパペット〉を囮に使い、〈シリーウォーク〉で空を駆け、〈スキュータム〉で絶え間なく降り注ぐ攻撃を防ぎ、〈大断刀〉で奴を幾度も斬りつけた。

術式らしきものを使用したヘラクレスは、やはりその音声から察する通り、能力が強化されていた。おそらくは、この状態こそが奴の『本気』だったのだろう。力は強く、動きは速く、装甲は硬く――何より、圧倒的に増えた手数がどうしようもなく厄介だった。奴の強化係数がどれほどのものかは分からないが、なにせ元々の性能が段違いだ。僕は五百倍以上もの強化をしているというのに、どうしても奴を大きく上回ることが出来ない。

戦闘は拮抗《きっこう》状態に陥り、僕は極限状態を維持したまま、必死に戦い続けた。

六本の腕から放たれる種々様々な攻撃をかいくぐり、囮の〈リキッドパペット〉に引っかかった隙を衝いて、奴の首を、胸を、腹を、腰を、太股を掻き斬ってやる。しかし、そのどれもが堅固な装甲に阻まれ、ほとんど傷つけることが出来なかった。ならば、と攻撃術式を併用して攻撃しても、今度は毛ほどの傷しか付けられず、それもやはり瞬時に再生、修復されていく。

「ハァ……ハァ……ハァ……！」

くそ！　このゲートキーパーには弱点がないのか⁉　耐久力に限界はないのか⁉　このままじゃ、このままじゃ――！

肋骨の内側を焼くような焦り。呼吸がつらい。残り時間は六十秒。既に百二十秒も戦っている。客観的な数字だけで見れば短い時間だけど、僕の主観ではもう何時間も戦っているような気分だった。

強化係数は高いまま、けれど僕自身のパフォーマンスが落ちつつある。

言うまでもない。疲労だ。いくら身体強化を施しているとはいえ馬鹿みたいな運動量をこなしているのだ。しかも速く動きすぎているせいか呼吸が上手くいっていない気がする。息苦しさがさっきから消えない。酸素が足りないのだ。このままだと制限時間が切れる前に酸欠になってしまうかもしれない。フォトン・ブラッドの消費量もメチャクチャだ。もう一体どれぐらいの術式を発動させた？　憶えていない。とにかくたくさんだ。このままじゃ酸欠の上に、貧血が重なって、
突然、くらっと来た。

途端、頭上から圧迫感が迫る。

『UUUUWWWWWWWOOOOOOOOOO!!』

「!?」

戦いながらほんの一瞬だけど意識を失っていた。その隙を狙って、ヘラクレスが剣と槍と斧をまとめて打ち下ろしてきたのだ。

「——くぁっ……!?」

本能的に〈大断刀〉を盾のように構え、その上に〈スキュータム〉を重ね掛けして防御する。

「くっ……のっ……！」

何枚かのシールドが激突の瞬間に砕け散ったが、どうにか受け止めることが出来た。けれど、押し返せない。三本の武器が僕を押し潰そうと、さらに重量をかけてくる。僕は床を踏みしめ、歯を食いしばり、ひたすらに耐える。

「く……そ……！」

頭が朦朧《もうろう》とする。息が苦しくて、手足に思うように力が入らない。駄目なのか？　ここまでなのか？　僕はここで無様に負けて、ハヌを守れなくて、何も出来ないまま——死んでしまうのか？

——そんなの駄目だ！　何があろうと、あの子だけは、ハヌだけは！　絶対に！　絶対に守って

みせるんだ！

でも、もう感覚が——手が冷たくなって——頭の中がふわふわしてきて——駄目だ——視界がブレて——嫌だ——足がもう——ちくしょう——耳に声が——誰かの声が——

誰かの声が聞こえる……？


「ラトぉ————————————————ッッ!!」


聞き違えるはずもなかった。

ハヌだ。ハヌの声だ。

ハヌが、僕を呼んでいる。

どうして？

決まっている。

応援しているのだ。

僕を、励ましてくれているのだ。


「負けるなラトぉ————————————————ッッ!!」

もしかしたら、ハヌはずっと僕に声援を送ってくれていたのかもしれない。叫んでくれていたのかもしれない。

ただ僕が戦いに必死になりすぎて、聞こえていなかっただけで。

僕はいつもそうだ。さっきも本人から言われてしまった。ちゃんと話を聞け、と。

いつもいつも、僕は自分の都合ばかり優先して、ハヌの話をちゃんと聞けていないのだ。

大体、あの子はどうしてこの浮遊島にいる？　『極東』の現人神なのに？　何故エクスプローラーになりたいと？　そもそも、あの子の年齢はいくつなんだろう？　僕はそんなことさえ、まだ知らないのだ。

悔しい。もっと、もっと知りたいのに。ハヌといっぱいお喋りしたいのに。あの子の笑顔を、たくさん見たかったのに――

なのに、もう、意識が、薄れて――

頭の中が　空っぽに

「がぁあああああああああああああああああああああああああああああああッッッ！！！」

まともな思考など消え失せた状態で、喉からケダモノじみた咆哮を上げた。

支援術式〈ラピッド〉〈ストレングス〉〈プロテクション〉を追加発動。

強化係数、〝SEAL《シール》〟の限界である千二十四倍へ。

後先なんて何も考えていなかった。理性など蒸発《じょうはつ》していた。ただ闘争本能の赴くまま、体が勝手に動いていた。

――ぶっ潰す。

こいつを屠殺して、蹂躙《じゅうりん》して、消滅させてやる――！

強化された全身の力を総動員して、上方から押し込まれているヘラクレスの剣と槍と斧を押し返していく。

「――ッらぁっ！」

背筋が伸び切ったと同時、〈大断刀〉を振り上げて一気に弾き飛ばした。

間延びした時間の中、ゆっくりとヘラクレスの武器が上空へ上がっていく。

三本の腕を跳ね返されたヘラクレスは、今度は残る三本の腕に握ったバトルメイス、スパイクシールド、ブラスナックルを叩き込んで来た。

笑わせるな。遅すぎる。タイミングを合わせ、返す刀でそれらも弾き返した。

全ての腕を打ち払われたヘラクレスの上体が泳ぎ、バランスを崩す。千倍速の世界から見ると、その姿は象よりもノロマで滑稽《こっけい》だ。

がら空きになった腹に〈大断刀〉の切っ先を向けて突きの体勢をとり、剣術式を叫ぶ。

「〈ドリルブレイク〉！」

深紫の輝きが螺旋を描く錐《きり》の形をとって〈大断刀〉の刀身を覆った。背からフォトン・ブラッドを放出して全身が加速。ドリルを猛烈に回転させ、撃ち出されたライフル弾のごとく突撃する。

ドリルの切っ先がヘラクレスの腹筋の真ん中に突き立ち、噴き出す鮮血にも似た形で火花が狂い咲いた。やはり硬い。否、硬い以上にこの材質は受けた衝撃を分散させ逃がしている。故に許容以上の衝撃を与えない限り砕くことが出来ないのだ。

いい、だから。

「〈ドリルブレイク〉！」

剣術式に剣術式を重ねた。ドリルの上にドリルが生まれ、さらなる回転を生む。

「〈ドリルブレイク〉！」

さらに上乗せ。回転速度が上がる。それでもヘラクレスの装甲は貫けない。

舐めるな。ならば貫くまでやってやる。

「〈ドリルブレイク〉！」に「〈ドリルブレイク〉！」を「〈ドリルブレイク〉！」から「〈ドリルブレイク〉！」へ「〈ドリルブレイク〉ッ！」の「〈ドリルブレイク〉ッ！」で「〈ドリルブレイク〉ッ！」して「〈ドリルブレイク〉ッ！」このまま「〈ドリルブレイク〉ッ！」一気に「〈ドリルブレイク〉ッ！」貫け「〈ドリルブレイク〉ッッ！」ぶち抜けぇええええええええ「〈ドリルブレイク〉ッッ！」えええええええぇぇぇぇぇエッツッ！！！

ピキリ、と亀裂が走った。

生じた裂け目に〈ドリルブレイク〉の先端が分け入り、さらに傷口を広げていく。〈大断刀〉の刀身が半ばまで入ったところで、全〈ドリルブレイク〉をキャンセル。

「〈フレイボム〉」

そのまま新たに攻撃術式を起動。いっそ囁くような静かな声で、起動音声を唱え続ける。

「〈フレイボム〉〈フレイボム〉〈フレイボム〉〈フレイボム〉〈フレイボム〉――」

胸や肩、額など体のあちこちにアイコンが浮かび上がり、攻撃座標を決める光線が伸びていく。その全てを、〈大断刀〉が突き刺さっているヘラクレスの傷口へと一点集中させる。

「〈フレイボム〉〈フレイボム〉〈フレイボム〉〈フレイボム〉――」

一本、また一本と深紫の光線が増え、追加されていく。

何も聞こえない静かな空間。ゆっくりと流れる時間の中。少しずつ動いていくヘラクレス。その腹に突き刺さった漆黒の大太刀。そこへ殺到する光の線。

「〈フレイボム〉〈フレイボム〉〈フレイボム〉〈フレイボム〉――」

十六個目の〈フレイボム〉を起動させた瞬間、ぷちん、と『何か』が切れる音がした。

どこかの大事な神経だったかもしれない。あるいは、限界を定めていた枷《かせ》だったかもしれない。

そんなことどうでもよかった。気にしちゃいなかった。

粉微塵にしてやる。

それしか頭になかった。

「――〈フレイボム〉〈フレイボム〉〈フレイボム〉〈フレイボム〉〈フレイボム〉〈フレイボム〉〈フレイボム〉〈フレイボム〉〈フレイボム〉〈フレイボム〉〈フレイボム〉〈フレイボム〉〈フレイボム〉〈フレイボム〉〈フレイボム〉〈フレイボムフレイボムフレイボムフレイボムフレイボムフレイボムフレイボムフレイボムフレイボムフレイボムフレイボムフレイボムフフフフフレレレレレイイイイイボボボボボボボムムムムムムムム――」

あまりにも早口すぎて外界では『キィィィン』という金属音にしか聞こえないだろう速度で起動音声を連呼して、体内のフォトン・ブラッドが空っ欠になるまで術式を装填し続けた。

何がどうなってしまうかなんて想定の埒外だった。

限界を超えた負荷に鼻血が出てこようとも、何とも思わなかった。それでもなおダメ押しの、

「〈フレイボム〉」

体のあちこちから何十本もの光の導火線が伸びて、ヘラクレスの体内に入り込んでいる。

今、最後の一本が、そこに合流した。

それを見届けて、ぽつり。

一言だけ、掠れた声で呟いた。

「くたばれ」

起爆した。


気が付いたら、どこだか分からない床の上に転がっていた。

多分、自分で起こした爆発に吹き飛ばされたのだと思う。

頭が朦朧としていて、自分の体がどうなっているのか、それすらも分からなかった。

ただ、誰かが僕の体を揺さぶり、泣き叫んでいる声が聞こえる。

「──ラト──っしろ──ト──だいじょ──ぬな──ラト──」

とても必死な、だけど途切れ途切れにしか聞き取れない声。耳が馬鹿になっているのだ。けれど……ああ、これはきっとハヌだ──と分かった。

首元に暖かい感触。暖めたタオルを巻き付けられているような、とても心地のいい体温。

僕は何とか力を絞り出して、うっすらと瞼《まぶた》を開けた。

まず最初に目に入ったのは、遠く向こうにプカプカと浮かんでいる、青白い巨大なコンポーネント。もう吃驚する気力も残っていなかったけど、やっぱり意外に思った。さっきのアレは、コンポーネントごと消し飛ばしてやるつもりでやったのに。なんて化け物だったんだろうか、あのゲートキーパーは。

次いで、視界の端に綺麗な銀髪が映っていた。
どうやらハヌが僕に抱き付き、体を震わせて泣いているようだった。
そこでようやく、僕は自分の勝利を認識した。
よかった……勝てたんだ……
これで、ハヌも無事に帰れる。もう、何も心配することはない――
そんな安堵の思いを最後に、僕の意識は今度こそ闇の奥底へと落ちていった。
最後の最後まで、ハヌが僕を呼ぶ「ラト」という声が耳の奥で響いていた。

# ●13　喧嘩して仲直り　雨降って地固まる

当然ながら、無理をしすぎたらしい。

気を失った僕は病院へ担ぎ込まれて、なんと丸二日もベッドで眠っていたそうだ。

その間、僕の〝SEAL《シール》〟にあらかじめ設定してあった医療用ポートを通じ、病院勤めのヒーラーさんが上級回復術式を駆使して何とか治療してくれたのだという。

そのヒーラーさん曰く、担ぎ込まれた時の僕は、それはもう生きているのが不思議なほどの重体だったという。

全身のいたるところが骨折していて、部位によっては吹き飛んで失くなってしまっていたりして。およそエクスプロールで負うような怪我ではない――とヒーラーさんは語った。具体的にどの部分が吹き飛んでいたのかは、怖くて聞けなかったけれど。

なおかつ〝SEAL《シール》〟のプロパティも色々なところがおかしくなっていたらしく、「その調整やリンクも含めて、治療するのが大変だった」と怒られてしまった。

「す、すみませんでした……」

と謝りつつ、流石に術式制御を暴走させて、限界以上の攻撃術式を同時起動した挙げ句、自分で起こした爆発の余波で大怪我しただなんて、そんな恥ずかしいことは口が裂けても言えなかった。

しかし、〝SEAL《シール》〟の調整などを含めて高額になってしまった治療費や、また担当のヒーラーさんから頭ごなしに怒られたことなどより、僕を深く打ちのめした事実がある。

それは、見るも無残に砕けてしまった黒帝鋼玄の姿だった。

漆黒の刀身が残っているのは、ハバキから伸びるほんの僅《わず》かな部分だけ。そこから先の刃は粉々になっており、もはやその形状は武器と呼べる代物ではなかった。

当然と言えば当然の結果だった。あのヘラクレスの防御力、再生力を超えて粉々にするだけの重複〈フレイボム〉だったのだ。いくら支援術式の加護があったとはいえ、その渦中にあった〈大断刀〉が無事で済むわけもなく——実際そこから少し離れていた僕自身も重傷を負ったわけで——、ご覧の有様である。

不幸中の幸いは、黒玄そのものを〝SEAL《シール》〟に紐付けしておいたおかげで、飛び散ったであろう破片も含めて全て回収できていたことだ。僕が気絶した瞬間、具現化が切れて自動的にギンヌンガガップ・プロトコルでデータ化されたのである。ここまで壊れてしまったら、流石に自己修復機能が備わっているとはいえ、完全回復は望めないだろう。一度、故郷の祖母に見てもらわなければなるまい。

早いところ連絡をとっておかないとなー、それまではしばらくエクスプロールは休まないといけないかなぁ……——などと考えていたこの時の僕は、つまり自分が眠っていた二日間、外界で何が起こっていたのか、これっぽっちも知らなかったのである。

というか、知る由も無い。

二〇〇層のゲートキーパーを単独で倒した僕に、一部の人が巨人殺しの勇者――〝ベオウルフ〟という二つ名をつけていたことも。

同じく、現場であの戦いを見ていた一部の人が、自己の理解を超えた強さに恐怖して、僕を〝怪物《モンスター》〟と呼び始めていたことも。

いくつものクラスタが、僕とハヌを合わせて仲間に入れようと画策し、ぶつかり合い、喧嘩していたことも。その騒動をヴィリーさんとカレルさんが仲介し、話し合いへ持ち込ませ、奇妙な取り決めを作っていたことも。

あと瑣末《さまつ》ながら、あのダインが私刑に処されていたことも。

まったく、全然、知らなかったのである。

「お、お世話になりました」

受付カウンターで支払いを済ませ、病院を辞する。

僕が昏睡している間、ヴィリーさんとカレルさんが一度だけ見舞いに来てくれたらしい。看護士のおば――お姉さんがそう教えてくれた。「えらい美人と、ものすごくかっこいい男がお見舞いに来てたのよ！　あなたすごいわねぇ！　実はお金持ちなの？」――なんというか、最後の一言にモニョってしまうのは僕の心が狭いからなんだろうか？

ちなみに、ヴィリーさんからはダイレクトメッセージも届いていた。目が醒《さ》めたら連絡が欲しい、心配している。また、カレルさんが聞きたい話があるとも言っている――と。

ヴィリーさんとカレルさん、二人の姿を見た人は看護士のお姉さん以外にもたくさんいた。

だけど——ハヌらしき姿を見た人は、一人もいなかった。

こうして出入り口に向かって病院の廊下を歩いている今でも、頭に思い浮かべるのは、あの小さな女の子のことばかり。

僕が眠っている間、彼女はどうしていたのだろうか。またぞろ、あのダインが変なことをしてやいないだろうか。いやいや、流石に大勢の前であんなことをされたのだ、流石にハヌだって怒っているだろうし、何を言われても拒否していることだろう。

というか、ハヌはきっと、僕に対して一番怒っているはずだと思う。多分、いっぱい心配をかけた。気を失う直前、僕に抱きついて泣き叫んでいたハヌの声を覚えている。

見舞いに来てくれてないのは、もしかしたら人目を避けるためなのかもしれない。そうだ、ヴィリーさん達が来たのは、ハヌの代理という意味があったのかもしれない。いや、これは僕が『そうあって欲しい』と思う願望でしかないのだけど……

「——」

出入り口に着く直前、ふと胸に去来した不安に、僕はピタリと足を止めた。

——もし許してくれなかったら、どうしよう?

あの時は、ヘラクレスがいて、非常事態だった。ハヌは僕を殴ったし、僕もごめんなさいって謝った。だけど僕はまだ、ハヌに許してもらっていない。少なくとも、許しの言葉をもらっていない。

——ラトなんぞもう知らぬ——妾はもう別の者達と行動することにした——おぬしはおぬしで好きにするとよい——おぬしと妾とでは、到底釣り合わぬ——

想像力が暴走していた。自分で作った勝手なイメージが、僕自身をしたたかに傷付ける。

あの時、自分からさよならを言ったことを――自分勝手にハヌの手を振り払ったことを、僕は後悔している。自分勝手で、臆病で、我が儘で、弱虫だった。多分、それは今でも変わらない。だけど、あの選択だけはしてはいけなかったのだ。あの時、ダインの言葉に頷くべきではなかったのだ。

なのに、僕は――

「……はぁぁぁぁ……」

全身を使って大きく溜息を吐く。

駄目だ駄目だ。考えれば考えるほど、どつぼに填《はま》っていく気がする。ここで悩んでいても仕方がない。とりあえず一度部屋に戻り、祖母と連絡をとって、後のことは後で考えよう。

歩みを再開して、病院の玄関を抜ける。

時刻は昼前。浮遊島であるフロートライズはいつだって快晴だ。陽光の眩しさに、少し顔を顰《ひそ》める。段差とスロープのある場所をゆっくりと降りて、敷地外へ出るため正門を目指して歩く。

そんな僕の背中に、

「のう、そこのおぬしよ、一つ聞きたいのじゃが」

突然、聞き覚えのある声が掛けられた。

「妾は故あって身分を隠しているのじゃが、やはりパーティには入れてもらえんのじゃろうか？」

「――――」

足どころか心臓まで止まるかと思うほど、体が驚きにすくんだ。いきなり全身が石像になったみたいだった。真実、僕は呼吸すら忘れた。

誰何《すいか》する必要なんてなかった。僕がこの声を聞き間違えるはずがない。それも、いつかどこかで聞いたようなフレーズを口にするなんて――世界中を探したって一人しかいやしない。

一体いつの間に背後へ回られたのだろうか。それとも、僕が気付かずに側を通り過ぎてしまったのだろうか。

「……ふむ、返事がないようじゃが、聞こえておるかの、そこのおぬし」

「…………聞こえ、てる、よ……」

僕は棒立ちになったまま、振り返ることも出来ず、震える声で応えた。

背中にかかる声はとても軽やかだった。そう――まるで、何事もなかったみたいに。

「そうか、それは重畳じゃ。して、どうなんじゃ？　妾は必要ないのかの……？」

そんな聞き方は意地悪だと思った。だけど、その語尾がわずかに震えていることに、遅れて気が付いた。多分、わざとじゃない――不安なのだ。彼女も、きっと。

僕はゆっくり、首を横に振った。

「そんなこと、ないよ……必要、だよ……」

涙は、いつの間にか頬を流れ落ちていた。

嬉しかった。彼女の方から声を掛けてくれたことが。仲直りのきっかけを作ってくれたことが。

本来なら僕からするべきことだったはずなのに――否、だからこそ。

ハヌから歩み寄ってきてくれた――それが、たまらなく嬉しかった。

僕は情けなく、鼻水をすすりながら、想いを口にする。

「僕には、君が必要だよ、ハヌ……」

「……ほう？　それは本当か？」

からかうような、でも伺うような、そんな声。僕は流れる涙をそのままに、深く頷く。

「うん……本当だよ」

「本当の本当か？」

すると真剣な語調で、念入りな確認をされた。だから、僕はもう一度頷く。

「うん、本当に本当だよ……本当の本当に、君が必要だよ、ハヌ」

「――しかし、おぬしはまた、妾の手を離すのではないか……？」

疑るような、怯えるような声に、首を横に振る。心の底から答える。

「ううん、もう離さない……もう絶対に離さないよ。約束する」

「――じゃが、妾とおぬしとでは、釣り合わぬのではなかったのか……？」

「もう、そんなの関係ない。僕は、君と一緒にいたいんだ」

断言した。ほとんど――というか全部が願望だったけど、それが僕の正直な気持ちだった。

両眼が熱い。喉が痛い。鼻の奥がツンとする。

「――ごめんね、ハヌ……勝手なことばかり言って……だけど、本当なんだ。僕は、また君と手を繋ぎたい……君と話がしたい……君と、一緒にいたいんだ……！」

もう嗚咽も我慢出来なかった。僕は泣きながら、喉を詰まらせながら、情けないことを言う。

「だから、僕の方から、改めてお願いします……！　僕の、友達に、なってください……！　僕の、一番の親友に、なってください……！」

ただただ、胸の内から溢れる想いを――

「――僕と、これから、ずっと……一生、一緒にいてください……っ！」

結局の所、僕はどこまでも身勝手なのだ。ハヌを慮《おもんばか》ることも、その気持ちを察することも上手く出来ない。いつだって、自分のことだけで精一杯だ。

だから、そんな僕が唯一、誠意を見せられるのだとしたら、それは正直でいること。決して嘘をつかず、ありのままの想いを、素直に吐露することだけだった。

胸に浮かんだ言葉をそのまま吐き出した僕に、果たして、ハヌはこう言った。

「……ばかもの……」

カラン、コロン、と下駄の鳴る音がして、腰周りに細い何かが回される感触。

ハヌが、後ろから僕に抱き付いたのだ。

背中にハヌの声を、直に振動として感じる。

「ラトのばかもの……妾とおぬしは、とっくに友達じゃ……唯一無二の親友じゃ。今更その縁を無かったことにするなど、この妾が許さぬ」

その言葉は、僕の涙の堤防をさらに決壊させた。僕は滂沱《ぼうだ》と泣きながら、何度も頷く。

「うん……！　うん……！　ごめん、ごめんね、ハヌ……！」

くふ、とハヌが笑った。

「ばかもの、何を泣いておる。嬉しいのか悲しいのか、どっちなんじゃ」

「——だって……！　だって……！」

「まったく……泣き虫じゃのう、ラトは。妾よりでかい図体をしておるくせに」

僕はずびずびと鼻水を啜る。もう顔中がビチャビチャで、大変なことになっていた。

「——よし、ラトよ。こちらへ向いて膝を突くがよい」

服の袖で顔をぐしぐしと拭っていると、ハヌが僕の腰から腕を離して、そう指示した。それは、僕とハヌが向き合って話をする時の定番の形だった。

「……？」

わけも分からぬまま、とりあえず言われた通りにする。

なんだか久しぶりに近くで見たような気がするハヌは、今は外套のフードを下ろしていて、綺麗な銀髪とヘテロクロミアを露出させていた。だけど、その宝石みたいな両眼は——

「……あれ……？　もしかして、ハヌも泣いて——」

「いちいち口にするでないわっ」

「ふぶっ？」

いきなり小さな両手が僕のほっぺたを挟み込んで、唇の動きを阻害した。

どう見たって、それは泣き腫らした目だった。ハヌの金目銀目が、変な言い方だけど、ウサギみたいに真っ赤になっていたのだ。

「その……なんじゃな……」

ハヌは僕の顔を挟んだまま少し俯き、視線の置き所に迷うように目を泳がせてから、呟くように、

「妾も、悪かった……と、思うておる。どうやら妾は、友達も、親友も、友情も、思い違いをしておった……ようじゃ」

それは告解《こっかい》だった。ハヌは自ら不明を、たどたどしく、だけどちゃんと言葉にしていく。

「友達とは、どうやら〝なった〟だけでは意味がない……らしい……友情とは、どちらか一方だけが寄り掛かることを言う……のではないようじゃ……親友とは、それだけではただの言葉……中身が伴わなければ、意味はない……ようやっと、それが分かった……気がする」

きっと、たくさん泣いて、たくさん考えたのだろう。ハヌは賢い子だ。様々なものから、色々な情報を吸収している。僕が知らない間に、言葉としてしか知らなかったことを、じっくり思い悩んだに違いない。

つと、ハヌが僕と目を合わせた。顔を掴まれたまま動けない僕は、その二色の瞳に魅入られる。

やがて、サファイアブルーとゴールデンイエローの宝石が、じわり、と潤んだ。桜色の可憐な唇が、わなわなと震えだす。

「――情けない話じゃ……妾は、ラトが苦しんでいることに気付けなんだ……！　この手を振り払われるまで、自分がどれほどおぬしに甘えていたか、分からなんだ……！　妾がやっていたことは所詮、くだらぬ茶番――ただの友達ごっこじゃった……！　ラトが怒るのも無理はない……すまぬ

「……許してたもれ……」

ハヌはそう言って、目を伏せた。目尻から涙の粒がぽろぽろとこぼれていく。

その姿を、僕は声もなくただ見つめていた。場違いなことに、泣いているハヌがとても綺麗に見えたのだ。おそらくはこんな風に、何度も何度も泣いたのだろう。今日ここで僕に会う前から、ずっと自分を責めていたのだろう。そうでなければ、この目の赤さは説明できない。

僕は両手を上げて、頬に触れているハヌの繊手を取る。壊れないように優しく包み込むと、掌に彼女の体温が伝わった。

「……違うよ――謝るのは僕の方だよ、ハヌ……僕こそ、ごめん……僕だって、君がそんなに僕を頼っていてくれていたなんて、知らなかった……僕が離れることで、君がそんなに苦しむだなんて、思いもしなかった……僕も怒られて当然のことを、しちゃったんだよ……」

「じゃが……」

多分、間違えていたと言うなら、二人とも間違えていたのだろう。僕もハヌも、今まで友達がいなかった。だから、ちゃんとした付き合い方も、距離の取り方も、分からなかったのだ。

「――だからね、お互い様、ってことでどうかな？　ほら、よく聞かない？　喧嘩するほど仲がいい、って。多分、これが僕達の初めての喧嘩だったんだよ。だから……仲直りしようよ。そうしたら、きっと僕達の〝友情〟は、今よりもずっと強くなるはずだから……ね？」

「ラト……」

僕が無理して笑って見せると、ハヌが顔を上げて、こっちを見た。

「――そうか……お互い様で、仲直り、じゃな」

笑った。最初ははにかむように、だけど段々といつものハヌらしく。くふ、と声がこぼれ、

「……そうじゃとも。妾とラトは唯一無二の親友じゃ。この程度のことなど通過儀礼に過ぎぬ。むしろ乗り越えて当然の試練じゃ。よかろう。妾はラトを許し、ラトも妾を許す……これぞ互いに支え合う、麗しき友情というやつじゃな」

うん、いつも通りのハヌだ。なんかこう、しおらしい方が可愛いと言えば可愛いのだけど。やっぱりこっちの方がハヌらしくて、僕は好きだ。

僕とハヌは涙に濡れた笑顔で差し向かい、互いに笑い合った。胸の中に温かい水が満ちていくような、そんな不思議な気持ちが充溢していく。

が。

「――時にラトよ」

すとん、といきなりハヌの声のトーンが落ちた。

「え？」

ぎくり、と何だか嫌な予感がして、僕は反射的に表情を強張らせる。

「お互い様とは言うたが、妾はまだ、おぬしに置いて行かれたことを根に持っておる」

「へっ？……ええっ!?」

「あなうらめしや……！　屈辱的な日々であったぞ……あの男の虚言に騙された振りをしながら、ラトが来るのを待っておったこの数日は……！　ダインの愚か者めが図に乗りおって、妾にあれを

やれ、これをやれと上から物を言いおってな！　昨日の死に様で多少は溜飲が下がったものの、未だ思い出すだけで臓腑《ぞうふ》が焦げつくようじゃわ……！」

「ひはひ！　ひはふふぃふぁふぃ！」

怒りに燃えるハヌが、ぐにぐにと僕の頬をつねる。抵抗することも出来ずに僕は痛みに悲鳴を上げる。何かさらっと気になることを言ったような気もするけど、頓着《とんちゃく》するどころではなかった。

「というわけでじゃ、ラト。妾はおぬしに甘い菓子を所望する。さすれば、それをもって勘弁してくれようぞ」

ゴムの玩具でもいじるように僕のほっぺたを好き放題にしたハヌは、そう言って手を離した。

僕は赤くなっているであろう両頬をさすりさすり、あは、と笑う。

「──よかった。そんなことでよければ、いくらでも。ケーキでもパフェでも何でも奢るよ」

拍子抜けしてしまった。ものすごい怒りようだったから、どんな無理難題を課せられるのかと焦ったけれど、望みが甘い御菓子だというなら、何のことはない。幸い、海竜の時の分け前はまだまだ残っている。それでハヌからのお許しが得られて、嬉しそうな笑顔が見られるなら、僕にとっては一石二鳥だ。

「あ、じゃあ、喫茶店にでも行こうか。前に行った所がいい？　それとも──」

言いながら立ち上がろうとしたところ、鋭い制止が入った。

「いや待てラト、まだ立ってはならぬ」

「へ？」

意味が分からないままも、言われた通りピタッと動きを止める。

「そ、その、じゃな……」

するとハヌは、しばし唇をもごもごと落ち着きなく動かしていたかと思いきや、急に、

「ラト……ちょっとあちらを向くのじゃ」

と言って、僕から見て右を指差した。

「？？？」

ハヌの意図するところが掴めない僕は、頭に疑問符の花を咲かせつつ、指示に従う。

特別、何が見えるわけでもない、普通の景色が視界に映った。だけど次の瞬間、

ちゅっ

と左の頬に何か柔らかいものが触れ、すぐに離れた。

左耳に、ハヌの声が聞こえる。

「こ、これが妾からのお礼とお詫び、というやつじゃ。その、なんじゃ……ラトは、なんのかんの言いながら、妾を助けてくれた。妾が名を呼んだ時、本当に駆けつけてくれた……あの時、妾は本当に嬉しかったんじゃ。そ、それでじゃぞ？　ヴィリーの奴が言ったのじゃ。姫を助けた勇者には、接吻を下賜《かし》するのが当然、とな。そ、それで妾は…………ラト？」

何を隠そう、僕は所謂『ヘタレ』という人種だ。自慢ではないが、剣嬢ヴィリーさんからダイレ

クトメッセージを受け取っただけで失神してしまうような、小心者なのだ。

そんな僕が、である。

ほっぺとはいえ、ハヌにキスされたのだ。

「ど、どうしたラト？　何を固まっておる？　ラト？　聞いておるのか？　ラト？」

ハヌの声が遠く聞こえる。

ひとたまりもなかった。

心に翼が生えて大空へと羽ばたいていくような感覚だった。

嗚呼、突き抜けるような蒼穹が見える。

フロートライズの空はいつだって快晴だ。

視界の端に映るルナティック・バベルは、今日も宇宙《そら》に向かってその身を大きく伸ばしている。

幸せな気分のまま、やっぱり僕は気を失ったのだった。

第一章　完

# ●?

少女は物陰に潜み、息を殺していた。気配を消す術なら心得ている。

「――おい、どうだ？　お嬢さんはいたか？」

「いや、こっちにもいなかった。そっちは……って聞くまでもないな……」

「ああ……どこに行ってしまったんだろうな。よりにもよってこんな時に……」

「実の父親の葬式の日に、行方が分からなくなるなんてな……無口だが、そんなことはしない人だと思っていたんだが……」

彼らの死角となる位置から会話を盗み聞きしている少女は、密かにほぞを噛む。叶うものなら、自分だってそうしたい。父親の葬式を喜んで欠席する娘など、そうそういるものか。

しかし、今更出て行くわけにはいかなかった。

自分が消息を絶ったという情報は既にあの男の耳にも入っているだろう。現時点で何かしらの手は打たれているはず。もはや手遅れだ。後戻りは出来ない。

やるしかないのだ。

近くにいる二人の男が離れるまでの間、少女は己の視界にARスクリーンを起ち上げ、ある動画を再生していた。彼女の目にしか見えず、音も聞けない映像を凝視する。

それは、小柄な少年が、大柄の巨人と戦っている光景だった。

――〝勇者ベオウルフ〟……

声には出さず、唇の動きだけでその名を口にする。そして、

――〝ヘラクレス〟……

彼が戦っている巨人――ゲートキーパーの名前を、指でなぞるように囁く。

こうなっては、彼だけが一縷《いちる》の希望だった。映像に映っている巨人を打倒し、一躍〝勇者ベオウルフ〟と英名を馳せた少年――彼こそ、少女の窮地を救う希望の星。

浮遊都市フロートライズ。

〝勇者ベオウルフ〟が拠点とする土地の名前を確認し、少女は暗闇の中、独り頷く。

必ずや彼に会い、その力を得るのだ。

そして、父の仇を取るのだ。

その為には何を犠牲にしたっていい。この身を捨てることだって辞さない。何だったら命以外の全てを差し出したって構わない。

あの男を、この手で殺せるのなら。

気が付いた時には、男達の気配は消えていた。少女は伏せていた身を起こし、逃亡を再開する。

迷いはない。その足は空港を目指してひた走る。

琥珀色の瞳に、厳然たる決意の光を宿して。

# 生まれて初めてのスイーツ・カフェ

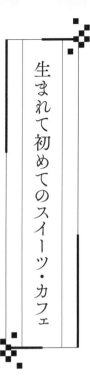

ハヌが歩けなくなった。

――と言うと大事のように聞こえるかもしれないが、別に大したことではない。

単純に気疲れから心が挫け、座り込んでしまっただけである。

それは、とあるデパート内にて、〝SEAL《シール》〟で検索したスイーツの美味しいお店を探している時のことだった。

突如、ハヌと繋いでいた手がぐいっと引っ張られた。

「――ハヌ？」

何かと思い振り返ると、ちっちゃな体が亀みたいに丸まって、さらにちっちゃくなっていた。

「………………」

僕と手を繋いだまま、床にアンカーでも打ち込んだかのように動かなくなった女の子は、小さな声でこう呟く。

「……もう歩きとうない……」

むう、と俯いて唇を尖らせた女の子は、けれどいつもの外套姿とは一風変わった格好をしている。

つい先程、デパート内の服屋で購入したばかりの洋服だ。

ベージュの帽子で輝くような銀髪を隠して、赤い眼鏡で顔の輪郭を誤魔化して。さらには花柄のバレッタで髪型を変えたハヌは、けれど、さっきまでとはまた違った意味で目立っている。

さもありなん。

普通に可愛らしいのだ。

仕方のない話ではある。可愛い女の子が可愛い格好をしているのだ。人目を引き寄せるのも当然である。しかも今は、僕と手をつないだまま通路に座り込んでいるのだ。余計に目立ってしまって、他のお客さんの注目を集めてしまっていた。

「あ、えっと、えっと……？」

僕は慌てる。せっかく服を買って変装までしたのに、こんなことで周囲にハヌの正体がバレてしまっては元も子もない。

「ハ、ハヌ？　も、もうちょっとだよ？　もうこの近く——地図だとこの辺りのはずだから……ね、ねっ？　もうちょっとだけ、頑張ろ？　ねっ？」

「………………」

ハヌは下を向いたまま無言。拒絶の態度を貫く。

さっき服屋の店員さんに着せ替え人形にされてしまったせいで、すっかりへそを曲げてしまっているのだ。うん、まぁ、早めに助けてあげなかった僕もいけないのだけれど。

こっそり横顔を覗き込むと、綺麗なヘテロクロミアが潤んで涙目になっていた。多分、気まぐれやわがままなどではなく、割と本気で歩くのが嫌になってきているのだろう。

これでは埒があかない。僕は説得を諦め、妥協案を提出した。

「じゃ、じゃあ、こういうのはどう？　僕がハヌをおんぶするから、それで喫茶店まで一緒に——」

「——！　それはまことか!?」

バッ、と喰い気味にハヌが顔を上げたので、むしろ僕の方が驚いてしまった。動きが速すぎて、微妙にサイズの合ってない伊達眼鏡がずれてしまうほどの勢いだったのだ。

「え、う、うん……？」

若干面食らいつつも、とにかく頷く。レンズ越しに見える蒼と金の瞳は、何故かキラキラと期待に煌めいていた。

曇り空から一転、雲の境目から差す陽光のごとく、ぱぁぁぁ、とハヌが笑った。

「それは妙案じゃ！　ではラト、早速そこへなおれ！」

急に元気になったハヌがすっくと立ち上がり、ビシッ、と足元を指差した。

――えっと……？　それだけ元気なら、もう別におんぶしなくてもいいんじゃ……？

とも思ったけど、とにもかくにもハヌの機嫌は上昇傾向に入ったらしい。ここで余計なことを言ってこじれても面倒なので、僕は素直に彼女の指示に従うことにした。

片膝をついて屈んだ僕の背中に、ハヌの小柄な体が乗っかってくる。首に細い腕が回され、僕の両手がこれまた華奢《きゃしゃ》な太股をホールドした。

「うむ、よし。重畳じゃ。よいぞ、ラト！」

左耳のすぐ近く――思いがけず至近から聞こえてくるハヌの弾んだ声に、内心ドキリとする。今更ながら背中に伝わってくる生温かい体温に『他者』を感じて、僕は若干緊張してしまった。

――っていやいや、今更すぎるだろ僕！　もう手だって繋いでるし、昨日はお姫様だっこまでしたじゃないか！　しかも相手は年下の女の子！　落ち着けラグディスハルト！

「――じゃ、じゃあ立つよ？」

内心のドギマギをどうにか抑え込みつつ、一応宣言してから立ち上がる。

昨日も感じたけど、ハヌの体重は思ったよりも軽い。下手をすれば、いつも背負っている黒帝鋼玄よりも――なんて言ったら嘘になるけど、密度の関係や彼女から抱き付いてくれているのもあって、体感的には武器を担ぐよりも楽だった。

「おお……！　これがラトの見ておる【世界】か……！」

背中のハヌが謎の感動を得たらしく、感嘆の声を漏らす。一瞬、何が珍しいのかと首を傾げてから、すぐに気付いた。

「あ、そっか。ハヌってちっちゃいから視点が低いんだ……」

だから僕に背負われて、高くなった視界に感動していたのか――と納得する。すると、

「――む？　今ちっちゃいと言うたか？」

「え？」

首に回されていた腕が上がって、まさしく紅葉みたいに小さな手が、僕のほっぺたを両サイドから挟み込んだ。

「妾はちっちゃくなどないぞ。単におぬしが大きいだけじゃ」

「むぎゅ……!?」

やや強めに両頬を圧迫されて変な声が出てしまった。声の調子から、ハヌが特に怒っているわけではないことは伝わってくるけど、この体勢だとどんな顔をしているのか分からなくて、ちょっとその……反応に困ってしまう。

――いやでも、僕が大きいだけって、そんな無茶苦茶な……

ハヌはそのまま僕の頬肉をむにむにと弄《いじ》りながら、ぼそり、と。

「……見ておれよ、いずれ妾も大きゅうなって……そうじゃ、あちこち膨らんで……いつかはラトと肩を並べられるようになってじゃな……」

「え、え……？　ご、ごめんハヌ、今なんて……？」

ゴニョゴニョと囁く声が小さ過ぎて、僕は歩き出しながら聞き返した。すると、むにぃぃ、とほっぺたが左右に引っ張られてしまう。

「……な、何も言うておらぬっ！　ほ、ほれ、もう少しで目的の店に着くのであろう？　急ぐのじゃラト！」

「う、うんっ……！」

切羽詰まったハヌの声に文字通り背中を押され、僕は目的地である喫茶店へと走り出したのだった。


カフェ・ルナルマリア。

中央区にある中でも、五本の指に入るという評判のフルーツパーラーである。

こんな有名店がたまたま入ったデパートにあったのは、実に嬉しい誤算だった。今はとにかく、ハヌの迅速な気力回復が最優先だったのだから。

人気店なので、もしかしたら行列で入れないかも――と少し危惧《きぐ》していたのだけど、来店したのが平日で、しかも微妙な時間帯だったのが幸いした。

僕とハヌは特に並ぶこともなく、すんなり中へ入ることが出来た。

ドアベルを鳴らして足を踏み入れると、可愛らしい制服のウェイトレスさんが出迎えてくれる。

「いらっしゃいませ、何名様でしょうか？」

「あ、はい、ひ——じゃなくてっ、ふ、二人ですっ」

一人です、と言いかけて慌てて訂正した。

そして『二人』という単語を口にした瞬間、得も言えぬ感覚が胸いっぱいに広がった。

——あ、そっか。僕、一人じゃないんだ。

二人なんだ。

「…………」

背中にかかる僅かな重みが、どうしても意識される。

——二人……ハヌと……友達と、二人……！

くすぐったいような、笑い出したいような、それでいて走り出したいような——ムズムズする感覚が胸の中で渦を巻く。

それを無言で噛みしめていると、

「——かしこまりました。それではこちらへどうぞ。お好きな席をお選びください」

にっこり、と柔和な笑顔を浮かべたウェイトレスさんが、奥の席へと案内してくれた。ちらり、とその視線が僕の背中にいるハヌを一瞥して、くすっ、と口元の笑みを深くする。おんぶ状態でやってきた僕らが可笑しかったのか、あるいは微笑ましかったのか。

白と黄緑を基調とした明るい店内はそこそこ空いていた。それでも僕は、念には念を入れて隅っこの目立たない席を選ぶ。

「お連れ様にはこちらをどうぞ」

壁際のソファ席にハヌを下ろそうとしたところ、別のウェイトレスさんが黒いチャイルドシートを差し出してくれた。

「あ、ありがとうございます。じゃあハヌ、この上に下ろすよ？」

「？　なんじゃ、これは？」

と訝しがるハヌをチャイルドシートに下ろす。すると、

「お？　おお、これは……！」

またしてもハヌの喉から感動の声が上がった。そういえば『カモシカの美脚亭』で初めて会った時は、大人用の椅子にちょこんと座って、目線の高さにある香茶のカップを器用に取って飲んでたっけ。

「どう？　これならテーブルの上が見やすいでしょ？」

「うむ、うむっ！　なるほどのう！　単純じゃが実に効果的じゃ！　これはよい！」

ハヌ、金目銀目を輝かせて大興奮の大絶賛である。多分、テーブルと椅子のサイズで幾度も難儀してきたのだろう。それだけに感激もひとしお、と言ったところだろうか。

「メニューはこちらになります。お決まりになれば、そちらから操作をお願いいたします」

ウェイトレスさんの指先がテーブルの端に刻まれているARスクリーンのアイコンに触れると、ピョコン、と兎みたいにメニュー画面が卓上へ飛び出した。

「それでは、ごゆっくりおくつろぎください」

丁寧な礼をして、ウェイトレスさんが去っていく。その背中を見送ると、

「——ラト、ラトっ。ここは……ここはもしや、いわゆる『スイーツカフェ』なる場所ではないか⁉」

小声で叫ぶという器用な真似をハヌはした。我知らず両手を握り締め、小石みたいな拳を作る。

さっき道端でしゃがみこんでいた涙目はどこへやら。星屑《ほしくず》みたいに煌めくヘテロクロミアが、好奇心全開で店内を見回していた。

思い返せば『カモシカの美脚亭』で出会った時はあんなに落ち着いていたのに……やはりスイーツというのは、こんなにも乙女心を掴んで離さぬものなのだろうか？

「うん、その中でもここは『フルーツパーラー』ってお店なんだよ。フルーツ、主に果実をメインとしたお菓子がたくさんあるんだ。ほら」

僕は空中に浮かぶメニュースクリーンをタップして引き寄せ、ハヌの前に差し出した。

「おお、おお……！」

ハヌが目を皿のように、口を『O』の形にして、魂の震えを表現する。

何だか、すごく微笑ましい。

僕は自然と口元を緩めてしまいつつ、さらに喜ぶハヌの顔が見たくてこう言った。

「好きなもの何でも注文していいよ、ハヌ」

「なんと⁉　まことか⁉」

凄い声が上がった。ハヌの驚愕の叫びは店中に響き渡り、他のお客さん達がいったん会話を止め、こちらを振り返ってしまう。

「わっ、わっ⁉　ハ、ハヌっ、声が大きいよ、声がっ……！」

「お、おお、すまぬすまぬ……妾としたことが、ついの――」

わたわたとボディランゲージを交えて注意すると、ハヌは両手で口元を押さえて声を潜めた。

「――し、しかしじゃ……よ、よいのか？　本当に、本当にどれでもいいのか？　本当の本当か？」

ひそひそと、何故か不安そうに眉をしかめ、念入りな確認をしてくるハヌ。

僕は周囲の注意が逸れるのを確認してから、改めて笑顔で頷いた。

「うん、本当の本当だよ。遠慮なんてしなくていいからね」

なにせ僕の懐は、ハヌと一緒に――というかむしろハヌがメインで――撃破した海竜のコンポーネントのおかげで、溢れんばかりに潤っている。本当ならハヌ一人で総取りしてもいいところを、彼女の希望により山分けにしたのだ。ならば僕としては、このお金をハヌの為に使うこと吝《やぶさ》かでなかった。

「……！」

僕が首肯すると、ハヌは花開くように破顔した。

「で、ではの、ではのっ！」

ときめきが止まらないという風にはしゃぐハヌが、テーブルに身を乗り出してメニュースクリーンにかじりついた――と思いきや、不意に表情を激変させる。

真剣。

その一言でしか言い表せない顔で、ハヌはメニュー選びに集中していた。心なしか、空気がピリッと帯電したようである。

「……むぅ……むうぅ……！」

柳眉を寄せて唸るハヌ。伊達眼鏡をかけているから、そうしていると本当に視力の悪い人のように見える。

「ハ、ハヌ？　ど、どうしたの？　何か問題でも……」

さっきまであんなに嬉しそうだったのに――と心配になって声をかけると、ハヌはメニューに突き刺した視線を微動だにさせぬまま、

「……絞れぬ……！」

と呻《うめ》いた。

「えっ？」

意味が分からなくて聞き返すと、ハヌはがくりと項垂《うなだ》れ、拳を握り締め、心の底から悔しそうな声を出した。

「くっ……なんと酷な話じゃ……！　こんなにも種類があるというのに、どれか一つしか選べぬとは……！」

「へっ？」

一瞬キョトンとしてしまってから、すぐハヌのしている盛大な勘違いに気付いた。

「あ、あー……って違うよハヌ、違う違う」

あはは、と笑いながら僕は手を横に振る。ハヌは普段は察しのいい娘なのに、よほどテンパっているのだろう。

「……？　違う？」

面を上げたハヌが小首を傾げた。僕は、うん、と頷き、

「僕が言ったのは、好きなものを何でも、いくつでも注文していいよ、ってことだよ。別に一つだけじゃなくても、食べたいなら二つでも三つでもいいんだよ？」

「――――」

ハヌの時が止まった。

まるで庶民として育てられてきた王女様が、自分の出生の秘密を知った時みたいなフリーズのしかただった。

にわかに信じがたい事実を頭に捻じ込まれた時、人はこんな風に固まってしまうのだ。

やがて眼鏡屋のマネキンみたいになったハヌが、無言のままテーブルに置いてあった僕の両手を取った。

「ラト……」

「うん？――って、ええっ⁉」

突然、ハヌの金銀妖瞳《ヘテロクロミア》がうるうるし始めて、僕は吃驚してしまう。

嬉し泣きの涙を堪えながら、ハヌは感極まった声で言う。

「流石は妾のシンユウじゃ……！　妾は、おぬしと出会えたことを天に感謝する……！」

ぐすっ、ぐすっ、と鼻を鳴らしながら僕の手を取り、ふるふると感動に打ち震えるハヌに、僕は思わず甘引きしながら突っ込んでしまった。

「お、おおげさすぎない……？」


いくつ注文してもいいとは言っても、結局のところ、胃袋に収まる量というのは決まっている。それを踏まえた上で、ハヌは厳選に厳選を重ね、最終的には次なる四種のスイーツを選択した。ミックスフルーツパフェ。ストロベリーホイップパンケーキ。苺のショートケーキとモンブラン。長い時間をかけて悩んだわりには、どれもこれも、いわゆる定番メニューであった。

というのも、

「定番とは基本にして究極。陳腐《ちんぷ》と呼ばれるものは完成度が高く、それ故にくり返し多用され、その結果として陳腐と成り果てるのじゃ。そして今回は妾にとって初のスイーツカフェ。ならば奇を衒《てら》わず、王道を往くべきじゃと判断したのじゃ」

と、熟考に熟考を重ねたハヌは、いかにもそれらしい理由を述べ、ふふん、とドヤ顔で胸を張った。

ちなみにショートケーキは、元祖のサクサクしたスコーン生地のものではなく、僕らのルーツである東方で生まれたフワフワのスポンジ生地を使ったものである。モンブランも栗のペーストに生クリームを添えたものではなく、これまたスポンジ生地を使用しているものにした。多分、こっちの方がハヌの口に合うと思って僕がアドバイスしたのだ。

そして、注文した品々がテーブルに並べられた時のハヌの様子たるや。

「――……！！！」

多分だけど、『おぬしは、妾の〝トモダチ〟となるのじゃ！』とハヌに言われた時の僕が、ちょうどこんな顔をしていたに違いない。

真実、ハヌの呼吸は感動のあまり一瞬だけ止まったようだった。

「……！……!?……!?　!?」

宝石みたいな色違いの目を大きく見開き、何度も卓上のスイーツと僕の顔を交互に見るハヌ。なんだか凄まじい感情の波が伝わってくるのだけど、どうやら言葉にできないほど期待が爆発しているらしい。

僕はハヌの心情を察し、掌で促した。

「えっと……遠慮せずに食べていいんだよ、ハヌ？」

「～ッ！！！」

瞬間、電流が走ったみたいに身体を震わせて、ハヌの喉から声にならない歓喜が漏れた。

物言えぬまま、ハヌは子供用のフォークを手にして――しばし硬直。視線がテーブルの上を右往左往しているから、どこから手をつけるべきか迷っている様子だ。しかし、逡巡《しゅんじゅん》はそう長くは続かなかった。

最初の標的は、どうやら苺のショートケーキに定められたようである。

「――ゆくぞ……！」

謎の緊迫感を滲ませて宣言すると、ハヌは小刻みに震えるフォークをゆっくりと下ろし――

つぷ、といきなりてっぺんの苺を突き刺した。

「あっ」

思わず声が出た。その刹那、ビクッ、とハヌの動きが止まる。

「な、なんじゃっ？　どうしたラトっ⁉　妾はなんぞ間違えたか……⁉」

ハヌがわたわたと狼狽し、不安そうな眼差しを向けてくる。

僕は慌てて両手を振って、

「あっいや、違うよ？　そうじゃなくて……いきなりそこからなんだ、って思って」

「……？」

「いや、僕の場合、上の苺は最後まで残しちゃう派だから……」

あはは、と申し訳なく笑うと、はふぅー、とハヌが胸を撫で下ろす。

「なんじゃ、そういうことか……脅かすでない。まったく、何事かと思ったではないか。しかし、それならば妾とは逆じゃな。妾は一番美味そうなところから先に喰うのじゃ」

そう言ってハヌは、今度こそフォークに突き刺したルビーみたいに輝く苺を口元へ運び、あーん、と小さな口を開いた。

ぱく、と食べる。

次いで、じゃくっ、と果肉が歯で押し潰される音が小さく響いた。

「――――――」

ハヌはピタリと動きを止め、無言のまま瞳を閉じ、ただ静かに打ち震えた。

それから、ゆっくりと咀嚼を始め、じっくりと苺の甘みを堪能《たんのう》する。

やがて、ごくん、と嚥下《えんげ》して――

「……はぁぁ……」

恍惚《こうこつ》の吐息。

今にもこぼれ落ちそうなプニプニのほっぺに左手を添え、夢見るような瞳を中空へ向けたハヌは、しみじみとこう呟いた。

「おお……なんたる美味……！　これだけでも俗世へ飛び込んだ甲斐があるというものじゃ……！」

何を言っているのかよく分からないけど、とにかく感極まっていることだけはよく分かる。僕としては、彼女が満足そうで何よりなのだけど。

そこからは早かった。ハヌは続けて生クリームとスポンジに手を出し、間にも苺が挟まれているそれをとても嬉しそうに頬張っていく。一口食べる度に歓喜の声が生まれ、顔にも段々と張りが出て、生気が戻ってくるようであった。

「……ん？　そういえばラト、おぬしは何も食べぬのか？」

じっくりと味わいつつショートケーキを完食して、次の標的であるストロベリーホイップパンケーキにフォークを向けたハヌが、ふと思い出したように僕の注文したコーヒーへ視線を向けた。

「あ、うん。大丈夫だよ。僕はコーヒーだけで」

ハヌの前に勢揃いする宝石細工がごときフルーツスイーツに比べて、僕の手元にある白磁《はくじ》のカップに入った黒い飲み物は、とても地味に映る。

「……ラトは甘いものは嫌いか？」

フォークを口に咥《くわ》え、ハヌは小首を傾げた。その姿がどこか小動物っぽくて、やけに可愛い。

「ううん、そういうわけじゃないよ。まぁ、特に好物ってわけでもないんだけど」

「そうか……不思議じゃのう。こんなにも美味いというのに……ああ、それとも、おぬしの場合は食べ慣れているせいで、何とも思わぬのかの？」

「あ、そうかもしれないね。食べようと思ったらいつでも食べられるものだったし。そういえばハヌは、こういうの食べるの初めてみたいだけど……？」

新鮮な反応ばかりしているので何気なしに聞いてみると、ハヌは、はふぅ、とアンニュイな息を吐いた。

「うむ、そうなのじゃ。侍従共は妾がどれだけ頼んでも、甘いものはいけませぬ、の一点張りでな。やれ虫歯になる、やれ体に悪いと、そればっかりじゃった。しかも偶《たま》に出てきたかと思えば、ぼそぼそした饅頭《まんじゅう》か、味の薄いわらび餅ぐらいでの。終《つい》ぞ妾が所望する〝ケーキ〟や〝パフェ〟は出てこんかったわ。せめて苺大福なるものでも出てくれれば、また気分も違ったのじゃろうが……」

「ああ……」

なるほど、と納得する。ハヌの過剰な喜びようは、長年の悲願が叶ったからだったのか、と。

「――じゃからの、妾は今とてつもなく幸せじゃ」

くふふふ、と本当に嬉しそうにハヌは笑う。山のような形で盛られたストロベリーホイップの頂上部をフォークですくいとり、ハヌはぱくりと一口。

「……はぁぁ……夢にまで見た味じゃぁ……これが生クリームとホイップクリームの違いというやつか……どちらも美味じゃのう、極上じゃのう……」

陶酔《とうすい》しきった顔で甘味の悦楽《えつらく》に浸るハヌ。

「よかったね、ハヌ」

「うむ！」

満面の笑みで頷いたハヌはナイフも握って、たっぷりのホイップクリームが乗ったパンケーキを攻略し始めた。多少は味に慣れてきたのだろう。ショートケーキの時みたいなじっくり感はなくなり、パクモグパクモグと徐々にペースが上がっていく。

だけど前のめりにがっついているので、いつの間にか鼻の頭にクリームがくっついてしまっていた。なのに、ハヌはそんなことにも気付かない。目の前のスイーツに夢中だ。

ブラックコーヒーを啜りつつ、生温かい目でその様子を眺めていた僕は、ハヌの標的がモンブランに変わるあたりで声をかけた。

「あ、ハヌ、ちょっと待って。鼻にクリームがついちゃってるよ」

「ほ？」

テーブル脇にある紙ナプキンを取って、ハヌの顔に手を伸ばす。ハヌは『ん』という感じで顎を上げて目を閉じ、僕が鼻の頭を拭うのを抵抗なく受け入れてくれた。痛くならないように加減してクリームを拭い取りながら、僕に妹はいないはずだけど、もしいたらこんな風だったのかな——なんてことを思いつつ、あは、と笑う

「——はい、綺麗になったよ。そんなに焦らなくても逃げたりなんかしないから、ゆっくり食べていいんだよ？」

「……うむ。大儀であった」

ちょっと恥ずかしそうに視線を逸らしたハヌは、照れ隠しのようにモンブランの上に乗っている甘煮栗をフォークでぶっ刺した。

そのまま一口で平らげるものかと思いきや——

「……ラト、口を開けるがよい」

「え？」

ずい、と眼前に迫るのは、シロップでテカテカと光っている大きな栗。

その向こうで、くふ、とハヌが笑っている。

「やはり、妾だけが美味いものを食べているというのは不公平じゃ。嫌いでないのなら、おぬしも食べよ。ほれ、遠慮するでない」

「えっ、えっ——でも、その栗は……」

「さよう、確かにこのケーキの一番よいところじゃ。しかし、だからこそおぬしに譲ろう。妾とラトは唯一無二のシンユウじゃ。ならば、喜びは二人で分かち合うべきじゃろう？」

屈託《くったく》のない笑みで歯を見せるハヌに、僕の胸はとくんと脈打った。

「ほれほれ、口を開けよ。あーん」

雛《ひな》に餌を与える親鳥のように、ハヌ自身も口を開きながらフォークを差し出してくる。

僕は素早く周囲の様子を確認。誰も僕らに注目していないのを確信してから、改めて目の前のマロンに向き直った。

ごくり、と生唾を嚥下する。

わざわざ言うまでもないことだけど、僕はずっと一人ぼっちで友達のいなかった人間だ。当然、こんな『あーん』なんて真似をするのは、生まれて初めてのことである。

緊張しないわけがない。

「ん？　どうしたラト？　はよう喰え。ほれほれ？」

ハヌは楽しげにフォークの先の栗を上下に揺らす。

「う、うん……じゃあ、いただきます……！」

僕は意を決して、口を開いた。

「あ、あーん……！」

頭のどこかで、直前でひょいとマロンが遠ざかる意地悪をされるのかもと思っていたのだけど、そんなことはなかった。

ぱくっ、と硬めの塊が口内に入る。

ゆっくり、もぐもぐと咀嚼して――僕は固まった。

「――」

驚きだった。緊張も気恥ずかしさも、一瞬で吹き飛んでしまった。

「どうじゃ？　美味いか？」

口の中に広がる栗の味は、とても甘くて——でも甘過ぎることもなくて。それに何より、食感が、舌の上で溶けるかのように柔らかくて。つまり、

「……うん、美味しい……！」

想像を絶する美味しさに、驚きが隠せない。ゆっくりほどけていく甘味と、栗なのに柑橘《かんきつ》系の爽やかさを覚える不思議な余韻《よいん》。とても——とても繊細な味付けだった。

「なにこれ、すっごく美味しい……ちょっと吃驚しちゃった……」

「じゃろう!?　じゃろう!?　ならばほれ、こちらも食べてみよ！」

今度はパフェ用の柄の長いスプーンを手に取り、ミックスフルーツパフェの一番上にのっていた桃と生クリームを差し出してくれた。

こちらもまた、言葉に出来ない絶妙な味加減だった。新鮮な果実と、敢えて甘さを抑えた生クリームが奏でるハーモニー。なるほど、これは確かに人気が出るはずだ。甘いものが特に好きでない僕でも、こんなにも美味しいと思えるのだから。まったくもって、ネットの口コミも馬鹿にはできない。

僕に食べさせてから、ハヌも自分の口にパフェを一すくい運んでその味を堪能する。

「……ふぉぉぉぉ……これが音に聞くパフェ……なるほどのう、見た目は麗しく、味も上等ときておる。妾の耳元まで噂が流れてきたのも道理じゃのう……」

陶然《とうぜん》と甘味に酔いしれるハヌを微笑ましい気持ちで眺めていると、ふと、僕はとんでもないことに気が付いてしまった。

さっきからハヌは、自分が使ったフォークやスプーンで僕に『あーん』している。つまり――

――あれ？　これってもしかして……【間接キス】ってやつになるんじゃ……？

「――ッ!?」

そう悟った瞬間、カッ、と全身が燃え上がるように熱くなった。

「――ん？　どうしたのじゃ、ラト？　甘いものを食うたというのに、辛いものでも食うたかのように赤くなっておるではないか」

「えっ!?　い、いやその――な、何でもない、何でもないよっ!?」

僕を心配してくれるハヌに、思わず両手を振りながら素っ頓狂《すっとんきょう》な声で返事してしまった。

「――？　おかしな奴じゃのう。まぁよい。ほれ、もう一口どうじゃ？」

今度はモンブランを切り分けて突き出してくれるハヌに、僕は全力で首を横に振った。

「あっいやっ!?　いい、いいよっもう!?　ハ、ハヌが注文したものだし僕はもう満足したしコーヒーもあるからっ、ハ、ハヌが食べて大丈夫だよっ!?」

「？？？　何をそんなに焦っておるのじゃ？」

僕に差し出したモンブランを自分の口へ入れながら、ハヌはキョトンとして首を傾げる。だけど次の瞬間には、マロンペーストとクリームとスポンジの絶妙なる調和に心奪われ、周囲に天使が舞っているかのような恍惚の表情へと取って代わる。

「はぁぁぁ……いいのう、これもいいのう……よもや栗なんぞがここまで美味になるとはのう……！」

「よ、よかったね……」

僕はコーヒーを一口啜り、弾け飛びそうな胸の動悸をどうにか抑えようとする。

僕と違って、ハヌは何も気にしていない。意識していないのか、気付いていないのか。それとも彼女の中ではこういうことは普通なのか。どちらにせよ、照れまくっているのは僕一人だけだ。落ち着け、深呼吸だ、落ち着け――

ハヌにバレないよう息を整えていると、不意に、むしろこうして必死に心を落ち着かせようとしていること自体が、一番恥ずかしいのだと気付いてしまった。

「――――～っ……」

スイーツを食べてキラキラと輝くハヌとは対照的に、僕は一人、真っ赤になって縮こまるしかないのであった。

結局、ハヌは注文したスイーツを完食した。

甘いものは別腹と言うけど、多分アレは本当だ。

あのちっちゃな体のどこに収まったのか、ミックスフルーツパフェも、ストロベリーホイップパンケーキも、苺のショートケーキも、モンブランも、綺麗さっぱり消えてしまった。

「ああ、美味かったのぅ……」

と、追加で注文したクリームソーダまできっちり平らげたハヌが、心底満足そうな息を吐いた。

その直後、けぷ、と小さな音が弾けて、ハヌは慌てて口元を両手で覆う。もちろん、僕は聞こえなかったふりをしたけど。

どうやら服屋で受けた精神的ダメージは大分回復したらしい。これでこの後の部屋探しはスムーズに進めることが出来そうである。

——と、思いきや。

「——の、のう、ラト……?」

一拍を置いて、ハヌが急にモジモジし始めた。胸の前で両手の指を絡めて、クネクネと動かす。あたかも彼女の内心を表すかのように。

「——? どうしたの、ハヌ?」

やがて、両手の人差し指の先端をくっつけたり離したりを繰り返していたハヌが、伊達眼鏡越しの上目遣いで僕を見て、すごく恥ずかしそうにこう言った。

「……その、なんじゃ……ラ、ラトは、まだ腹は減っておらぬ……の、か……?」

意図のよく分からない謎の質問に、僕はつい首を傾げてしまった。

「僕……? いや、別に僕は——」

大丈夫だよ、と反射的に言い返しかけて、はっ、と気付く。

違う。僕が返すべき言葉はこうじゃない――と。

一瞬の閃きに衝き動かされ、僕の舌は半ば自動的に別の言葉を紡いでいた。

「……あ、あー、そう、そうだね。そういえば、何だか僕も、ちょっと小腹が空いてきたかな……？

あ、うん、空いてきた空いてきた」

視線をあらぬ方向へ向けて、腹をさすりながら嘯く。

よく考えずアドリブで対応しているので、口調が若干おかしい自覚はある。けれど、こう返した途端、ハヌの目が軽く見開かれたから、多分これで正解のはずだ。

「――そ、そうだ、僕も何か注文してみよう……かなっ？」

言った瞬間、ぱっ、とハヌの表情が明るくなった。

「そ、そうかそうか！　やはりラトも腹が減っておったか！　そうじゃろうとも、この妾の目は誤魔化せぬぞ、うむうむ。――し、して、何を注文するつもりじゃ……？」

ちらっ、ちらっ、とハヌのヘテロクロミアがテーブルの端にあるメニューアイコンを見ていることに、僕が気付かないわけがない。

正直、どういう理屈なのかは分かっていない。ハヌは気が強くて率直な性格をしているし、さっきだって服屋でクラシックパンツ一丁で飛び出してきたぐらい豪胆《ごうたん》な女の子なのだ。

でもそんなハヌが、何故か『まだ食べ足りないから追加注文したい』と言えなかったのである。

一体全体、どういうカラクリなのかさっぱり分からないのだけど、いわゆるこれが〝微妙な乙女心〟というやつなのだろうか？

しかしまぁ、そんなことはどうだっていい。

僕がやるべきことは単純明快だ。即ち――

「うーん……僕、甘いものはよく分からないから……ハヌ、何かおすすめとかある？　あ、あと、多分そんなに食べられないだろうから、ハヌが半分食べてくれると嬉しいんだけど……どう？」

「――！　うむっ、任せよっ！」

猫みたいに尻尾があったら、ピーン、と張っていただろうか。それぐらいの勢いでハヌの声が弾んで、ちっちゃな体がテーブルの上に乗り出した。

僕がメニュー画面を呼び出すと、ハヌはウキウキした様子で選定を始める。その顔はとっても嬉しそうで、まるで本当に光り輝いているのかと思うぐらい眩しかった。

そうだ。これが僕のやるべきこと。

ハヌを……たった一人の僕の友達を、笑顔にすること。

それだけが、僕にとっての『基本にして究極』――即ち【定番】なのだ。

だって――

「ラト、ラトっ、これなんかはどうじゃっ？　飴色《あめいろ》の果実が実に美味そうであろ？　いやしかし、こちらの桃も捨てがたいのう……ぬぅぅ……！」

「じゃあ、両方頼もうか？」

「！　まことかっ!?」

だって、この子の笑顔を見ていると、こんなにも胸があったかくなるのだから。

ちなみに。

この後、ハヌは悩みに悩んだ末、林檎のタルトと桃のコンポートを注文した。

やがてウェイトレスさんが運んできたそれらを、僕達は半分こ——という名目でのハヌが八割、僕が二割ぐらいの配分——にして、二人揃って何度も舌鼓《したつづみ》を打った。

当然、僕からハヌへ『あーん』をし返してあげることも忘れずに。

しかし驚いたのは、喫茶店を辞した数時間後のことである。

部屋探しや賃貸の手続きの諸々を終えて、今度こそ本当に小腹が空いた僕が、何の気なしに『ハヌ、お腹空かない？』と聞くと、彼女は素でこう答えたのだ。

『うむ。実を言うとの、先程から腹と背中がくっつきそうだったのじゃ』——と。

女の子の胃袋は、きっと異次元に繋がっている。

原理はよく分からないけど、僕は何か恐ろしいものの片鱗《へんりん》を垣間見た気がしたのだった。

おしまい

# あとがき

本作は小説投稿サイト『Arcadia』様、および『小説家になろう』様にて掲載させていただいておりました作品となります。（なお、現在は削除しております）

リワールド・フロンティアこと、旧タイトル『支援術式が得意なんですが、やっぱりパーティーには入れてもらえないでしょうか』は、元々新人賞への投稿作として書き出したものでした。

実を言うと第一章を書き上げた時点で、私の中ではラトとハヌの物語は完結しておりました。勿論、ハヌの出自やラトの武器といった露骨《ろこつ》な伏線は残っておりましたが、そのあたりは読まれた方のご想像にお任せしよう、と。これは私にとってそう珍しいことではなく、実際ずっとやってきたことでした。投稿作は完結させる、それが新人賞では常識でしたから。しかしながら、想像以上の反響を受け、読者の皆様の感想を読んでいる内、心が変わりました。この作品は続きを書かなければいけない。自分はもっと二人の物語を紡がなければならない——と。正直に言ってしまうと、これまでずっと投稿作しか書いてこなかったため、規定枚数以上の長い物語を書くのは今作が初めてです。しかも、こちらに注力してしまうと、もし新人賞に落選した際の新作に取りかかれなくなる……そんな計算が頭の中になかったと言えば嘘になります。

ですが、それでも続きを書くべきだ、と自分の本能的な部分が叫んでいました。たとえ落選したとしても、これから先ずっと新人賞に投稿できなくても、この作品を書き続けることには意味がある。そんな確信めいた思いが芽生えておりました。

結果論ではありますが、その選択は間違ってなかったと思います。新人賞はとれずとも、いえ、とれなかったからこそ、得る物がたくさんありました。最終的にＴＯブックス様から書籍化の打診を受けてのデビューとなりましたが、そこには一片の後悔もありません。こんなこといちいち書くと余計怪しく思われるかもしれないのですが、それでも敢えて言います。この形でのデビュー、書籍化こそが、私にとってもリワフロにとっても最善の形であったと。そう断言いたします。

それにしても、世の中は皮肉なものです。実際の所、書籍化の打診を受けたのは商業デビューをほぼ諦めかけていた時期でした。前のめりになっている時は思い実らず、一歩引いた途端に願いが叶うというのは、なかなか人生の示唆に富む話でございますね。はい。

最後に謝辞を申し上げます。本作を見出してくださり、右も左も分からぬ自分を導いてくださった担当編集様、いつも我が儘を聞いていただきありがとうございます。イラストを担当してくださった東西様、初めてキャラクターデザインを見た時は感動に震えました。リワフロの世界を広げていただき、まことにありがとうございます。また、これまで私を支えてくださった家族、友人、読者の皆様方、そして本書を手にとってくださったあなた様に、心より感謝を。

二人の物語はまだまだ続きます。どうか、これからも二人を応援していただければ幸いです。

国広 仙戯

妾達はどこのクラスタにも入らぬ!
仲間を見捨てない
こと。
永遠のぼっちハンサーのくせに、
そんなことができるのか?
古代人が仕掛けた作為《シナリオ》、
世界に潜む12個の神器と
その保有者《セイクリッド・キャリア》たち、
狂ったテロリスト、
打ち捨てられた遊園地——
風呂敷広げて胸も高鳴る
ダンジョン・ファンタジー第二章!
今、発動する
メンバー補完計画!?
ぼっちが終わらない…

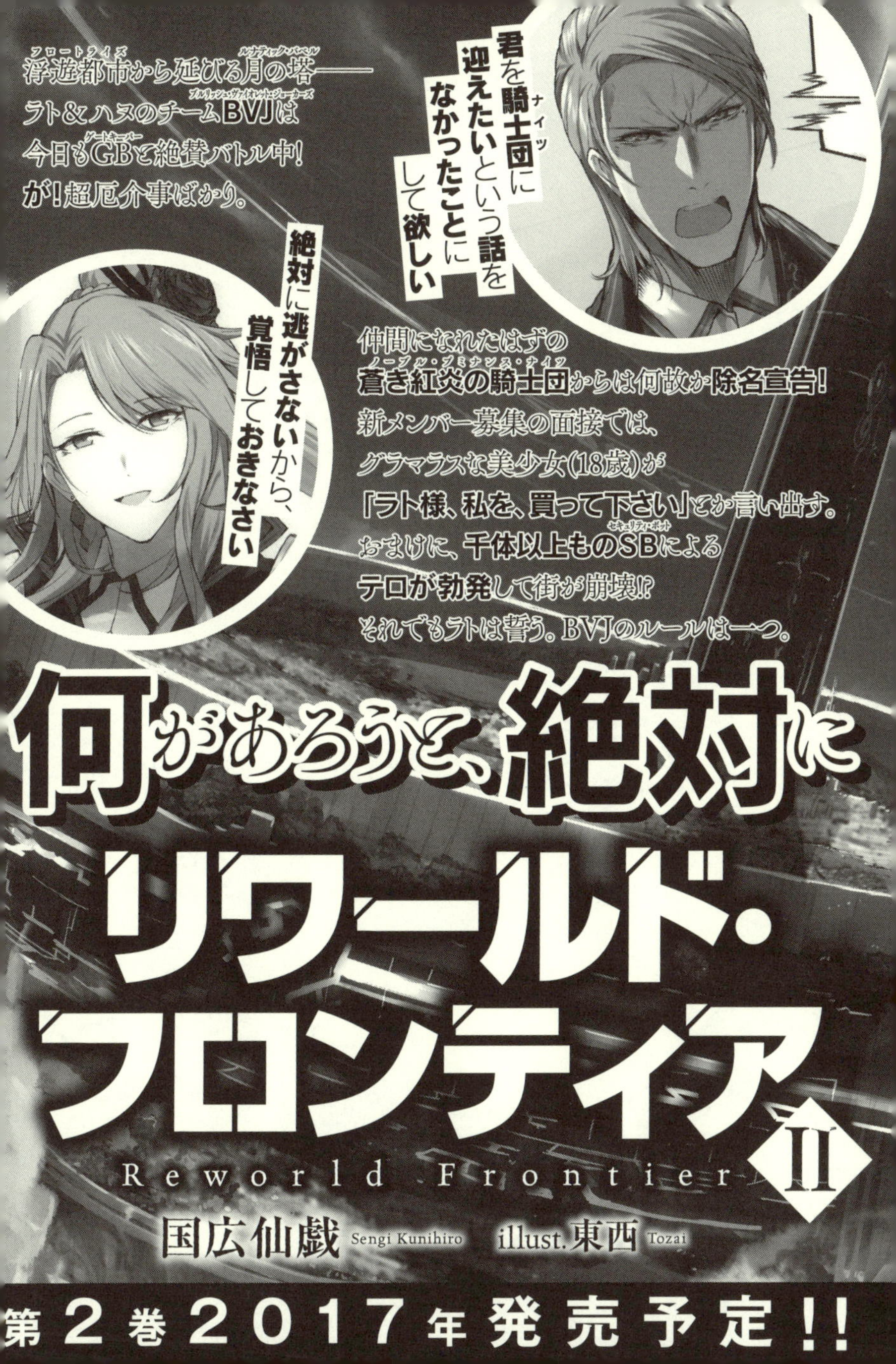
浮遊都市《フロートライズ》から延びる月の塔《ルナティック・バベル》――
ラト＆ハヌのチームBVJ《ブルリッシュ・ヴァイオレット・ジョーカーズ》は
今日もGB《ゲートキーパー》と絶賛バトル中！
が！超厄介事ばかり。
君を騎士団《ナイツ》に迎えたいという話をなかったことにして欲しい
絶対に逃がさないから、覚悟しておきなさい
仲間になれたはずの
蒼き紅炎の騎士団《ノーブル・プミナンス・ナイツ》からは何故か除名宣告！
新メンバー募集の面接では、
グラマラスな美少女(18歳)が
「ラト様、私を、買って下さい」とか言い出す。
おまけに、千体以上ものSB《セキュリティ・ボット》による
テロが勃発して街が崩壊!?
それでもラトは誓う。BVJのルールは一つ。
何があろうと、絶対に
リワールド・フロンティア
II
Reworld Frontier
国広仙戯 Sengi Kunihiro
illust. 東西 Tozai
第2巻2017年発売予定!!

……
もっと、やれ～～！
レストラン開店
こと多すぎ！
冬支度
う～ん、てんてこまい…

オレも早く追いつく！
い、いつも、見てるからな……
収穫祭
神殿長《えらい人》って、やる
孤児院経営
本好きの下剋上
司書になるためには手段を選んでいられません
第三部 領主の養女Ⅱ
香月美夜
miya kazuki
イラスト：椎名 優
you shiina
コミックは紙作りから奮闘中！
『本好き』シリーズ最新刊
好評発売中！
www.tobooks.jp/booklove

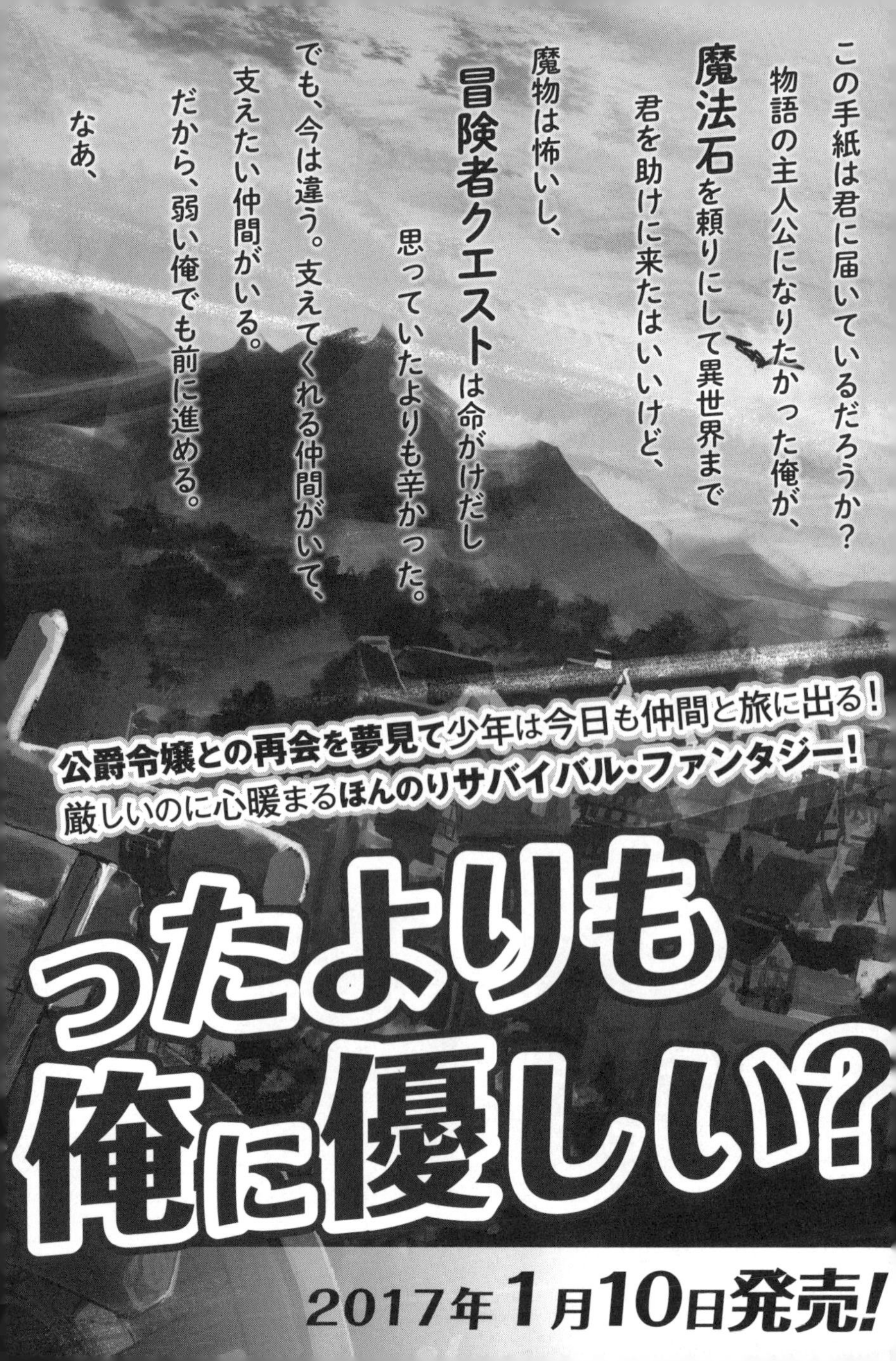
この手紙は君に届いているだろうか？
物語の主人公になりたかった俺が、
魔法石を頼りにして異世界まで
君を助けに来たはいいけど、
魔物は怖いし、
冒険者クエストは命がけだし
思っていたよりも辛かった。
でも、今は違う。支えてくれる仲間がいて、
支えたい仲間がいる。
だから、弱い俺でも前に進める。
なあ、
公爵令嬢との再会を夢見て少年は今日も仲間と旅に出る！
厳しいのに心暖まるほんのりサバイバル・ファンタジー！
ったよりも
俺に優しい？
2017年1月10日発売！

この空はどんな色をしていると思う？
この空を君と一緒に見たい。
約束する。
必ず行くから楽しみにしていてくれ。
君となら強くなれる。
♪
はい、わ、私も一緒したいです。
みんな、俺を助けてくれるか？
異世界は思
著 大川雅臣 イラスト 景

新作予告！
「小説家になろう」で
人気大沸騰！
スキル吸収で最強に成り上がる
バトルファンタジーが開幕！
2017年
1月10日発売！

絶望に蝕まれた青年は
悪魔と契約を交わした――
著
わたがし大五郎
イラスト
秋咲りお
「レベル無限の
契約者」
〜神剣とスキルで世界最強〜

# リワールド・フロンティア

2017年1月1日　第1刷発行

著　者　国広仙戯

発行者　本田武市

発行所　TOブックス
〒150-0045
東京都渋谷区神泉町18-8　松濤ハイツ2F
TEL 03-6452-5678（編集）
0120-933-772（営業フリーダイヤル）
FAX 03-6452-5680
ホームページ　http://www.tobooks.jp
メール　info@tobooks.jp

印刷・製本　中央精版印刷株式会社



ISBN978-4-86472-541-5